Tommy Herzsprung

REBELLEN
lieben leidenschaftlich

Männerherzen schlagen schneller

Roman

Der Autor

Tommy Herzsprung lebt mit seinem Mann und seinem Hund in Baden-Württemberg. Er hat Medien- und Kommunikationswissenschaft studiert und arbeitet als selbstständiger Redakteur für Print und Fernsehen. Er liebt es, über Flohmärkte zu bummeln, zu 80er-Jahre-Hits zu tanzen, im Garten zu werkeln und sich in spannenden und erotischen Geschichten zu verlieren. »Männerherzen schlagen schneller« ist die erste schwule Roman-Reihe, die er unter diesem Pseudonym veröffentlicht.

Hinweis

Dieser Roman enthält fiktive, schwule Sex-Fantasien, die nicht immer der Wirklichkeit oder den allgemeinen Moralvorstellungen entsprechen. Der Inhalt ist daher für Minderjährige nicht geeignet und nur für Personen ab 18 Jahren bestimmt. Und bitte nicht vergessen: Während der Fantasie keine Grenzen gesetzt sind, gilt es in der Realität, sich und seinen Partner vor HIV zu schützen. Mach's mit – Kondome schützen!

Kapitel 1

Ich wachte auf dem Teppich neben dem Bett auf. Mein Kopf schmerzte, und ich hatte Staub im Mund. Kurz war ich versucht, die Augen einfach wieder zu schließen und weiterzuschlafen, als mir bewusst wurde, dass ich in einem fremden Zimmer auf dem Boden lag.

Wo zum Teufel war ich hier?

Als ich versuchte aufzustehen, drehte sich der Raum bedrohlich, sodass ich mich erst einmal nur aufsetzte, mich an das Schreibtischbein neben mir lehnte und darauf wartete, dass die unfreiwillige Karussellfahrt ein Ende nahm.

Nachdem alle Gegenstände im Raum wieder ruhig an ihren Plätzen standen, sah ich mich um. Der Schreibtisch, an dem ich lehnte, war riesig. Die vollverglaste Fensterfront war riesig. Der Panoramablick über London war riesig. Das Bett war ebenfalls riesig. In diesem Zimmer war einfach alles riesig. Und, oh mein Gott, sogar der Penis des Typen, der gerade nackt aus dem Bad auf mich zukam, war riesig!

Noch im Gehen trocknete sich der Typ mit einem Handtuch die Haare, und ich merkte, dass ich ihn wie eine Touristenattraktion anstarrte. Der Kerl war der Hammer. Ein echter Traumtyp. Er hatte einen durchtrainierten Oberkörper, den viele Tattoos schmückten.

Seine linker Arm war fast vollständig mit Ornamenten, Rosen und Bäumen tätowiert. Über seinen gesamten rechten Unterarm schlängelte sich ein Drache im Kampf mit einem Phönix, und in der Mitte seiner Brust ging ein Herz in Flammen auf.

Als er mit großen Schritten den Raum durchquerte, sah ich, wie sich die Muskeln an seinen durchtrainierten Beinen abzeichneten. Und noch etwas fiel mir auf. Eine lange Narbe verlief seitlich an seinem linken Bein, im Bereich des Knies. Sie war heller als seine normale Hautfarbe und bog sich mit jedem Schritt, den er machte.

Ben, hör auf, ihn anzustarren, sagte ich mir und zwang mich, ihm wieder ins Gesicht zu sehen.

Die nassen Haare fielen ihm ungekämmt in die Stirn, nachdem er sie mit dem Handtuch trockengerubbelt hatte. Seine grau-braunen Augen schauten in meine Richtung und funkelten mich amüsiert an. Es lag aber auch etwas Spöttisches in ihnen – ich konnte den Blick nicht genau einordnen. Doch egal, was in diesem Kopf gerade vorging, sicher war: Der Typ sah gut aus. Zwar war er nicht im klassischen Sinn ein Schönling, aber mit seinem kantigen Gesicht, seinen Tattoos und seinen Muskeln wirkte er unglaublich rebellisch und wild auf mich. Ich schätzte, dass er trotz seines verwegenen Aussehens etwas jünger war als ich. Vielleicht Mitte zwanzig.

Was war gestern Abend nur passiert? Ich konnte mich gerade noch daran erinnern, dass uns das Taxi vor dem *Lime*, einem Londoner In-Club, abgesetzt hatte, wir wider Erwarten an dem Türsteher vorbeigekommen waren und ich mit Dave neben der Tanzfläche die Typen abgecheckt hatte. Dann noch der arrogante Barkeeper, einige Drinks und dann … Teppichboden, das Riesenzimmer hier und der Hammertyp.

»Bist du endlich aufgewacht?«, fragte der Rebell und band sich das Handtuch lässig um die Hüfte.

»Ich weiß nicht. Es kommt mir vor, als würde ich träumen«, sagte ich und blickte dabei an mir herunter. Oh nein, ich saß nicht nur auf dem Boden, sondern hatte auch außer meiner Boxershorts nichts an. Mit einem Mal kam ich mir klein und schmächtig vor. Dabei war ich wahrscheinlich sogar ein bisschen größer als der Typ und auch ganz gut trainiert, aber im Vergleich mit ihm konnte ich diesbezüglich einpacken.

»Die Party gestern war der absolute Hammer, oder?«, fragte der Adonis verschmitzt.

»Äh, ja. Es war wirklich gut im *Limes*.«

»Und wie du dort abgegangen bist. Wahnsinn! Der Tanz auf den Boxen war noch das Harmloseste.«

Ich sollte abgegangen sein? Das passte so gar nicht zu mir.

»Und dann unsere anschließende Nummer hier im Hotelzimmer. Mensch, ich wusste gar nicht, dass man mir noch neue Stellungen zeigen kann, aber du hast mir Dinge beigebracht … unglaublich! Mein Freund hier glüht noch immer«, sagte er und deutete zwischen seine Beine.

Sein Grinsen wurde breiter, und ich merkte, wie ich einen roten Kopf bekam. So hemmungslos kannte ich mich gar nicht. Erst recht nicht im Bett mit einem fremden Typen.

Konnte es wirklich sein, dass ich mit diesem Traummann Sex gehabt hatte und mich nun nicht mehr daran erinnerte?

Er brach in schallendes Gelächter aus, nahm ein Kissen vom Bett und warf es mir an den Kopf.

»Oh Mann, du weißt von gestern Abend wirklich nichts mehr, oder?«, fragte er.

Verlegen lächelte ich.

»Nein, nicht mehr alles«, gestand ich, legte das Kissen zur Seite und versuchte noch einmal aufzustehen. Jetzt nicht hinfallen, Ben, dachte ich und schaffte es glücklicherweise, auf den Beinen zu bleiben, ohne dass das Zimmer wieder an Fahrt aufnahm.

»Was genau ist denn gestern Abend passiert? Und wo sind meine Klamotten?«, fragte ich vorsichtig.

»Deine Sachen sind im Bad.« Er deutete auf die Tür hinter sich, aus der er gerade gekommen war.

»Ich habe dich dort gestern ausgezogen und wollte dich ins Bett bringen, aber du hast dich partout nur bis zum Teppich bringen lassen.« Er deutete auf den Flokati, auf dem ich eben noch gelegen hatte.

»Du wolltest mich ins Bett bringen? Für den Sex?«, fragte ich.

Er grinste noch immer. »Nein, ich habe nur Spaß gemacht. Wir hatten keinen Sex. Du warst gestern so betrunken, dass ich dich nur ausgezogen habe und dich zum Schlafen ins Bett legen wollte. Du jedoch hast es vorgezogen, auf dem Teppich hier zu schlafen.« Seine Stimme fiel in einen lallenden Tonfall. ›Der Teppich ist so weich, ich bleibe auf dem Teppich.‹ Das waren ungefähr deine Worte. Aber vielleicht gehst du erst einmal duschen, nimmst ein paar Aspirin, und dann können wir über gestern Abend reden.«

Eine großartige Idee. Vor allem musste ich dann nicht mehr halbnackt und mit Minderwertigkeitskomplexen vor ihm stehen. Geradezu fluchtartig verschwand ich im Badezimmer. Als ich eintrat, tauchten die Lampen den Raum automatisch in ein warmes, indirektes Licht. Die Beleuchtung hätte einem eigentlich schmeicheln sollen, aber als ich mich in dem gigantischen Spiegel über den zwei Waschbecken gegenüber der Tür sah, musste ich feststellen, dass ich schrecklich aussah. Schon unter normalen Umständen war ich ein heller Typ mit blonden Haaren, blauen Augen und blasser Haut, aber das Gesicht, das mich jetzt aus dem Spiegel heraus anstarrte, war weißer als die Handtücher, die hier hingen. »Ein Häufchen Elend«, hätte meine Mutter gesagt. Selbst schuld, dachte ich. Meine erste Nacht in London und dann gleich so ein Absturz! Dabei war das gar nicht meine Art. Normalerweise trank ich nicht viel Alkohol. Ich studierte zwar in Schottland – da sollte man meinen, ich sei trinkfest –, aber da ich weder Studentenpartys mochte, noch in einer Studentenverbindung war, gab es keine Blackouts in meinem Leben. Bisher jedenfalls nicht.

Fast schon mit Gewalt musste ich den Blick vom Spiegel losreißen und schaute mich im Bad nach Aspirin um. Auf der Ablage neben dem Wachbecken lagen jede Menge Tuben und Fläschchen mit Hautcreme, Deo, Rasierschaum und anderem Kosmetikkram, jeweils mit dem Hotellogo des *Hilton Sky Resort*. Neben einer in Plastik eingeschweißten Zahnbürste fand ich endlich, was ich gesucht hatte: eine kleine Schachtel mit Aspirin. Ich fischte den Tablettenstreifen aus der Verpackung, drückte mir gleich vier von den weißen Pillen auf meine Handfläche, füllte etwas Wasser in einen Zahnputzbecher, warf mir die Tabletten in den Mund und spülte sie mit einem großen Schluck kaltem Wasser herunter. Den säuerlichen Geschmack, den die Tabletten in meinem Mund hinterließen, vertrieb ich mit einem weiteren Schluck Wasser, dann zog ich meine Boxershorts aus und stellte mich unter die Dusche.

Herrlich belebend prasselte das Wasser aus einer großen Regenbrause auf meinen Kopf und meinen Körper. Ich stellte es abwechselnd fast kochend heiß und dann wieder eiskalt ein. Wie gut das tat! Fast war es, als würde mit jedem Tropfen etwas von der peinlichen Nacht auf dem Teppich weggewaschen werden, und mit jedem Wasserschwall, der mich traf, schien der normale Ben wieder mehr zum Vorschein zu kommen. Der 27-jährige Ben, der nicht abstürzte, sondern der, der sein Leben stets im Griff hatte. Ich lockerte meine Nackenmuskeln, indem ich den Kopf langsam vor- und zurückbewegte, sodass mir das Wasser mal auf die geschlossenen Augen und mal in den Nacken prasselte.

Allmählich ließen die Kopfschmerzen nach, und ich fing an, das Duschen zu genießen. Ich griff nach dem offenen Duschgel, das neben mir auf der Ablage stand, und als ich mich einseifte, durchlief mich ein wohliger Schauer, wobei ich nicht wusste, ob dies am Duschgel lag oder daran, dass ich mich mit einem sexy Typen im Hotel befand.

Eine gefühlte Ewigkeit später stellte ich die Dusche aus, nahm mir ein großes Handtuch und trocknete mich ab. Ein kurzer Kontrollblick in den Spiegel ließ mich aufatmen: Jetzt machst du eine wesentlich bessere Figur als vorhin, stellte ich zufrieden fest. Klar, ich hatte nicht so viele Muskeln wie *Mister Durchtrainiert* im Nachbarzimmer, aber mein früheres Karate-Training und meine heutigen Quälereien im Fitness-Studio waren gut zu sehen.

Also Kopf hoch und Brust raus, und sieh zu, wie du jetzt einigermaßen würdevoll aus dieser peinlichen Lage kommst, sprach ich mir selbst Mut zu.

Ein kurzer, leiser Summton riss mich aus meinen Gedanken. Ich schaute in die Richtung, aus der das Brummen kam, und sah auf dem Holzhocker in der Ecke des Badezimmers meine Klamotten liegen. Ich entdeckte das schwarze T-Shirt und die Jeans, aus deren Gesäßtasche wild blinkend mein Smartphone hervorlugte.

Mist! Das musste Dave sein. Den hatte ich völlig vergessen. Wie so vieles von der letzten Nacht.

Ich schnappte mir mein Telefon, entriegelte den Sperrbildschirm und sah eine Vier in einem roten Kreis. Vier neue Nachrichten, und ich musste kein Hellseher sein, um zu wissen, dass sie von meinem Mitbewohner und besten Freund stammten. Dave hatte sich bestimmt

gewundert, wohin ich in der letzten Nacht verschwunden bin, schließlich waren wir zusammen für dieses
Wochenende nach London gekommen.

Ich öffnete den Messenger und schaute auf den
Chat-Verlauf.

Ben, mach keinen Scheiß!
Wo bist du überhaupt?
Dave, heute 02:00 Uhr

Verdammt Ben, wo steckst du?
Habe dich überall gesucht.
Mir reicht's jetzt wirklich
– habe keinen Bock mehr!
Dave, heute 02:43 Uhr

Okay, mach, was du willst.
Ich bin weg.
Dave, heute 03:15 Uhr

Guten Morgen.
Jetzt melde dich doch mal endlich!
Was ist letzte Nacht passiert?
Dave, heute 10:09 Uhr

Schnell tippte ich meine Antwort ein:

Sorry, tut mir leid.
Ich bin im Hotel.
Aber nicht in unserem.
Ganz komplizierte Story.
Erkläre dir alles später.
Ben, heute 11:16

Erneut brummte das Handy.

Ben, du nervst. Wirklich.
So kenne ich dich gar nicht.
Wenn ich das gewusst hätte,
wäre ich nicht mit nach London gekommen.
Dave, heute 11:17 Uhr

Ein Klopfen an der Tür ließ mich aufblicken.

»Alles klar bei dir?«

»Ja, ich bin gleich fertig«, antwortete ich.

»Ich besorg uns mal Frühstück. Möchtest du etwas Bestimmtes?«

»Frühstück? Ja. Nein. Egal. Kaffee wäre gut.«

»Das glaube ich auch«, hörte ich den Typen lachend sagen.

Ich putzte mir schnell die Zähne, zog die Boxershorts und Jeans wieder an und schlüpfte in mein T-Shirt. Nach einem letzten Blick in den Spiegel fand ich mich schon wieder vorzeigbar, allerdings konnten meine Haare etwas Gel gebrauchen. Also griff ich nach dem Tiegel, der auf dem Waschbecken stand, verwarf das Vorhaben aber gleich wieder, da ich nicht zu eitel rüberkommen wollte. Vielleicht sollte ich das Gel aber später mitnehmen? Als Student mit chronischer Geldnot musste man schließlich nehmen, was kriegen konnte, erst recht, wenn es sich um Kosmetikproben aus Luxushotels handelte. Die konnte man immer gebrauchen, freute ich mich, doch noch im selben Moment ließ mich der Gedanke an Luxushotels erschrocken inne halten. Das Zimmer hier musste ein Vermögen kosten. Und eines war sicher: Dieses Vermögen hatte ich nicht.

In meinem Bauch zog sich alles zusammen. Was, wenn es meine Idee gewesen war, hierher zu kommen? So wie ich gestern drauf gewesen sein musste, konnte ich das nicht ausschließen.

Vor meinem inneren Auge lief sofort ein Film ab, den ich nicht sehen wollte, der sich aber nicht anhalten ließ und der mir jetzt, da ich wieder nüchtern war, erschreckend realistisch vorkam. Darin sah ich mich betrunken und enthemmt den coolsten Typen im Club anmachen. Ich sah uns beide in einer dunklen Ecke stehen, vom Tanzen leicht verschwitzt, halbnackt und wild küssend. Und dann hörte ich mich – ganz der Was-kostet-die-Welt-Typ – sagen: »Ich schenke dir eine unvergessliche Nacht. Lass uns ins *Hilton* gehen und noch mehr Spaß haben!«

Nein, stopp! Es durfte nicht meine Idee gewesen sein, in einem der teuersten Londoner Hotels abzusteigen. Ich mochte mir gar nicht ausmalen, wie viel die Nacht in dieser Suite gekostet hatte und schon gar nicht, wie ich sie um Himmels Willen bezahlen sollte.

Panisch überdachte ich meine Möglichkeiten. Ich könnte mich heimlich aus dem Hotel schleichen. Nein, das würde nicht funktionieren, denn wie in allen Hotels gab es sicher auch hier eine Videoüberwachung, um genau das zu verhindern. Ich könnte meine Kreditkarte für die Zahlung benutzen. Nein, auch das würde nicht gehen, denn das Geld auf meinem Konto würde nicht einmal für eine Stunde in dieser Nobelherberge reichen, geschweige denn für eine ganze Nacht.

Ein lautes Klopfen riss mich aus meinen Gedanken.

»Sag mal, bist du immer noch da drin? Alles okay? Lebst du noch?«, kam es von der anderen Seite der Tür.

Kapitel 2

»Ins Hilton zu gehen, war meine Idee, oder?«, platzte es aus mir heraus, noch bevor ich die Badezimmertür ganz geöffnet hatte.

»Wie? Was für eine Idee?« Der Typ zog ratlos eine Augenbraue hoch und blickte mich fragend an.

Mann oh Mann, er sah auch dann noch umwerfend aus, wenn er verwirrt war, stellte ich fest und musste wegen meines plötzlichen Gedankenwechsels grinsen.

Er grinste zurück und sagte: »So langsam scheinst du wieder unter den Lebenden zu sein. Ich verstehe zwar noch nicht, was du mir sagen willst, aber eines steht fest: Jetzt, nach der Dusche, siehst du wieder gut aus.«

Mein Magen machte einen kleinen Hüpfer, als er das sagte.

»Ich versuche immer noch, mich an die letzte Nacht zu erinnern. Sag mal, habe ich vorgeschlagen, in dieses sündhaft teure Hotel zu gehen?«, fragte ich vorsichtig.

Sein Blick glitt durch das Zimmer, und es schien, als nähme er die Suite erst in diesem Moment richtig wahr.

»Nein, keine Angst«, antwortete er, und sein Gesicht nahm wieder diesen undefinierbaren Ausdruck zwischen Belustigung und Spott an. »Ich habe dich hierhin mitgenommen. Und ich schätze, dass diese Suite so ziemlich das letzte Hotelzimmer war, das man letzte Nacht in London hatte bekommen können. Hast du vergessen, dass gestern Abend das finale Spiel der Ersten Liga stattgefunden hat?«

Voller Erleichterung atmete ich hörbar aus.

»Aber das Hotelzimmer hier muss ein Vermögen kosten«, sagte ich laut. Was mir anschließend durch den Kopf schoss, sprach ich glücklicherweise nicht aus: *Gott sei Dank nicht mein Vermögen!*

»Ich habe meine Beziehungen. Meine Schwester hat eine Weile hier im *Hilton* gejobbt. Über sie habe ich einige Leute vom Personal kennengelernt, und die haben …«, sagte er, doch bevor er weitersprechen konnte, unterbrach ihn das Summen der Türklingel. »Das muss unser Frühstück sein«, rief er bereits zur Tür gehend, ehe er auf halbem Weg nach seinem T-Shirt griff, es sich überzog und schließlich öffnete.

»Jordan, dein Frühstück«, hörte ich den Hotelpagen mit aufgeregt klingender Stimme sagen. »Gestern habt ihr echt ein großes Ding abgezogen. Respekt!«

»Danke. Nett von dir und danke auch fürs Frühstück«, antwortete der Traumkerl, dessen Namen ich jetzt endlich kannte – Jordan.

Er drehte sich um, trat lässig mit einem Fuß die Tür hinter sich zu und stellte dann ein üppig beladenes Frühstückstablett auf den Tisch der Sitzgruppe vor den riesigen Panoramafenstern.

»Sag mal, was meinte der Kellner gerade? Was haben wir für ein großes Ding abgezogen?«, fragte ich und schloss etwas zögerlich »Jordan« an.

Jordan blickte vom Tablett auf, nahm sich ein Croissant und grinste wieder über das ganze Gesicht, während er ein großes Stück davon abbiss.

»Jetzt, wo du meinen Namen weißt, kannst du mir auch deinen verraten«, sagte er kauend, ohne auf meine Frage einzugehen, dafür aber weiter amüsiert grinsend.

»Ben«, antwortete ich beiläufig und merkte, dass ich ungeduldig wurde. »Jetzt lass uns endlich über gestern

Abend sprechen. Ich kann verstehen, dass es eine Weile witzig war, mich zu veralbern. Das habe ich wahrscheinlich verdient, schließlich wurde ich nicht gezwungen, mich zu betrinken und mit einem Filmriss auf dem Boden zu landen. Aber so langsam habe ich keine Lust mehr, den Teppich-Clown zu spielen – den Idioten, der nicht mehr weiß, was los war und auf dessen Kosten man seine Scherze machen kann.« Ich fing an, richtig wütend zu werden.

»Ben, keine Sorge«, meinte Jordan und kam einen Schritt auf mich zu. »Gestern Nacht – das war völlig okay.«

»Was war okay?« Meine Stimme wurde bedrohlich leise, und ich fühlte, dass der Zorn weiter in mir aufstieg. Bleib ruhig, Ben, sagte ich mir, aber es half nichts. »Mann, raus mit der Sprache! Was war okay gestern Abend?«, fragte ich wütend.

Jordan kam einen weiteren Schritt auf mich zu, antwortete aber noch immer nicht. Seine Augen waren zu schmalen Schlitzen verengt, mit denen er mich taxierend ansah.

Unter dem V-Ausschnitt seines T-Shirts konnte ich die Flammen seines Tattoos sehen, und fast schien es, als würde das Herz wirklich brennen, als sich seine Muskeln anspannten. Meine Hände ballten sich zu Fäusten, aber das merkte ich kaum.

Dann kam Jordan blitzartig auf mich zu, nahm meinen Kopf zwischen seine Hände, zog ihn zu sich heran und presste seinen Mund auf meinen. Das Croissant, das er noch in der Hand hielt, fiel unbeachtet auf den Teppich.

Meine Reflexe hätten fast mit einem Angriff auf Jordan reagiert, aber als seine Lippen hart auf meine trafen, übernahm mein Körper die Kontrolle, noch bevor ich begriff, was gerade geschah. Die Wut, die weiter in mir brodelte, versuchte, meinen Kopf aus

Jordans Händen herauswinden, aber er hielt ihn mit eisernem Griff fest. Und gerade als ich fühlte, wie seine Zunge alles tat, um meine Lippen zu öffnen, verrauchte mein Ärger, so schnell wie er gekommen war, und mein Mund öffnete sich bereitwillig und ließ seine Zunge hinein.

Das konnte nicht wahr sein! Mein Verstand begriff noch immer nicht, was sich hier gerade abspielte, aber meine Zunge führte ihr eigenes Regiment. Einer Armee gleich versuchte sie, tief in Feindesland vorzudringen. Jordan aber hatte die bessere Streitmacht. Seine Zunge behielt die Oberhand und erforschte begierig, feucht und hemmungslos meinen Mund. Sie kundschaftete jeden Millimeter aus, umtanzte und umkreiste meine Zunge, ließ mich ab und zu in seinen Mund vordringen, um dann umso heftiger wieder zu mir vorzustoßen.

Mein Widerstand brach. Ich öffnete meine Finger, die noch zu Fäusten geballt waren, und legte sie an Jordans Taille. Hitze empfing mich, die ich selbst durch den Stoff seines T-Shirts spüren konnte. Und schon diese kleine Berührung reichte, um zu erahnen, wie stark, wild und ungezähmt dieser Körper war.

In diesem Moment schien auch Jordan zu wissen, dass ich vollständig kapituliert hatte, denn er löste seinen Griff um mein Gesicht, ohne damit jedoch die Leidenschaft seines Kusses zu verringern. Im Gegenteil. Immer begieriger kreisten unsere Zungen umeinander, und auch seine Hände blieben nicht lange von mir getrennt. In einer einzigen fließenden Bewegung glitten sie unter mein T-Shirt und berührten meine nackte Haut. Ich stöhnte auf, als sich eine seiner großen Hände an meine Seite legte, während die andere meinen Rücken hochfuhr und mich fester an ihn drückte.

Wild küssend pressten wir unsere Körper aneinander. Ich spürte seine angespannten Muskeln, fühlte seine Hände, wie sie meinen Oberkörper streichelten und dabei mein T-Shirt höher und höher schoben. Und ich spürte noch etwas: seinen harten Schwanz, der sich durch seine Jeans an mein Bein presste. Schon vorhin, als ich Jordan nackt gesehen hatte, war sein Teil riesig gewesen, schoss es mir durch den Kopf. Wie groß würde sein Penis nun in erregtem Zustand sein?

Erst jetzt merkte ich, dass auch mein Schwanz hart geworden war und unbequem in meiner Hose klemmte. Weg mit den Klamotten!, dachte ich. Und als könnte Jordan meine Gedanken lesen, löste er seinen Mund von meinem, schob mich ein wenig von sich weg und zog mir das T-Shirt aus. Schon wollte ich mich wieder auf ihn stürzen, aber er hielt mich auf Abstand und betrachtete mich.

Fast war es, als sähe ich mich mit seinen Augen. Und was er sah, war ein blonder, schlanker Typ, ein bisschen größer als er selbst, mit angespannten Muskeln und einem Körper, der mit jeder Faser nach ihm gierte. Aber warum machte er nicht weiter?

»Was ist los?«, fragte ich, und zum Glück klang es nicht flehend.

»Du siehst echt gut aus, Ben«, entgegnete Jordan und zog sich sein T-Shirt über den Kopf.

Ich atmete hörbar aus, mein Herzschlag nahm an Fahrt auf und überschlug sich beinahe, und keinen Augenblick später hatte Jordan mich wieder an sich gezogen. Erneut küsste er mich und drückte seinen nackten Oberkörper so fest an mich, als wollte er mit mir verschmelzen.

Endlich fühlten meine Hände nackte Haut. Sie fuhren Jordans breiten Rücken hinab, erkundeten jede Faser seiner Muskeln und berührten alles, was sie von Jordan zu fassen bekamen.

Als ich an den Bund seiner Jeans stieß, schob ich meine Hände so weit es ging unter den Stoff und in seine Boxershorts. Was ich dort fühlte, ließ mich erbeben.

Ich ertastete den oberen Teil seines kleinen, festen Hinterns, drückte ihn erst vorsichtig und dann fester.

Jordan stöhnte leise auf, und ich wurde mutiger. Ich nahm einen Finger und umspielte den Anfang seiner engen Spalte, schob ihn tiefer zwischen seine Backen und zog ihn wieder zurück. Jordan reagierte auf meine Berührung, indem er im gleichen Rhythmus sein Becken vor- und zurückschob, sodass sich sein praller Penis an meinem rieb.

Ich keuchte voller Vorfreude.

»Lass uns zum Bett gehen«, raunte Jordan und manövrierte mich – weiter wild küssend – durch den Raum. Fast wäre ich auf dem Weg zum Bett über ein T-Shirt gestolpert, das achtlos auf dem Boden lag. Es hatte sich beim Laufen um meinen Fuß gewickelt und mich beinah auf dem Teppich stolpern lassen, aber Jordan hielt mich fest und grinste schadenfroh.

»Hätte ich mir ja denken können, dass du lieber den Teppich nimmst als das Bett«, foppte er mich.

Ich zeigte ihm meinen Mittelfinger. »Du kannst mich mal«, sagte ich, grinste aber ebenfalls.

»Gerne«, antwortete Jordan, setzte sich aufs Bett und zeigte grinsend auf seinen prallen Schwanz in der Jeans. »Aber dafür müsstest du ihn erst einmal herauslassen.«

Er ließ sich rückwärts aufs Bett fallen, legte die Hände hinter den Kopf und spreizte die Beine, ließ seine Füße aber auf dem Boden stehen.

Ich fand das zwar ein wenig machohaft und zögerte einen Moment. Doch der Anblick, wie Jordan breitbeinig auf dem Bett lag und nur darauf wartete, dass ich ihn auszog und verwöhnte, war zu erregend und blies meine Gedanken hinweg.

Mit einem Satz sprang ich auf die Matratze, sodass Jordan einen kleinen Hüpfer machte. Seine Augen strahlten mich frech an, während ich mich über ihn kniete. Ich beugte mich zu ihm hinunter, drückte meinen Mund auf seinen und schob meine Zunge, ohne zu zögern, tief in ihn hinein. Zeitgleich erforschten meine Hände sein markantes Gesicht und streichelten jeden Quadratzentimeter seiner Haut. Ich betastete die Lider seiner geschlossenen Augen, fuhr über seine Nase, streichelte erst die weiche Haut seiner oberen Wangen und dann den von seinen Bartstoppeln kratzigeren unteren Teil.

Mein Mund ging auf die gleiche Reise. Er küsste erst die Augen, leckte über die Wangen und das Kinn, um dann über den Hals zu Jordans Brust zu wandern.

Jordan stöhnte wohlig auf, als ich abwechselnd küssend und leckend seine Brustmuskeln bearbeitete und schließlich an seiner linken Brustwarze anhielt, um vorsichtig an ihr zu knabbern.

»Oh ja«, entfuhr es ihm.

Ich setzte mich aufrecht hin und massierte nun beide Brustwarzen. Wie unglaublich gut sich seine harte Männerbrust anfühlte! Ich merkte, wie mein Schwanz wieder schmerzhaft in der Hose pochte, und ein flüchtiger Blick über meine Schulter verriet mir, dass auch die Latte in seiner engen Hose ihre volle Größe erreicht hatte.

Fast wie im Fieber beugte ich mich herunter, leckte über sein Sixpack, küsste seinen kleinen Bauchnabel und fand schließlich den Ansatz seiner Schamhaare, die meiner Zunge den Weg zwischen seine Beine wiesen.

»Komm, hol ihn raus«, hörte ich ihn gepresst sagen und sah es in seiner Hose begierig zucken.

Ich glitt vom Bett, um mich zwischen seine Beine zu knien.

Nur wenige Zentimeter war mein Gesicht nun von seiner Erektion entfernt, und ich konnte es kaum abwarten, den Ständer endlich herauszuholen. Meine Hände zitterten vor Erregung, und ich schaffte es erst nach ein paar Versuchen, den Knopf seiner Jeans zu öffnen.

Zum Glück hatte seine Hose anstatt weiterer Knöpfe einen Reisverschluss, den ich nun hastig mit einem leisen Ratsch nach unten zog.

Als die enge Hose offen war, bäumte sich sein Schwanz in seiner Boxershorts auf und genoss sichtlich die neu gewonnene Freiheit. Die Umrisse des gewaltigen Kolbens zeichneten sich deutlich unter dem Stoff ab, und ich beeilte mich, Jordan die Boxershorts und die Jeans auszuziehen. Jordan hob seinen Hintern ein wenig an, um mir dabei zu helfen. Ich zog und zerrte, damit ich die Jeans über seine muskulösen Waden bekam, und dann endlich lag er so vor mir, wie ich ihn haben wollte: vollkommen nackt.

Für einen Moment erstarrte ich und konnte nichts anderes tun, als Jordan anzusehen. Ich sog den Anblick, der sich mir bot, förmlich in mir auf. Dort lag Jordan, dieser toller Typ, mit seinem markanten Gesicht, mit all seinen Muskeln, mit seinen Tätowierungen und mit seiner prallen Männlichkeit und sah mich voller Begehren an. Was hatte ich da für einen guten Fang gemacht!

Ich konnte es kaum fassen. Und ich konnte nicht mehr länger warten. Doch gerade als ich mich auf ihn stürzen wollte, rief er: »Warte!«

Er richtete sich im Bett auf und stützte sich auf seine Ellenbogen, was sein Sixpack anspannte und das Relief deutlich sichtbar werden ließ.

»Ich will dich nackt sehen. Zieh dich aus«, sagte er.

»Du willst einen Strip?«, entgegnete ich augenzwinkernd. »Okay, kein Problem. Mir fehlt zwar der Hut …«

Ich fing an, die Melodie von Joe Cockers Lied *You Can Leave Your Hat On* zu pfeifen. Dann knöpfte ich betont langsam meine Jeans auf und machte ein dümmliches Stripper-Gesicht. Ich drehte mich um, beugte mich vor und zog Zentimeter für Zentimeter meine Jeans so weit herunter, bis Jordan den Ansatz meines nackten Hinterns zu sehen bekam.

»Jetzt kommt der Teil, der besonders sexy ist«, sagte ich und wurschtelte mich bewusst unbeholfen aus meiner Jeans und meiner Unterhose.

Jordan verstand die Ironie und rief: »Als Stripper bist du ein Naturtalent, alle Achtung!« Er lachte und klatschte in die Hände. »Mit deinem Knackarsch könntest du schnell Karriere machen. Nur an der Performance müssten wir noch feilen.« Dann wurde er wieder ernst. »Komm her!«

Ich drehte mich zu ihm um und sah, wie er erneut breitbeinig und geradezu fordernd auf dem Bett saß. Augenblicklich wich die alberne Stimmung, und es lag wieder Sex in der Luft.

Mit zwei schnellen Schritten stand ich vor Jordan. Ich kniete mich vor das Bett, sodass sein mit Adern durchzogener Schwanz nur wenige Zentimeter von meinem Mund entfernt zuckte. Bereitwillig öffnete ich meine Lippen und nahm seine pralle Eichel in mir auf, was Jordan das Becken heben ließ.

»Los, nimm ihn ganz in den Mund«, rief er, und ich genoss das forderndes Flehen. Doch nun war ich es, der die Führung übernahm. Zielstrebig nahm ich mir seine Eichel vor. Zunächst umspielte ich die empfindliche Haut mit meiner Zunge, machte sie dann mit meinem Speichel geschmeidig, um schließlich mit fest geschlossenen Lippen hemmungslos an ihr zu saugen.

Jordans wohliges Seufzen kam im gleichen Rhythmus, wie mein Mund auf- und abglitt.

»Wie sexy du aussiehst, wenn du mir einen bläst«, sagte er und schob sein Becken ein weiteres Mal nach oben, um seinen Ständer gänzlich in meinem Mund verschwinden zu lassen. Instinktiv ließ ich ein wenig von ihm ab, aber Jordan hielt mich am Hinterkopf fest und setzte seinen Willen durch. Bis zum Anschlag drückte er seinen Penis nun in mich hinein. Nie hätte ich es für möglich gehalten, so viel so tief in mir aufnehmen zu können, aber erregt wie ich war, konnte ich einfach nicht genug bekommen. Wie im Rausch presste ich meine Lippen um Jordans Eichel und wichste seinen Schwanz in immer schneller werdenden Bewegungen. Doch gerade als sich der salzige Geschmack eines Lusttropfens auf meiner Zunge ausbreitete und ich überlegte, wie wohl Jordans Samen schmecken würde, entzog er sich meinem Mund.

»Was ist los?«, sagte ich und sah Jordan fragend an.

Statt zu antworten, zog er mich zu sich hinauf und drehte mich vorsichtig auf die freie Seite des Doppelbettes. Jetzt war ich derjenige, der auf dem Rücken lag.

Jordan beugte sich über mich, und ich sah, dass nicht nur sein Blick, sondern bereits sein ganzer Körper fiebrig heiß war. Brust, Schultern, Hals, Stirn – alles glänzte unter einem dünnen Schweißfilm, den ich unbedingt berühren musste. Doch just als ich anfing, mich Jordan entgegenzustrecken, drückte er mich zurück in die Matratze.

Nicht anfassen!, so die deutliche Botschaft. Stattdessen fingen seine Hände an, mich zu berühren. Mal steiften sie meine Wangen, mal meine Brust. Mal berührte ein Finger meinen Bauch, dann wieder glitt ein anderer zwischen meine Schenkel oder über meinen Schwanz. Aber wo auch immer sie ihr Ziel fanden, stets war die Berührung nur flüchtig. Manchmal wusste ich nicht einmal, ob mich tatsächlich Jordan berührte oder ob es nur ein Luftzug aus der Klimaanlage war. Eines stand hingegen außer Frage: Jordan machte mich schier wahnsinnig. Ich spürte, wie mein ganzer Körper bebte und mein Atem zittrig ging. Hechelnd stieß ich die Luft aus, um sie im nächsten Augenblick schon wieder einzuatmen.

»Jetzt bist du bereit, oder?«, fragte Jordan, und ich wusste sofort, was er meinte. Er wollte mich ficken. Hallo? Dieser coole, dieser krasse Typ wollte *mich* ficken. Wie sollte ich dazu nein sagen?

So ungern ich mich sonst mit der ausschließlich passiven Rolle zufrieden gab, so gern tat ich es in diesem Augenblick. Jordan würde ich ohnehin nicht dazu kriegen, es sich von mir besorgen zu lassen. Das hatte er mir bereits beim Blasen deutlich gemacht. Er war der Typ, der den Takt vorgab, und ich war nur zu gern bereit, mich von seinem Rhythmus führen zu lassen. Also ließ ich es geschehen, und das nächste, was passierte, war, dass Jordan über mich kam und sich auf mich legte. Erst mit seinem bebenden Unterleib, dann mit seinem ganzen Körper.

Wie heiß er war! Und wie schwer! Mit seiner männlichen Statur und seinen stahlharten Muskeln machte dieser Körper deutlich, dass es kein Junge, sondern ein Kerl war – ein harter, ganzer Kerl – der da auf mir lag. Dennoch empfand ich das Gewicht keineswegs als erdrückend. Im Gegenteil sogar. Das Gefühl, unter solch einem Adonis zu liegen, nahm mir all meine Fragen, all meine Unsicherheiten der letzten Wochen, und ich krallte mich mit ganzer Kraft in Jordans starken Rücken. Jordan wiederum drückte mich in die Matratze und rieb seinen Unterkörper mit harten Bewegungen an meinem. Ich erwiderte die Stöße und presste meinen Penis gegen seinen.

Endlich konnte sich meine angestaute Lust ungehindert ihre Bahnen brechen. Endlich konnte es zur Sache gehen. Abwechselnd stoben wir auseinander und fanden uns neu. Abwechselnd verschränkten wir unsere Hände ineinander und ließen dann wieder voneinander ab. Unser Körper wogten immer schneller und schneller, aber es reichte mir nicht. Ich wollte ihn in mir haben. »Fick mich endlich«, sagte ich. Und anstatt zu antworten, glitt Jordan von mir herunter und drehte mich auf den Bauch, sodass ich ihm meinem Hintern hinstreckte.

»Dein Wunsch ist mir Befehl«, sagte er und zog mich an den Bettrand.

Mein Blick war auf die feine Seidentapete am Kopfende des Bettes gerichtet, aber ich nahm sie nicht wahr. Denn all meine Sinne konzentrierten sich auf meinen Hintern, an dem Jordan mit einer Hand die Backen auseinander schob. Endlich kam meine Rosette an die Reihe, und ich fühlte, wie ein Finger erst an meiner Kimme entlangfuhr, kurz an der Öffnung verweilte und dann mit einem festen Stoß in sie eindrang. Ich stieß einen zischenden Laut aus, von dem ich hoffte, dass er Jordan anfeuern würde.

Wenn schon sein Finger mich so weit bringen konnte, was würde dann erst sein Schwanz können?, ging es mir durch den Kopf, und ich schloss die Augen.

»Warte«, sagte Jordan und ging zu seiner Jeans, die achtlos in der Ecke des Zimmers lag. Er kramte kurz in einer der Taschen und kam mit einer Kondompackung zurück. Die Schutzfolie knisterte widerspenstig und wollte ihren Inhalt nicht freigeben, als Jordan mit nervösen Fingern an ihr herumnestelte.

Mach schon, feuerte ich ihn im Gedanken an, und es schien zu helfen. Denn nur wenige Augenblicke später lag die Verpackung auf dem Boden, und das dünne Latex umhüllte seinen Ständer.

»Los, mach weiter! Ich will ihn in mir spüren«, sagte ich und war selbst erstaunt über mein Verlangen. Jordan sah mich mit seinen dunklen Augen an, und sie schienen zu sagen: *Jetzt bist du fällig!*

»Dreh dich um«, sprach er laut aus. »Ich will, dass wir uns dabei in die Augen sehen.«

Hastig drehte ich mich auf den Rücken und blickte ihn an, während er meine Beine spreizte und sich über mich beugte. Als er seinen Schwanz an meine Rosette drückte, hatte ich kurz Bedenken, ob er vielleicht zu groß für mich sei. Aber Jordan nahm mir die Zweifel, indem er geschickt meine Latte bearbeitete, bevor er mit einem Stoß in mich glitt.

Beide stöhnten wir auf.

Während Jordan mich mit der Arbeit seiner Hände und seiner harten Männlichkeit in ungeahnte Höhen trieb, hörte ich nur noch unser Stöhnen und das immer schneller werdende Klatschen seiner Lenden an meinem Hintern. Mein Saft stieg. Lange würde ich ihn nicht mehr zurückhalten können.

»Ich komme gleich«, presste ich hervor.

»Ja, lass es raus«, sagte er und stieß heftiger zu.

Mein Orgasmus kam in heftigen Schüben. Der erste Schwall schoss bis an meinen Hals, der zweite landete auf meiner Brust, und die restlichen ergossen sich auf meinem Bauch.

Jordan bäumte sich zur selben Zeit auf, verdrehte die Augen, und ich sah, wie er sich mit pumpenden Kontraktionen in mir entlud.

Jordan stieg aus dem Bett, zog den gebrauchten Gummi ab und warf ihn achtlos in den Papierkorb. Dabei strich er sich eine Haarsträhne aus der Stirn.

Dann kam er zurück zum Bett und sah mich mit seinen unergründlichen Augen an. Da war er wieder, dieser Ausdruck, den ich nicht deuten konnte. Sicher, Jordan war ein geheimnisvoller Rebell, dachte ich. Doch ich entdeckte noch etwas anderes in seinem Blick. War es Verletzlichkeit? Oder Einsamkeit?

Kapitel 3

»Frag mich jetzt bloß nicht: *Und wie war ich?* Oder so etwas in der Art«, sagte ich.

Jordan grinste, warf sich zurück aufs Bett und blieb nackt neben mir liegen. Ich weiß nicht warum, aber die ungenierte, selbstverständliche Art, mit der Jordan sich nackt zu mir ins Bett legte, kam mir ungemein intim vor. Klar, wir hatten gerade miteinander geschlafen, da sollte Nacktheit nichts Besonderes sein. Aber ich für meinen Teil hatte mir bereits mit einem Stück Decke meine Lenden verdeckt. Jordan hingegen schien keine Probleme zu haben, sich Fremden gegenüber nackt zu zeigen.

Fremde. Als mir das Wort in den Sinn kam, musste ich schlucken, denn tief in mir spürte ich, dass ich es nicht bei einer oberflächlichen Nummer mit einem Fremden belassen, sondern Jordan gern näher kennenlernen wollte.

»Ich muss dich nicht fragen, ob ich gut war«, riss mich Jordan aus meinen Gedanken. »Ich weiß, dass ich gut war. Das habe ich an deinem Stöhnen gehört.«

»An meinem Stöhnen? Dass ich nicht lache! Du warst nicht gut, höchstens ganz okay. Befriedigend würde ich sagen«, log ich.

»Ja, befriedigend. Das hört sich ganz nach der richtigen Note für mich an«, sagte er und boxte mir spielerisch gegen die Schulter. »Ich fand dich auch befriedigend.«

Ich ließ mich ins Kissen zurückfallen und sah die Zimmerdecke an. An der Deckenlampe entdeckte ich einen dünnen Staubfaden, der leicht im Luftzug der Klimaanlage wehte. Für das viele Geld, das diese Suite kostete, hätten sie ruhig die Lampe abstauben können, sagte der Spießer in mir, als mir einfiel, dass Jordan ohnehin nicht für das Zimmer zahlen musste. Da konnte man also durchaus über etwas Staub hinwegsehen, fand ich. Doch dann drängte sich plötzlich ein anderer Gedanke zurück in mein Bewusstsein: Staub hin oder her, ich wusste immer noch nicht, wie ich hier hergekommen war.

»Wir haben noch gar nicht die eigentliche Frage geklärt«, sagte ich, »die, bei der du mich vorhin so unsanft unterbrochen hast. Jetzt raus mit der Sprache! Wie sind wir hier gelandet?«

Ich nahm den Blick von der Zimmerdecke und drehte mich zurück zu Jordan. Wie es aussah, hatte er mich nicht aus den Augen gelassen, zumindest sah er mich noch immer an.

»Wie ich vorhin schon sagte: Mach dir keinen Kopf! Es gibt nichts, weswegen du dir Sorgen machen müsstest. Du hattest einfach nur zu viel getrunken. That's it!«

»Ein paar Details wären aber trotzdem nicht schlecht. Alles, was mir noch einfallen will, ist, dass Dave und ich zusammen in den Club gegangen sind und ein oder zwei Drinks getrunken haben.«

»Ein, zwei Drinks? Ich bin zwar kein Barkeeper, aber glaube mir, du hast dir gestern mehr als zwei Gläser genehmigt«, sagte er. »Wie viele es genau waren, kann ich dir nicht sagen.«

Jordan stand auf, ging zum Frühstückstablett und nahm sich ein weiteres Croissant. Er hielt ein zweites in meine Richtung und hob fragend die Augenbrauen. Als ich stumm nickte, warf er das Croissant durch den Raum, und ich fing es auf. Krümel landeten im Bett und auf meiner nackten Brust, aber ich beachtete sie nicht.

»Als ich dich im Club entdeckt habe, muss es bereits sehr spät gewesen sein«, sagte Jordan, während er auf einem Bissen Croissant kaute, »denn es war ohnehin schon weit nach Mitternacht, als ich, zusammen mit ein paar Freunden, in dem Laden aufgetaucht bin.«

Ich biss ein Stück von meinem Croissant ab und hörte weiter zu.

»Ich habe dich erst bemerkt, als du mit Malcolm aneinander geraten bist«, fuhr Jordan fort.

»Wer ist Malcolm?«, fragte ich und glaubte, mich verhört zu haben. Ich hatte Streit mit einem Malcolm?

»Malcolm ist einer meiner Freunde, mit denen ich gestern unterwegs war. Und du bist mir, wie gesagt, zum ersten Mal aufgefallen, als du dich mit ihm in den Haaren hattest. Ich stand weiter hinten im Club und habe gesehen, dass ihr eine handfeste Auseinandersetzung hattet. Fast wären Fäuste geflogen, und da ich dich süß fand, bin ich dazwischen gegangen und habe euch getrennt.«

Jordan hob seine Boxershorts vom Boden auf, zog sie an und ging zu seiner Hose.

»Warum wollte ich mich prügeln?«, fragte ich.

Jordan zuckte mit den Schultern, als gerade ein Bein in seiner Jeans verschwand. »Keine Ahnung. Malcolm ist ein harter Bursche, der oft Streit sucht. Das Einzige, was ich mitbekommen habe, ist, dass es bei eurem Zwist um Fußball ging.«

Bei meinem Streit sollte es um ein Fußballspiel gegangen sein? Ich hielt das zwar für unwahrscheinlich, denn mein Interesse für Fußball ging gegen Null, doch ich sagte nichts.

»Hast du denn gestern nicht das Spiel gesehen?«, fragte Jordan unvermittelt.

»Welches Spiel?«, gab ich zurück und schaute Jordan fragend an.

»Du fragst mich ›Welches Spiel?‹ Ist das dein Ernst? Na, welches Spiel sollte ich wohl meinen? Hmm, lass mich überleben.« Er nahm sein Kinn in eine Hand, runzelte die Stirn und sah mich gespielt nachdenklich an. Dann, als käme ihm gerade in diesem Moment die Erleuchtung, schlug er sich mit der Hand gegen die Stirn und sagte: »Das Finalspiel! Jetzt fällt es mir wieder ein. Das Finalspiel von gestern!«

Ja, klar. Das Finalspiel. Wie hatte ich das nur vergessen können, wo doch ganz England in den letzten Tagen von kaum etwas anderem gesprochen hatte, schließlich war es das letzte Spiel der Saison gewesen, und für London war es dabei um den Meistertitel gegangen.

»Äh, klar, das Finalspiel«, sagte ich ausweichend. »Nein, das habe ich nicht gesehen. Wer hat gewonnen?« *Gegen wen hat denn London überhaupt gespielt?*, traute ich mich nicht zu fragen, da mich das sofort als hoffnungslosen Fall in Sachen Fußball geoutet hätte.

»Da warst du sicher der Einzige, der gestern nicht im Stadion oder vor dem Fernseher gesessen hat. Wer gewonnen hat?«, wiederholte Jordan meine Frage und verdrehte die Augen. »Wir natürlich! Aber lass mich raten: Wer solche Fragen stellt, stammt nicht aus London, oder?«

»Nein«, gab ich zu. »Das heißt, neuerdings eigentlich schon, denn ich habe vor, hier zu bleiben. Dieses Wochenende läutet meine neue Zeit in London ein.«

London ich komme, dachte ich. Doch es fühlte sich nicht gut an. Während mich die Vorstellung, ein neues Leben in einer aufregenden Stadt zu beginnen, die letzten Wochen hatte aufblühen lassen, schien mir die Idee nach dem Blackout der letzten Nacht nun doch nicht mehr so gut zu sein.

Ich verdrängte den Gedanken und wechselte das Thema: »Und nachdem du mich und diesen Malcolm voneinander getrennt hattest, hast du mich mit ins Hotel genommen?«

Jordan grinste wieder. »Ja, so war es. Wir haben uns noch kurz im Club unterhalten und sind dann hierher gegangen, um ein bisschen Spaß zu haben. Doch stattdessen bist du auf dem Teppich eingeschlafen.«

Jordan hatte sich mittlerweile auch sein T-Shirt wieder angezogen und ging zur Tür. »Den Rest kennst du ja«, sagte er und nahm seine Jacke von der Garderobe. »Ben, ich muss jetzt los. Du kannst aber gerne noch länger im Zimmer bleiben. Mein Freund vom Personal braucht es erst am späten Nachmittag.«

Mir klappte der Mund auf, und ich wollte etwas sagen, aber ich wusste nicht, was. Jordans Aufbruch kam so plötzlich. Ich hatte ihm zwar beim Anziehen zugesehen, aber auf die Idee, dass er danach gehen würde, war ich nicht gekommen. Dabei war es das Naheliegendste. Wir hatten gefeiert, hatten Spaß gehabt, und jetzt zog jeder wieder seiner Wege. So lief das bei One-Night-Stands. Trotzdem fühlte es sich jetzt nicht richtig an. Ich wollte nicht, dass Jordan ging – egal, wie so etwas normalerweise ablief.

Denk nach, Ben! Frag ihn etwas! Egal, was.

Unzählige Gedanken flogen durch mein Gehirn, aber ich bekam keinen richtig zu fassen. Jordan hatte inzwischen seine Jacke angezogen, drehte sich noch einmal zu mir um und lächelte mich mit einem Mach's-gut-Lächeln an.

»Du weißt nicht zufällig, wie man am einfachsten in London einen Job bekommt?«, war die erste Frage, die mir in den Sinn kam, und ich stieß sie hektisch hervor, noch bevor Jordan ganz an der Tür stand.

»Du brauchst einen Job?« Jordan hielt inne, drehte sich zu mir um und betrachtete mich abschätzend. Fast hätte ich mir die Bettdecke bis unter das Kinn gezogen, um seinem prüfenden Blick auszuweichen, aber ich beherrschte mich. Warum sah er mich so an? Fand er es schlimm, dass ich auf Jobsuche war?

»Hmm, warte, lass mich kurz überlegen«, sagte er und kam dabei einige Schritte zurück ins Zimmer. »Vielleicht weiß ich etwas. Es kommt natürlich darauf an, was du suchst.«

»Nichts Besonderes«, beeilte ich mich zu sagen. Draußen verzog sich eine Wolke, und durch das Fenster fiel ein Sonnenstrahl, in dessen hellem Schein Staubkörnchen zu tanzen schienen. Mich faszinierte der Anblick, Jordan jedoch kniff hingegen geblendet die Augen zusammen.

»Ich kenne eine Security-Firma, die ständig Leute sucht. Du bist groß genug und gut trainiert – das reicht in der Regel, um an einen dieser Jobs zu kommen. Studiert musst du dafür jedenfalls nicht haben«, sagte er.

»Klingt gut«, sagte ich, aber innerlich war ich skeptisch, denn ein Job im Personenschutz war nicht unbedingt das, was ich suchte. Andererseits sollte ich nicht jetzt schon wählerisch sein, dachte ich, schließlich hatte ich mir für meinen Neuanfang London ausgesucht, und da lagen die Jobs nicht auf der Straße. Schon gar nicht, wenn man wie ich nur ein abgebrochenes Studium vorzuweisen hatte.

»Warte mal«, sagte Jordan und ging zum Schreibtisch. Er griff sich einen Notizblock, nahm einen Kugelschreiber und begann, etwas auf den Zettel zu kritzeln. Mit einem leisen Ratsch zog er das Papier ab, drehte sich in meine Richtung und reichte mir den Zettel.

Ich schaute kurz auf die Notiz und erkannte einen Namen sowie eine Telefonnummer. Für einen kurzen Moment dachte ich, dass Jordan mir seine Nummer aufgeschrieben hatte, dann aber sah ich, dass etwas anderes auf dem Zettel stand:

N&D Security
Puppy Turner
Tel. 0207 421 2321

Jordan hatte mir einen Kontakt aufgeschrieben. Seine eigene Telefonnummer hatte er nicht herausgerückt. Ich war enttäuscht, doch ich versuchte, es zu verbergen, denn unter keinen Umständen wollte ich wie einer dieser Typen rüberkommen, die nach einem One-Night-Stand gleich auf die große Liebe machten und klammerten.

»Falls du es probieren willst, nur zu! Unter der Nummer erreichst du Puppy Turner. Er ist der Chef der Firma«, sagte Jordan.

»Puppy? Wie *Welpe*?«, fragte ich.

Jordan lächelte und sagte: »Ja, Puppy ist sein Spitzname. Ich weiß nicht, wie er mit richtigem Namen heißt, denn alle nennen ihn immer nur Puppy. Aber du kannst ihn ja nach seinem richtigen Namen fragen, falls er dir einen Job gibt.«

Mit ein paar Schritten ging Jordan zur Tür, drehte sich aber noch einmal um. »Und richte Puppy auf jeden Fall einen Gruß von mir aus. Dann weiß er, dass ich dich geschickt habe. Das könnte helfen. Ich muss jetzt los. Mach's gut, Ben«, sagte er, und noch bevor ich etwas erwidern konnte, fiel die Tür hinter Jordan ins Schloss, und ich blieb allein im Zimmer zurück.

Kapitel 4

Nach einem lauten Piepsen schlossen sich die Türen, und die U-Bahn fuhr in eine der dunklen Röhren, die London unterirdisch miteinander verbanden. Der Wagen, in dem ich saß, war brechend voll, doch keiner der Passagiere ließ sich von der erdrückenden Enge beeindrucken. Stattdessen blickten die meisten gelangweilt auf ihr Smartphone oder blätterten in ihrem Tablet. Digitale Zombies der Großstadt, wie Dave sie oft nannte. Und in diesem Moment fühlte ich mich ebenfalls wie einer dieser Zombies. Leer, antriebslos durchs Leben taumelnd und doch auf der Suche. Aber nach was?

Nachdem Jordan vorhin gegangen war, hatte auch ich mich beeilt, das Hotel zu verlassen. Ohne ihn war ich mir in dem teuren Zimmer deplatziert vorgekommen. Wie ein Hochstapler hatte ich mich gefühlt – wie einer, der so tat, als würde er zur besseren Gesellschaft gehören und der gleichzeitig wusste, dass er bald auffliegen würde. Dem hatte ich zuvorkommen wollen, und so hatte ich mich schon wenige Minuten nach Jordans plötzlichem Abgang auf den Weg zur nächsten U-Bahn-Station gemacht.

Jetzt saß ich auf einem Platz im hinteren Teil der Bahn und schaute aus einem Fenster, was jedoch nur wenig Ablenkung bot. Denn nur in den kurzen Momenten, in denen der Zug an einer Haltestelle hielt, sah man etwas anderes als sein eigenes Spiegelbild. Doch wirklich stören tat mich das nicht, denn ich achtete ohnehin nicht auf die Aussicht, sondern jagte nur meinen Gedanken nach.

Warum hatte ich Jordan nicht gefragt, ob wir uns wiedersehen könnten? Wieso hatte ich mich nicht nach seiner Telefonnummer erkundigt? Oder zumindest nach seinem Nachnamen? Heutzutage war es doch so einfach, mit jemandem in Kontakt zu bleiben. Doch ich hatte es wieder einmal versaut. Andererseits hatte auch Jordan keine Anstalten gemacht, mich nach meiner Nummer zu fragen. Oder hatte er im Eifer des Gefechts einfach nur vergessen, mich darauf anzusprechen?

Ben, träum weiter, rief ich mich zu Raison. Du warst betrunken und hattest mit irgendeinem Typen einen One-Night-Stand. Also mach keine große Sache daraus, sondern überlege dir lieber, wie du jetzt in London klarkommen willst.

Mein Handy klingelte, was mich überraschte, schließlich befanden wir unter der Erde. Dann aber fiel mir ein, dass man in den meisten U-Bahnen mittlerweile telefonieren oder ins Internet gehen konnte. Also suchte ich in meiner Hosentasche nach dem Smartphone und schaute, als ich es gefunden hatte, auf das Display.

Dave ruft an.

Nach dem vierten Klingeln schaffte ich es, den Anruf anzunehmen.

»Hey Dave«, sagte ich.

»Bist du schon auf dem Weg?«, fragte er mich ohne Begrüßung.

Ich hatte ihm, bevor ich das Hotel verlassen hatte, eine Nachricht geschickt und ihm darin mitgeteilt, dass ich gleich losfahren würde.

»Ja, ich sitze schon in der U-Bahn und bin in wenigen Minuten in Paddington«, sagte ich.

»Das ist gut. Dann können wir uns in dem Café treffen, in dem wir schon am Freitag waren. Du weißt schon, das, in dem es den guten Kuchen gibt. Ich habe mittlerweile wirklich keine Lust mehr, hier in unserem engen Zimmer zu sitzen und auf dich zu warten.«

»Okay, so machen wir es. Ich komme dorthin«, sagte ich und hörte, wie die Leitung am anderen Ende unterbrochen wurde. Keine Frage, Dave war sauer. Aber lange würde das bei ihm nicht anhalten, und genau das machte ihn zu dem perfekten Mitbewohner und zu einem wirklich guten Freund.

Beim Versuch, mein Handy im Sitzen in meine Hosentasche zurückzustecken, trat ich versehentlich mit einem Fuß gegen eine Tasche, die die ältere Frau, die mir gegenüber saß, zwischen ihren Beinen auf dem Boden stehen hatte.

»Entschuldigung«, brummelte ich, während sie mich mürrisch ansah und dabei ihr Gesicht in noch mehr Falten legte. Verständnislos schüttelte sie mit dem Kopf, schob die Tasche weiter unter den Sitz und streckte schließlich ihre Beine ein Stück nach vorne. Einem ungeschriebenen Gesetz zufolge sprachen die Londoner in der U-Bahn nicht, dennoch meinte ich, ein leises »Kein Respekt, die jungen Leute!« von ihr gehört zu haben.

Jordan hätte bestimmt etwas Charmantes zu der Frau gesagt, und das hätte sie dann zum Lachen gebracht, dachte ich. Doch noch im selben Augenblick schüttelte ich verwirrt den Kopf. Da trat ich gegen die Tasche einer alten Frau und dachte am Ende doch wieder nur an Jordan. Ein Grinsen huschte über mein Gesicht, als ich mir der Absurdität bewusst wurde.

Die alte Dame sah mich entgeistert an. Sie schien zu glauben, dass ich mich über sie lustig machte, denn sie reckte erst ihre Nase in die Höhe und schaute dann demonstrativ an mir vorbei.

»Nächste Station Paddington. Achten Sie auf die Lücke zum Bahnsteig«, säuselte eine elektronische Stimme aus den Lautsprechern, und ich beeilte mich, an eine Tür zu kommen – tunlichst darauf bedacht, nicht mit einem weiteren Fahrgast zusammenzustoßen.

Paddington war ein Knotenpunkt der Londoner Tube, wie die U-Bahn liebevoll genannt wurde, und dementsprechend viele Menschen drängten sich mit mir durch die Tür auf den Bahnsteig, nachdem der Zug endlich am Gleis gehalten hatte und ich ausgestiegen war.

Mit der stickigen Wärme, die mir entgegenschlug, drangen auch die verschiedensten Gerüche in meine Nase. Süßliches Parfum mischte sich mit den Ausdünstungen transpirierender Achseln, und der Geruch von fettigem Essen verband sich mit der abgestandenen Luft aus dem Belüftungssystem.

Ich beeilte mich, aus dem Bahnhof herauszukommen, was in Paddington Station gar nicht so einfach war, denn die Ausmaße des Gebäudes waren gewaltig. Zudem halfen einem die Schilder, die überall in rauen Mengen hingen, wenig. Mal wies ein Pfeil nach links auf einen Ausgang hin, dann wieder sollte man rechts gehen, um schließlich wieder am ersten Schild zu landen. Kurzentschlossen ging ich zu einem Zeitungskiosk und fragte einen griesgrämig dreinschauenden Mann – ich vermutete, dass er Inder war –, wie ich am besten zur Vorderseite des Bahnhofs käme.

»Da lang«, sagte er wortkarg und wies in die entgegengesetzte Richtung, aus der ich gerade gekommen war. »Zeitung?«

Geistesabwesend schaute ich auf die Zeitungsauslage. *2:1 – London gewinnt den Fußballkrieg,* sprang mich die Schlagzeile auf der *Sun* an. Ich schüttelte mit dem Kopf, bedankte mich bei dem Mann, der seinen Blick bereits wieder auf ein Nachrichtenmagazin gerichtet hatte, und ging in Richtung Ausgang – was weiter war, als ich dachte.

Als ich endlich aus der Bahnhofshalle ins Freie trat, atmete ich tief durch. Mir war ein wenig übel von der stickigen Luft und den vielen Menschen. Und wahrscheinlich auch vom gestrigen Abend, aber das gestand ich mir nicht ein.

Wo genau war ich? Ich versuchte, mich zu orientieren. Das Café, in dem Dave und ich bereits am Freitag Kaffee getrunken hatten, lag in einer kleinen Seitenstraße, nicht weit vom Bahnhof entfernt. Ich fand die Straße, die ich gehen musste und brauchte nur ein paar Minuten, bis ich endlich vor dem Café stand, in dessen Schaufenster allerlei Kuchen, Gebäck und frische Brote ausgelegt waren.

Das leise Bimmeln einer kleinen Glocke begrüßte mich, als ich die Ladentür öffnete. Ich ging hinein, blickte mich um, und dann sah ich, wie eine Hand erst in die Höhe schnellte und dann wild zu winken begann.

Zum Glück rief Dave nicht auch noch überschwänglich *Huhu* durch den ganzen Laden. Das wäre mir peinlich gewesen.

Ich hob ebenfalls kurz die Hand, um Dave zu signalisieren, dass ich ihn gesehen hatte, ging aber erst einmal zur Glastheke, in der all die leckeren Dinge darauf warteten, von mir bestellt zu werden.

»Was darf es sein, junger Mann?«, fragte eine Dame mit weißer Schürze hinter der Theke.

»Ich nehme einen großen Kaffee und eines hiervon und eines davon. Und das da auch noch«, sagte ich und deutete dabei auf verschiedene verführerisch aussehende Kalorienbomben in der Auslage.

»Zum Hier-Essen oder zum Mitnehmen?«, fragte die Verkäuferin freundlich.

»Ich bleibe hier und setze mich dort hinten hin.« Ich deutete in die Richtung, in der Dave saß.

»Vielen Dank. Ihre Bestellung kommt sofort«, sagte sie beschwingt und machte sich bereits daran, meine süßen Sünden mit einer Silberzange auf einem Teller zu stapeln.

Ich ging zu Dave, der an einem kleinen Tisch saß und mich wütend ansah. Kaum hatte ich mich zu ihm gesetzt, gingen seine Beschimpfungen auch schon los.

»Mir ist es wirklich egal, was du machst. Du bist alt genug, und ich bin nicht deine Mutter. Aber wo zum Teufel bist du gestern Nacht geblieben?« Seine Stimme wurde laut, und ein Pärchen am Nachbartisch schaute bereits zu uns herüber.

»Hallo Dave«, sagte ich und hoffte, dass meine leise Stimmlage auf ihn abfärben würde. Das tat sie aber nicht.

»Du hättest mir wenigstens eine Nachricht schicken können«, fuhr er fort. »Du kennst doch diese *neue* Erfindung. Man nennt sie … « Dave hob theatralisch seine Hände und malte mit dem Zeige- und dem Mittelfinger Anführungszeichen in die Luft, als er schließlich »Smartphone« sagte. »Und mit diesem Smartphone« – wieder die unsichtbaren Anführungszeichen – »kann man wunderbar seinen Mitbewohner und besten Freund, oh Entschuldigung, ehemals besten Freund«, korrigierte er sich, ohne Luft zu holen, »darüber informieren, dass man nicht mit ihm zusammen aus dem Club geht, sondern mit irgendeinem Typen irgendwohin verschwindet. Der gnädige Herr aber hielt es erst vor ein paar Stunden für angebracht, sich zu melden. Und ich, was mache ich währenddessen? Ich komme um vor Sorge und sah dich schon verprügelt in der Gosse liegen. Du hättest tot sein können, Ben, wir sind hier schließlich in London.«

Jetzt machte das Pärchen am Nachbartisch keinen Hehl mehr daraus, dass es sich amüsierte. Als seien die beiden im Theater, hatten sie ihre Stühle ein wenig zusammengerückt, um ungehinderte Sicht auf das große Drama zu haben, das sich vor ihnen auf der Bühne abspielte. Titel des Theaterstückes: *Schwules Paar in der Krise. Eine Kaffeehaus-Posse in drei Akten.*

Ich betete, dieses Stück möge schon nach dem ersten Akt enden.

»Dave, nicht so laut«, flüsterte ich und fing ebenfalls an, mit den Armen zu fuchteln. Das sollte zwar beschwichtigend aussehen, aber letztendlich passte es wohl doch zur Vorstellung.

»Ich kann sehr wohl auf mich selbst aufpassen, immerhin kann ich Karate«, sagte ich. »Also mach dir keine Sorgen.«

Ich weiß nicht, ob es der Hinweis auf meine Karate-Künste war oder die Tatsache, dass in diesem Moment die Kellnerin mit dem Kuchen kam, jedenfalls schaute Dave verblüfft und fuhr dann etwas leiser fort: »Karate? Du? Ben, dein letztes Training liegt bestimmt zehn Jahre zurück.«

»Danke«, sagte ich zur Kellnerin, nachdem sie den Teller mit dem Gebäck vor mir abgestellt hatte.

»Sehr gerne. Der Kaffee kommt sofort«, antwortete sie und ging zurück hinter die Theke. Ihre Miene verriet nicht, was sie von unserer Vorstellung hielt.

»Karate ist wie Fahrradfahren. Das verlernt man nicht«, antwortete ich ausweichend.

»Trotzdem hättest du mich anrufen können.« Seine Stimme schwoll wieder an, doch noch bevor er fortfahren konnte, unterbrach ich ihn, denn so langsam reichte es mir, das ganze Café zu unterhalten.

»Dave, jetzt reiß dich zusammen, und hör auf, wie ein pubertierender Plapperpapagei die Klischee-Tunte zu geben!«

Das saß. Daves Mund klappte erst auf und dann mit einem Ploppen wieder zu. Kurz darauf grinste er und sagte im normalen Tonfall: »*Pubertierender Plapperpapagei* ist gut. Das muss ich mir merken. Jetzt aber raus mit der Sprache. Ich will genau wissen, mit wem du gestern Nacht verschwunden bist. Alle Einzelheiten.«

»Ich war mit Jordan unterwegs«, sagte ich, und in meinem Bauch zog sich etwas zusammen, als ich an ihn dachte und seinen Namen laut aussprach.

»Okay, ihr habt eure Vornamen ausgetauscht. Das ist genau das, was mich am wenigsten interessiert. Vielmehr will ich wissen, welchen der Typen du dir gestern geangelt hast. War es der, mit dem du Streit hattest?«, wollte Dave wissen.

»Du hast gesehen, dass ich mich gestritten habe? Warum bist du nicht dazwischen gegangen?«, entfuhr es mir.

»Du kannst doch Karate«, war seine Retourkutsche.

»Sehr witzig«, sagte ich. »Um genau zu sein, hatte ich einen Filmriss. Es waren wohl doch zu viele Drinks. Ich bin heute Morgen bei Jordan aufgewacht, und das ist auch schon das Ende der Geschichte. Daher konnte ich dich nicht vorher anrufen.«

Ich weiß nicht warum, aber etwas in mir sträubte sich dagegen, Dave von meinem Abenteuer mit Jordan zu erzählen. Normalerweise tauschten wir uns stets über unsere Trophäen, wie Dave unsere Männergeschichten nannte, aus. Genau genommen war es meist Dave, der mir am nächsten Morgen von seinen One-Night-Stands berichtete. Zwar hatte auch ich schon das eine oder andere Mal etwas Spannendes zu erzählen gehabt, doch ich weigerte mich, die gestrige Nacht mit Jordan als eine solche Bettgeschichte abzutun. Und erst recht nicht wollte ich Jordan als Trophäe zum Thema machen – obgleich er zweifelsohne eine Trophäe war. Eine besonders gutaussehende noch dazu.

»Dann weißt du gar nicht mehr, was zwischen euch gelaufen ist? So blau bist du gewesen? Hat der Typ denn wenigstens auch bei Tageslicht noch gut ausgesehen?«, hakte Dave nach und grinste mich mit einem neckischen Blick an.

»Und ob. Jordan ist mehr als nur tageslichttauglich, er ist der Hammer«, antwortete ich. »Doch lange anschmachten konnte ich ihn nicht, da er heute Morgen schnell weg musste. Und eigentlich ist das auch alles ganz uninteressant«, log ich.

»Vorsicht, Ihr Kaffee«, hörte ich es hinter mir und zuckte etwas zusammen, als die Kellnerin die große Tasse auf den kleinen Bistrotisch stellte und dabei Daves Teeglas an den Rand schob, um Platz zu schaffen.

»Vielleicht ist es doch keine so gute Idee von dir, alles abzubrechen und in London neu anzufangen«, sagte Dave, nachdem die Kellnerin wieder gegangen war, und sprach damit meine eigenen Zweifel aus. »Wenn du schon am ersten Wochenende erst Streit bekommst und dich dann betrunken abschleppen lässt, ist das jedenfalls kein guter Start in ein neues Leben. So kenne ich dich gar nicht. Willst du ernsthaft deinen Egotrip durchziehen und dein Studium schmeißen, nur um hier in London zu sein? Ben, ich glaube nicht, dass das der richtige Weg ist, um über Oliver hinwegzukommen.«

»Lass Oliver aus dem Spiel«, sagte ich, und meine Stimme klang schärfer, als ich es beabsichtig hatte. »Oliver ist Geschichte und hat mit meiner Entscheidung, nach London zu gehen, nicht das Geringste zu tun. Ich habe es langsam satt, dass mir immer alle sagen, was ich tun und lassen soll.«

Jetzt war es Dave, der beschwichtigend mit den Armen wedelte.

»Schon gut, schon gut! Ich habe es kapiert. Es hat nichts mit Oliver zu tun«, sagte er, aber ich sah deutlich, dass er nach wie vor vom Gegenteil überzeugt war. »Was ist in letzter Zeit nur los mit dir? Du warst doch sonst nicht so … « Er suchte nach dem richtigen Wort. » … so aufbrausend.«

»Ich will einfach nur mal raus aus dem ganzen Trott und etwas erleben«, sagte ich und versuchte, ruhiger zu sprechen. »Tagein, tagaus dieses trockene Wirtschaftsstudium, das ich ohnehin nie wirklich machen wollte. Mich langweilt das zu Tode.«

»Warum hast du dann so lange gewartet? Jetzt wohnen wir schon seit dem ersten Semester zusammen, und in all dieser Zeit hast du dich nicht ein einziges Mal beschwert. Warum jetzt?«, fragte er, und wieder waberte der Name Oliver unsichtbar im Raum herum.

»Ich weiß nicht, wieso ausgerechnet jetzt. Vielleicht lag es an der Absage von *Pears & Partners*, die mich so aus der Bahn geworfen hat. Hätten die mich genommen, wäre mein Plan aufgegangen. Ich hätte meine Stelle gehabt, und ich wäre nach London gezogen. So aber musste ich mich wohl oder übel entscheiden: Wollte ich weiter in der Provinz versauern oder in London etwas Neues wagen?«

»Ich weiß nicht. Ich glaube, da machst du dir etwas vor. *Pears & Partners* ist doch nicht der einzige Arbeitgeber in London. Du hättest dich locker bei hundert weiteren Unternehmensberatern bewerben können. Irgendwo wärst du schon untergekommen. Du wolltest schließlich nur einen Platz für ein Praxissemester, nicht gleich eine Teilhaberschaft.«

»Ich habe einfach keine Lust mehr auf diesen ganzen Finanz-Zirkus. Doch jetzt lass es gut sein, meine Entscheidung steht.«

Dave verzog den Mund. »Okay, deine Entscheidung. Klar. Und als Freund darf man nichts dazu sagen? Ich weiß nur eines: Vor Oliver …« Er unterbrach sich selbst. »Ich meinte natürlich früher. Also früher warst du nicht so egoistisch, wie du es jetzt bist. Man konnte sich auf dich verlassen. Nimm nur gestern Abend als Beispiel. Der alte Ben hätte mich auf jeden Fall angerufen, einmal ganz davon abgesehen, dass er keinen Filmriss gehabt hätte und auch nicht mit irgendeinem Justin irgendwo mit hingegangen wäre.«

»Jordan«, sagte ich.

»Was? Ach so, Jordan. Stimmt. Doch ob Justin oder Jordan, ist letztendlich auch egal. Du weißt, was ich damit sagen möchte. Und überhaupt, wie willst du hier eigentlich über die Runden kommen? Auf dem Campus unserer Partner-Uni kannst du nicht wohnen, solange du kein Praktikum machst. Das ist mal sicher.«

Dave hatte mit allem, was er sagte, Recht. Und in diesem Moment hasste ich ihn dafür. Wie sollte ich in London klarkommen? Ich hatte keine feste Unterkunft, und mein schäbiges Hotelzimmer würde ich mir nicht mehr lange leisten können. Das stand fest – bei den Wucherpreisen hier.

»Ich habe bereits einen Job«, sagte ich und versuchte so zu klingen, als hätte ich diese Stelle schon in der Tasche und nicht nur ein zerknülltes Papier, auf dem ein Fremder die Telefonnummer einer Sicherheitsfirma gekritzelt hatte.

»Na, dann bin ich mit meinem Latein wohl am Ende. Du scheinst es wirklich ernst zu meinen«, sagte Dave, und plötzlich sah er nicht mehr besorgt, sondern traurig aus. »Ben, du wirst mir fehlen. Aber was immer du hier suchst – ich hoffe, dass du es findest. Nur versprich mir eines: Pass auf dich auf.«

Kapitel 5

In dieser Nacht konnte ich kaum ein Auge zumachen. Erst in den Morgenstunden fiel ich in einen unruhigen Schlaf, in dem mich ein furchtbarer Traum quälte. Darin kauerte ich unter einer Brücke und hielt einen abgenutzten Pappbecher in der Hand. Doch anstelle von ein wenig Kleingeld war dieser mit zerknitterten Papierchen gefüllt, die Jordans Zettel ähnlich sahen. Ich schwitzte, denn die Sommersonne brannte heiß auf mich herab, aber gerade als ich mir einen Schattenplatz suchen wollte, merkte ich, dass ich mich nicht rühren konnte. Was auch immer ich versuchte – ich war unfähig, mich bewegen. Dann plötzlich tauchte eine unheimliche Gestalt vor mir auf. Ich kniff die Augen zusammen, um trotz des gleißenden Sonnenlichts etwas von ihr sehen zu können. Doch ich nahm nur ein undeutliches Flimmern wahr. Bis die Gestalt einen Schritt zur Seite machte und damit die Sonne verdeckte. »Oliver?«, fragte ich. Ja, kein Zweifel, es war Oliver, oder besser gesagt, eine übergroße, monströse Version von ihm, die im Nadelstreifenanzug eines Managers steckte und mit dem Finger auf mich zeigend lachte. »Oliver? Bist du das wirklich?«, hakte ich vorsichtig nach, als die Gestalt, zu der ich aufblickte, mit einem Mal Jordans Gesichtszüge annahm, und ich schließlich schweißgebadet aufwachte.

Verängstigt sah ich mich um, und es dauerte noch einen Moment, bis mir vollends klar wurde, dass ich nicht unter einer Brücke lag, sondern im Bett des schäbigen Hotelzimmers, das ich gebucht hatte.

Ich schlurfte, noch ganz schlaftrunken, in das winzige Badezimmer, das nachträglich mit dünnen Gipswänden dem eigentlichen Zimmer abgerungen worden war, und stellte mich unter die Dusche.

Doch kaum dass ich das Wasser aufgedreht hatte, fluchte ich auch schon, denn die Kalkverkrustungen an der Brause sorgen dafür, dass nur ein lauwarmes Wasserrinnsal aus der Leitung kam. »Mist«, schimpfte ich vor mich hin und beeilte mich, wieder aus der Dusche zu kommen. »Dieses Hotel ist die letzte Absteige. Und das bei den überteuerten Preisen.«

Verärgert trocknete ich mich ab und ging zurück ins Zimmer, wo ich anfing, mich anzuziehen. Gerade wollte ich mir mein T-Shirt schnappen, als mein Blick auf den Nachttisch fiel.

Jordans Zettel!

Ich nahm ihn, strich ihn glatt und las noch einmal, was Jordan darauf geschrieben hatte:

N&D Security
Puppy Turner
Tel. 0207 421 2321

Ob ich dort wirklich anrufen und mich nach einem Job erkundigen sollte? Noch einmal überlegte ich, ob die Sicherheitsbranche das Richtige für mich sei. Doch ich hatte keinerlei Alternativen in Aussicht, und ich brauchte dringend Geld. Also griff nach meinem Handy und ließ den Bildschirm aufleuchten. 08:30 Uhr. Wie spät mochte eine Security-Firma wohl mit der Arbeit beginnen? Gut möglich, dass sie rund um die Uhr im Einsatz war. Doch als Bewerber sollte ich mich an die Bürozeiten halten, und die würde ich schnell in Erfahrung bringen können. Ein Blick auf die Website der Firma würde reichen, um Bescheid zu wissen. Also entsperrte mit einem Fingerwisch den Bildschirm meines Smartphones, startete den Browser, gab die Begriffe *N&D Security* und *London* in das Textfeld der Suchmaschine ein und drückte auf die Eingabetaste.

Einen Moment später erschien die Liste mit den Suchergebnissen auf dem Display und ließ mich stutzen. Bei einer einfachen Suchanfrage wie dieser hatte ich erwartet, den passenden Link gleich an der ersten oder zweiten Stelle der Suchergebnisse zu finden. Nun aber scrollte ich bereits durch die zweite Seite der Liste und entdeckte nicht einen Eintrag, der zur gesuchten Firma passte. Zwar ließen sich haufenweise Links zu Londoner Sicherheitsfirmen finden, aber *N&D Security* tauchte nirgends auf.

Mich beschlich ein ungutes Gefühl. Heutzutage hatte jede Firma mindestens eine Website oder zumindest irgendeinen Eintrag in einer Suchmaschine. Sollte es die Firma womöglich gar nicht geben? Oder hatte sich Jordan einfach mit dem Namen geirrt?

Finden wir es heraus, dachte ich. Kurzentschlossen schloss ich den Browser auf meinem Handy, öffnete die Telefon-Funktion und tippte die Nummer ein, die auf dem Zettel stand. Schon nach dem ersten Klingeln wurde mein Gespräch angenommen, und ich hörte eine unfreundliche, laute Männerstimme: »Ja?«

»Guten Tag. Bin ich richtig bei *N&D Security*?«

»Wer will das wissen?« Die unfreundliche Gegenfrage kam in einem gedehnten Tonfall.

»Hier ist Benjamin Taylor. Ich würde gerne mit Mr. Turner sprechen«, antwortete ich und musste mich beherrschen, nicht ebenfalls unfreundlich zu klingen. »Jordan hat mir Ihre Nummer gegeben«, fügte ich noch hinzu. Vielleicht würde es den Alten am anderen Ende der Leitung besänftigen, dachte ich, und wider Erwarten schien es auch wirklich zu funktionieren. Immerhin klang der Typ mit einem Mal weniger griesgrämig, zumindest bildete ich mir das ein.

»Von Jordan hast du die Nummer? Okay. Verstehe. Hier ist Puppy Turner. Was kann ich für dich tun?«

Ich musste leicht schmunzeln, als er das sagte. Er hieß wirklich Puppy. Dabei klang er eher nach einer ausgewachsenen Bulldogge als nach einem süßen Welpen.

»Ich bin auf der Suche nach einem Job«, sagte ich. »Und Jordan meinte, dass bei Ihnen gerade etwas frei wäre.« Obwohl er mich geduzt hatte, siezte ich ihn sicherheitshalber weiter. »Ich hoffe, das stimmt noch.«

Der Typ schnaufte kurz. Dann fuhr er wieder in seinem mürrischen Tonfall fort: »Ach so. Du brauchst einen Job, und Jordan sagte, hier sei etwas frei. Jetzt habe ich es verstanden. Glaub ja nicht, dass Puppy schwer von Begriff ist.«

Kurz war mir genau dieser Gedanke gekommen, doch selbstverständlich sagte ich nichts dazu.

»Dann komm mal vorbei, und wir werden sehen, was sich machen lässt«, sagte Puppy mit einer tiefen, dunklen Stimme, die mich unwillkürlich an einen Mafia-Boss denken ließ. »Hat dir Jordan denn auch unsere Adresse gegeben?«

»Ihre Adresse? Nein, nur die Telefonnummer, Sir!« Das *Sir* war mir, ohne dass ich zuvor darüber nachgedacht hatte, einfach so herausgerutscht. Der Mafia-Ton und die Autorität, die in seiner Stimme lagen, übten offensichtlich eine zutiefst einschüchterne Wirkung auf mich aus.

»Keine Adresse? Verstehe! Also schreib auf: *11 Upper Brook Street*. Und komm um zehn Uhr her!«

Fieberhaft sprang ich zu meiner Reisetasche und wühlte im Seitenfach nach meinem Stift. Endlich fand ich ihn, stürzte zurück zum Nachtisch, schnappte mir

Jordans Zettel und schrieb die genannte Adresse unter die Telefonnummer.

»*11 Upper Brook Street.* Ist notiert. Ich komme dann um zehn Uhr bei Ihnen vorbei. Vielen Dank, Sir!«

»Und lass verdammt noch mal das *Sir* weg! Das klingt zum Kotzen. Ich heiße Puppy, verstanden?« Er lachte ein heiseres, kehliges Lachen, ein Ich-breche-dir-die-Finger-wenn-du-nicht-parierst-Lachen, das abrupt verstummte, als er die Leitung unterbrach.

* * *

Die *Upper Brook Street* lag in Mayfair und war eine *richtig teure Gegend.* Zumindest hatte sich die Frau an der Rezeption so ausgedrückt, als ich sie nach meinem schnellen Frühstück nach dem Weg gefragt hatte. »Mein lieber Scholli, das ist eine richtig teure Gegend«, waren ihre Worte gewesen. »Schickimicki ohne Ende«, hatte sie gesagt und sich dabei mit einer Hand eine Strähne ihrer wasserstoffblonden Mähne um den Finger gewickelt, den Kopf zur Seite geneigt und mich neugierig gemustert. Ganz als ob sie hatte fragen wollen, was ein Typ wie ich, der in so einem miesen Hotel wie dem ihren abstieg, in Mayfair wollte. Doch noch bevor sie hatte nachhaken können, hatte ich mich bedankt und mich schleunigst aus dem Staub gemacht.

Jetzt, knapp eine halbe Stunde später, kam ich die Treppen der U-Bahn-Haltestelle *Marple Arch Station* hoch und wusste, was die Frau gemeint hatte. Die Straßen und Parks, Häuser und Läden waren hier allesamt vom Feinsten. Ich lief los in Richtung *Upper Brook Street*, und je näher ich meinem Ziel kam, umso mehr überkam mich ein seltsames Gefühl: Wie konnte sich eine Firma, die nicht einmal im Internet zu finden war, eine Adresse in Mayfair leisten? Ging da etwas nicht mit rechten Dingen zu?

Du hast zu viele Gangsterfilme gesehen, versuchte ich mich zu beruhigen. Doch als ich vor dem altehrwürdigen Haus mit der Nummer Elf stand, schrillten meine Alarmglocken erneut. Wie viel Dreck musste man am Stecken haben, um die Monatsmiete hierfür bezahlen zu können?, schoss es mir durch den Kopf. Skeptisch ging ich zur Tür und schaute auf das goldene Klingelbrett, doch den Firmennamen *N&D Security* suchte ich vergebens. Irritiert schaute ich noch einmal auf das Schild mit der Hausnummer.

Hmm, *11 Upper Brook Street*, die Adresse stimmte. Und dann fiel es mir wie Schuppen von den Augen: Neben einem der Klingelknöpfe war auf dem Schildchen statt eines Namens die Silhouette eines Hundes aufgedruckt. Ja, das sollte wohl ein Welpen und somit Puppys Erkennungszeichen sein.

Einen Moment lang zögerte ich, doch dann drückte ich auf den goldenen Knopf, und nur einen Augenblick später summte auch schon der Türöffner.

Da ich vergessen hatte, nachzusehen, in welchem der sechs Stockwerke sich die Firma befand, nahm ich statt des alten, goldenen Fahrstuhls die Treppe und schaute mir in jeder Etage, in der ich ankam, links und rechts die Türschilder an. Doch erst im vierten Stock fand ich auf der linken Seite eine Tür, neben der kein Schild mit einem Firmenlogo hing. Stattdessen war neben der unscheinbaren Türklingel wieder nur eine kleine Hunde-Silhouette abgebildet.

Hier war ich richtig, das spürte ich.

Nach einem kurzen Zögern drückte ich auf die Klingel, als ich die beiden Kameras bemerkte, die auf mich gerichtet waren. Angst durchfuhr mich, und sie verstärkte sich noch, als die Tür geöffnet wurde und ich einem Schrank von einem Mann gegenüberstand. Ich schluckte aufgeregt, denn der Kerl war sicher an die zwei Meter groß und fast so breit wie die Tür.

Mit Puppy schien ich es nicht zu tun zu haben, denn der hatte sich am Telefon älter angehört. Dieser Kerl hier war höchstens 35, schätzte ich. Und in seinem schwarzen Maßanzug – es musste ein Maßanzug sein, denn in seiner Größe würde es wohl niemals einen so perfekt sitzenden Anzug von der Stange geben – sah er ein bisschen nach einem Bestattungsunternehmer aus. Wobei die Tattoos, die an seinen Händen und seinem Hals zu sehen waren, wohl die meisten Trauernden davon abgehalten hätten, ihn für eine Beerdigung zu engagieren.

»Bist du Benjamin Taylor?«, fragte der Hüne und musterte mich argwöhnisch. Ich war nicht klein und schon gar nicht schmächtig, aber gegen ihn kam ich mir genau so vor. Ich reckte mich noch einmal zur vollen Größe auf, bevor ich sagte: »Ja. Ich habe einen Termin bei Mr. Turner.«

»Ich weiß«, erwiderte er. »Hier entlang!« Er gab die Tür frei und wies mich an, einzutreten.

Wortlos tat ich, was er sagte, woraufhin er den Eingang hinter sich schloss, an mir vorbeiging und sich auf den Weg zur letzten Tür am Ende des Korridors machte.

»Komm mit!«, rief er mich, und ich folgte ihm. Leise klopfte er an die Tür, und dann hörte ich die dunkle Stimme des Mannes, mit dem ich bereits am Telefon gesprochen hatte.

»Hereinspaziert! Und bring den Neuen mit, Tom. Ich will ihn mir ansehen.«

Der Hüne, also Tom, ließ mich in Puppys Büro, ging dann selbst mit hinein und schloss auch diese Tür hinter sich.

Ich sah mich um. Das geräumige Büro passte sich ganz seiner Umgebung an. Die Möbel waren aus dunklem, schwerem und reichlich verziertem Holz, und ein dicker, dunkelgrüner Teppich lag auf dem Boden, sodass jeder Schall geschluckt wurde, als ich auf den großen Schreibtisch zuging, hinter dem Puppy Turner saß.

Der Eindruck, den der Typ am Telefon auf mich gemacht hatte, schien sich zu bestätigen. Dieser Kerl – er mochte um die Sechzig sein – war kein Welpe, sondern eine ausgemachte alte Bulldogge. Sein großer, kahl rasierter Kopf schien ohne einen Hals direkt auf seinem massigen Körper zu sitzen. Und wie Tom trug auch er einen schwarzen Anzug, der ihn trotz der perfekten Passform alles andere als seriös wirken ließ. Jedenfalls wollte der maßgeschneiderte Anzug auch bei ihm so gar nicht zu den vielen Tattoos passen, die seinen ganzen Körper zierten. Handgelenke, Arme, Finger, Hals – Puppy schien von Kopf bis Fuß tätowiert zu sein. Ja, sogar auf seiner Glatze konnte ich bereits verblasste Tattoos sehen, sodass die schwarze Lederkluft einer Motorradgang wesentlich besser zu ihm gepasst hätte als der schwarze Einreiher mit Hose und Hemd.

Er blätterte noch kurz in irgendwelchen Papieren, die auf seinem Schreibtisch lagen, dann schaute er hoch und blickte mich mit seinen wässrigen, braunen Bulldoggen-Augen an.

»Du bist Benjamin?«, fragte er.

»Ja.« Fast hätte ich automatisch wieder ein *Sir* angehängt, doch im letzten Moment verkniff ich es mir. »Aber nennen Sie mich bitte Ben!«

»Okay, Ben. Und du kannst mich Puppy nennen. Aber das hatten wir ja schon am Telefon geklärt.«

»Ja, stimmt. Guten Tag, Puppy«, sagte ich und merkte, dass es unbeholfen klang.

»Du willst also in die Sicherheitsbranche einsteigen?«

Ich stutzte, denn so wie er es sagte, klang es nach einem Job als Schutzgeldeintreiber.

»Ich bin auf der Suche nach einem Job hier in London«, antwortete ich ausweichend.

»Hast du Erfahrungen in dem Bereich?«, fragte er und beugte sich ein wenig weiter vor.

Ich überlegte. In den letzten Semesterferien hatte ich die Abendschichten in einem Pub übernommen. Zur Sperrstunde hatte ich die letzten Gäste rausgeworfen und den Laden danach abgeschlossen. Doch damit würde ich hier sicher keine Pluspunkte sammeln.

»Ich habe lange Karate trainiert«, antwortete ich stattdessen.

»Welcher Gürtel?«

»Braun«, sagte ich, obwohl das nicht ganz stimmte. Sie hatten mich nämlich aus der Mannschaft geworfen, kurz bevor ich die Prüfung zum braunen Gürtel hatte ablegen können. Aber immerhin: Ich hatte bereits für die Prüfung trainiert.

»Hast du einen Führerschein?«

»Ja.«

»Na wenigstens etwas«, sagte Puppy und musterte mich eingehend von Kopf bis Fuß. »Du bist groß, siehst recht kräftig aus, kannst Auto fahren und hast schon einmal Kampfsport gemacht. Außerdem schickt dich Jordan. Das muss reichen«, sagte er. »Der Job ist dir. Du kannst gleich anfangen.« Er stand auf, kam auf mich zu, und jetzt sah ich, dass er zwar meine Größe hatte, aber bestimmt doppelt so viel wog. Zwar schien er regelmäßig zu trainieren – seine Schultern waren breit und sein Brustkorb ausladend –, aber unter seinem weißen Hemd zeichnete sich auch ein stattlicher Bauch ab.

Kumpelhaft klopfte mir Puppy auf die Schultern. »Willkommen im Team, du kannst dich schon mal ausziehen.«

Ausziehen? Ich glaubte, mich verhört zu haben.

»Äh, wozu das denn? Und wollen wir nicht erst einmal über meinen Aufgabenbereich sprechen?«

»Später«, sagte Puppy und richtete sich mit einer Hand den Schritt. »Erst ausziehen, dann geht es weiter.«

Kapitel 6

Ich stand allein mit Tom in dem großen Büro, nachdem Puppy im Flur verschwunden war, und sah ihn fragend an.

»Bist du schwer von Begriff?«, fragte Tom. »Zieh deine Klamotten aus. Oder genierst du dich?«

»Warum soll ich mich ausziehen?«, fragte ich und sah mich mit einem Mal nicht mehr bei der Mafia, sondern in einem Pornofilm, in dem sich dauergeile Anzugtypen über einen jungen Kerl hermachten, der gerade nichts ahnend zu einem Vorstellungsgespräch gekommen war.

»Weil Puppy dir gleich einen Anzug bringt. Warum denn sonst? Willst du mit deinem T-Shirt und den Sneakers den Babysitter machen, Mann?«, meinte Tom.

»Puppy bringt mir einen Anzug, damit ich den Babysitter machen kann?«, fragte ich und verstand rein gar nichts.

»Ja. Und keine Angst, noch nie hat sich Puppy bei der Anzugsgröße geirrt. Er hat dafür ein untrügliches Auge«, sagte er und ließ sich auf das braune Ledersofa in der Ecke fallen.

Erst stöhnte das Sofa unter Toms Gewicht, dann stöhnte ich, denn ich hatte kapituliert und begann, mich auszuziehen.

Beherzt zog ich zunächst mein T-Shirt über den Kopf und warf es auf den Teppich. Dann entledigte ich mich meiner Schuhe sowie der engen Jeans. Und dann passierte das, womit ich am wenigsten gerechnet hatte: nichts. Es passierte nichts. Und so stand ich – nackt bis auf die Unterhose – in dem geräumigen Büro, starrte auf die Tür und wartete.

Oh Mann, diese Situation hatte wirklich etwas Demütigendes an sich. Ich hatte mich vor Fremden ausgezogen, und mit jedem Kleidungsstück, dem ich mich entledigt hatte, schien eine Schutzschicht gefallen zu sein. So musste man sich fühlen, wenn man zum Militär eingezogen wurde, dachte ich. Oder in den Knast wanderte.

Ich vermied es, Tom anzusehen, beobachtete ihn aber aus den Augenwinkeln heraus. Er für seine Person tat nichts, außer mich mit zur Schau gestelltem Desinteresse anzublicken und zu schweigen.

Gerade, als die Stille begann, unerträglich zu werden und ich mir überlegte, über welches Thema ich in meiner unwürdigen Lage mit Tom sprechen könnte, ging die Tür auf, und Puppy kam zurück.

Er blieb kurz in der Tür stehen, musterte mich erneut und sagte dann: »Ja, dich können wir nehmen.«

Pornofilm? Selbstmordattentäter? Niere herausschneiden? Mir gingen viele Verwendungszeck durch den Kopf, für die er mich vorgesehen haben könnte, aber keine erschien mir angenehm.

Angriff ist die beste Verteidigung, hatte meine Mutter oft behauptet, also sagte ich energisch: »Puppy, jetzt mal raus mit der Sprache. Für was kannst du mich nehmen?«

Puppy grinste und drückte mir einen Anzug in die Hand, der auf einem Bügel hing und mit Klarsichtfolie gegen Staub und Schmutz gesichert war.

»Der passt. Da bin ich mir sicher. Und ich habe dir auch zwei Paar Schuhe mitgebracht.« Er stellte eine Plastiktüte neben mir ab. »Such dir ein Paar aus!«

Ich hatte den Anzug schützend vor mich gehalten, aber die Plastikfolie klebte schon nach wenigen Sekunden an meiner nackten Brust. Also ging ich zu Tom, legte den Anzug neben ihm auf das Sofa, riss die Schutzfolie auf und machte mich daran, den Anzug anzuprobieren. Zuerst nahm ich die Hose vom Bügel und zog sie an. Erstaunlich. Sie passte wie angegossen. Ich hatte es Puppy nicht zugetraut, aber jeder Herrenausstatter hätte mit ihm einen exzellenten Fang gemacht. Dann schlüpfte ich in das weiße Hemd, knöpfte es zu, steckte es in die Hose und zog zum Schluss noch das Sakko über. Fertig.

Leider gab es in Puppys Büro keinen Spiegel, aber der zufriedene Gesichtsausdruck meines neuen Chefs zeigte mir, dass ich eine gute Figur im Anzug machte.

Ich nahm die Plastiktüte mit den Schuhen, setzte mich zu Tom auf das Sofa und probierte sie an. Hierfür lief ich ein paar Schritte hin und her. »Sie passen perfekt«, rief ich überrascht.

»Ja, so sieht ein Mann aus, dem unsere Klienten ihr Leben anvertrauen«, stellte Puppy fest. »Was weißt du über den Job, den wir hier machen?«, fragte er mich und richtete mein Revers. Dann lief er hinter den Schreibtisch, griff in eine Schublade und kam mit einer Krawatte zurück.

»Eigentlich nichts«, gestand ich. »Jordan hat mir nur die Telefonnummer gegeben und gemeint, dass man für diesen Job kein abgeschlossenes Studium bräuchte.«

»Nein, das brauchst du in der Tat nicht«, lachte Puppy. »Sonst hat Jordan nichts gesagt?«

»Äh, nein. Ist Jordan eigentlich auch hier angestellt?«, fragte ich und hoffte auf ein Ja. Vielleicht würden wir zusammenarbeiten, zumindest ab und zu.

Puppy sah mich mit großen Augen an, blickte daraufhin zu Tom herüber, und dann fingen beide laut zu lachen an.

Was bitte war an meiner Frage witzig?, wunderte ich mich und kam mir bescheuert vor. Von wegen es gibt keine dummen Fragen.

»Nein, der arbeitet nicht hier. Und du kannst dir sicher sein, dass er auch nie hier arbeiten wird. Also hat er dir nichts gesagt? Na, mir soll es egal sein.« Er ging zurück zum Schreibtisch, ließ sich auf den dahinter stehenden Ledersessel fallen und zog einige Papiere aus einer Schublade.

»Also du wirst als Babysitter arbeiten.«

»Als Babysitter?«, wiederholte ich stutzig.

»Ja. So nennen wir die leichten Personenschutz-aufgaben. Aber lass mich vorne anfangen.« Er richtete die Papiere, die wohl mein Arbeitsvertrag werden soll-ten, und schrieb etwas auf die erste Seite, bevor er fort-fuhr. »Vielleicht hast du dich gewundert, dass unsere Firma nicht im Telefonbuch und auch nicht im Internet zu finden ist. Und sicherlich hast du ebenfalls bemerkt, dass wir kein Klingelschild haben. Natürlich hast du das bemerkt – du bist ein cleverer Bursche, das sehe ich.« Er blätterte durch den kleinen Papierstapel und schrieb wieder etwas auf eines der Blätter. Diese Änderung schien die letzte gewesen zu sein, denn anschließend leg-te er alle Papiere wieder zusammen, klopfte sie zurecht und legte sie vor sich auf die Arbeitsplatte. Jetzt war sei-ne ganze Aufmerksamkeit wieder auf mich gerichtet. »Wir sind eine sehr diskrete Firma. Ja, *diskret* ist das rich-tige Wort.« Er freute sich über seine Wortfindung, und Tom schien sich mit ihm zu freuen. »Wir schützen Per-sonen. Reiche, Wichtigtuer, Prominente, Politiker, Stars und Sternchen – nenne sie, wie du willst. Das sind je-denfalls unsere Klienten. Und neben ihrem Schutz ist ihnen ihre Privatsphäre das Wichtigste. Verstehst du? Schutz und Diskretion. Darum geht es in dem Job, den wir machen. Aus diesem Grund findet man uns nicht im Internet, sondern kann nur auf Empfehlung, sozusagen durch Mund-zu-Mund-Propaganda, unsere Dienste in Anspruch nehmen.« Er nahm mich scharf ins Auge. »Kannst du mir so weit folgen?«

»Ja, ich glaube schon. Sie sind Bodyguards und suchen jetzt jemanden, der gut mit Kindern umgehen kann, also einen Babysitter. Das ist für mich kein Problem, denn Kinder mögen mich«, sagte ich, und das stimmte auch. Ich hatte zwar keine Geschwister, aber trotzdem oder vielleicht gerade deshalb konnte ich schon immer gut mit Kindern umgehen. Da sollten reiche Kinder auch kein Problem darstellen, machte ich mir Mut.

»Nein, du verstehst gar nichts.« Puppys Tonfall wurde energisch, und mit einem Mal fühlte ich wieder die Bedrohung, die mich schon am Telefon hatte an die Mafia denken lassen. »Diskretion! Ich spreche von Diskretion!« Seine Augen funkelten mich wütend an. »Niemand, der je für mich gearbeitet hat oder noch für mich arbeitet, hat jemals ein Sterbenswörtchen über das Privatleben meiner Klienten verloren. Nichts. Kein Wort. Nicht zu seiner Mutter, nicht zu seiner Schwester, nicht zur besten Freundin, nicht zu seinem Friseur, ja noch nicht einmal zu seinem gottverdammten Hund. Und erst recht nichts zur Presse. Und sollte es jemanden geben, der sich nicht daran hält, wird er es für immer bereuen.« Jetzt wurde seine Stimme zu einem Flüstern. »Denn dann wird aus seinem Mund nie wieder ein Wort herauskommen. Haben wir uns verstanden?«

»Ja, vollkommen«, beeilte ich mich zu sagen, und fast schien es, als wäre mir der Anzug nun doch zu groß.

»Prima«, pfiff er fröhlich. »Dann jetzt zu deinem Job als Babysitter. Ob du mit Kindern umgehen kannst, interessiert mich nicht. Denn wer bei uns als Babysitter arbeitet, der kümmert sich natürlich nicht um schreiende Säuglinge oder pubertierende Kids. Unter einem Babysitter verstehen wir jemanden, der sich um Personen kümmert, deren Prominenz noch in den Kinderschuhen steckt oder deren Ruhm längst verflogen ist. Ich sage nur: Casting-Teilnehmerinnen, Fußballerfrauen, It-Girls, Nachwuchsmodels.«

»Und da ist wirklich Personenschutz nötig?«

»Selten. In erster Linie ist es wichtig, dass du gut aussiehst und sich die Schutzbefohlene mit dir in der Öffentlichkeit sehen lassen kann. Heißt: Du begleitest sie zum Shopping, zur Kosmetikerin, ins Restaurant und was weiß ich noch wohin. Die Hauptsache ist, dass alle Welt sieht, dass sie einen Bodyguard hat, und dass sie es so oft wie möglich in die Presse schafft. Du weißt doch: Nur keine Presse ist schlechte Presse. Richtig?«

»Ja«, sagte ich. »Ich spiele also den Hausangestellten im Anzug.«

»Assistent mit Aufpasser-Funktion würde es am besten treffen. Aber Babysitter ist kürzer.«

»Verstehe.«

»Das hatte ich auch nicht anders erwartet«, sagte Puppy. »Aber verrückt ist das Ganze schon, ich weiß. Doch glaub mir, Ben, man gewöhnt sich an alles. Sogar daran, dass diese Neureichen für alles Mögliche ihr Personal haben. Die haben jemanden, der für sie putzt, kocht, den Garten in Schuss hält, den Pool reinigt und den Hund versorgt. Ich habe sogar mal von einem Assistenten gehört, der ausschließlich als Nippel Zwicker eingestellt war.«

»Als was?«, entfuhr es mir.

»Du hast schon richtig gehört. Als Nippel-Zwicker. Der Typ wurde eigens dafür eingestellt, der Frau des Hauses vor Fotoshootings die Brustwarzen zu härten. Die meisten greifen für mehr Standhaftigkeit ja einfach zu Eiswürfeln, doch diese Kundin bestand auf echte Handarbeit.« Puppy lachte herzhaft und klopfte sich begeistert über seinen eigenen Witz auf die Schenkel. »Aber jetzt komm bloß nicht auf dumme Gedanken.

Den Job machst du mir nicht. Anfassen verboten! Das ist das zweite Gebot. Nach dem ersten: Diskretion.«

»Alles klar«, sagte ich. »Ich nehme den Job. Was zahlt ihr? Und wen muss ich beschützen?«

Puppy drehte die Papiere zu mir um und blätterte zur letzten Seite.

»Ich zahle 300 die Woche, die Arbeitszeiten sind mies, aber du wirst auf der Sonnenseite des Lebens arbeiten. Bei den Reichen und Schönen. Das ist doch was, oder?«

Er machte ein Kreuz auf einem Strich am unteren Ende des eng bedruckten Blattes und schob mir den Vertrag zu. »Hier unterschreiben, dann erfährst du den Namen unserer Klientin.«

Ich blätterte durch die Seiten, ohne wirklich zu lesen, was dort stand. Und dann glaubte ich plötzlich, die durchdringende Stimme meines Professors für Wirtschaftsrecht zu hören: »Was auch immer Sie tun, unterschreiben Sie nie etwas, das Sie nicht Wort für Wort durchgelesen und verstanden haben.«

Ich nahm den Stift, den Puppy mir hinhielt, und unterschrieb den Vertrag ungelesen.

Kapitel 7

Den schwarzen Mercedes S 600 konnte man getrost als Luxuswagen bezeichnen. Was für eine Bonzenkarre! Von außen glänzte die imposante Limousine wie neu, und auch der Innenraum, der mit hellbraunem Leder ausgepolstert war, roch so, als sei der Wagen gerade erst ausgeliefert worden. Ich blickte auf das Tacho, und was ich sah, bestätigte meine Vermutung. Gerade einmal tausend Kilometer hatte der Nobelschnitten auf dem Buckel, und noch mehr als zuvor, wurde mir bewusst, dass ich gerade ein Vermögen durch den dichten Verkehr der Londoner Innenstadt bugsierte.

Träumte ich? Nein. Ich, der Typ, der sich noch wenige Stunden zuvor hatte Gedanken machen müssen, wie er seine jämmerliche Miete zahlen sollte, saß nun tatsächlich hinter dem Steuer eines fetten Wagens und war auf dem Weg zur High Society.

Zweifelsohne sollte ich stolz auf mich sein. Doch ich war es nicht wirklich. Denn zum einen machte ich mir nichts aus Autos. Sie waren für mich stets nur reine Fortbewegungsmittel, und um ehrlich zu sein, hatte ich einen gut gebauten Typen mit breitem Rücken noch immer einem tiefer gelegter Wagen mit breiten Felgen vorgezogen. Die Erotik eines Wagens? Sie war mir völlig fremd. Zum anderen bereute ich es, dass ich den Arbeitsvertrag so sorglos unterschrieben hatte. Was, wenn ich mich damit in Schwierigkeiten gebracht hatte? Ging es nicht überall, wo Geld und Macht im Spiel waren, auch korrupt und gefährlich zu?

Skeptisch schielte ich zuerst zu Tom, diesem ominösen Typen, der neben mir auf dem Beifahrersitz saß, und blickte dann in den Rückspiegel, wo ich Puppy auf der breiten Rückbank sitzen sah. Seltsam waren die beiden Typen schon, dachte ich, und mir kamen all die Gangsterfilme in den Sinn, in denen die unschuldigen Fahrer stets zuerst erschossen wurden.

»Er fährt wie eine Jungfrau!«, riss mich Puppys kehlige Stimme aus den Gedanken, und noch ehe ich darüber nachdenken konnte, ob und wie ich auf die Beleidigung reagieren sollte, sagte ich: »Sehr witzig. Sag Bescheid, wenn ich lachen soll!«

Erneut schaute ich in den Rückspiegel, und als ich Puppy dort verstohlen in seine Jackentasche greifen sah, glaubte ich, bereits die Titelstory der morgigen Boulevardzeitung zu kennen. *Blutbad in London: Student von Verbrecherboss erschossen.*

Mein Herz hämmerte, und dann schoss Puppy wirklich. Nicht mit Kugeln, wie ich befürchtet hatte, aber mit anzüglichen Worten: »Nicht du, Jüngelchen, fährst wie eine Jungfrau. Die Limousine, mein Freund! Erst ziert sie sich ein bisschen, doch wenn man richtig drin ist, läuft sie wie geschmiert«, sagte Puppy, woraufhin mein Beifahrer, der bislang kein einziges Wort von sich gegeben hatte, in ein dreckiges Gelächter ausbrach.

Ich zwang mich, ebenfalls zu lachen, obwohl ich diese Art von Männerhumor alles andere als lustig fand. Typisch Heten-Macho, dachte ich. Andererseits hielt der Vergleich auch bei Schwulen stand, wenn man genau darüber nachdachte. Also sagte ich: »Cooler Vergleich« und grinste.

»Nun, wie auch immer. Wichtig ist, dass du mit dem Schlitten klarkommst«, fuhr Puppy fort, »schließlich ist er der Lieblingswagen der Frau, um die du dich zu kümmern hast: Melody Evans.«

Melody Evans? Ich überlegte. Nie gehört.

»Cox«, sagte Tom unvermittelt.

»Was?«, fragten Puppy und ich gleichzeitig.

»Cox«, wiederholte mein Beifahrer. »Sie heißt Melody Grace Cox, nicht Evans. Erst nach der Hochzeit im Herbst wird sie Evans heißen.«

»Stimmt. Gut, dass wir dich in unserem Team haben, Tom«, sagte Puppy, eher er sich vorbeugte und ihm anerkennend auf die Schulter klopfte.

»Apropos, ich glaube, ich habe vergessen zu erwähnen, dass Tom das Ohr unserer Truppe ist.« Puppy unterbrach seine Ausführungen – im Rückspiel sah ich ihn bedeutungsschwanger nicken – und sagte schließlich: »In der Welt der Reichen und Schönen geschieht nichts, ohne dass Tom zuvor davon gehört hat. Er ist der Lauscher an der Wand. Er weiß einfach alles. Was im Übrigen überlebenswichtig ist. Für unsere Schützlinge. Und für uns.«

Ich blickte flüchtig zu Tom herüber und konnte mir den Hünen beim besten Willen nicht beim Schmökern in einer Frauenzeitschrift vorstellen. Aber vielleicht nahm Puppy mich nur auf den Arm.

Nun, das würde sich leicht rausfinden lassen. Mal sehen, was Tom über meine neue Klientin wusste.

»Melody Cox? Von der habe ich noch nie etwas gehört. Womit verdient die denn ihr Geld?«, fragte ich.

»Also du scheinst dich ja wirklich brennend für Fußball zu interessieren«, lachte Tom. »Offiziell würde sie bestimmt von sich behaupten, sie sei Model. Aber außer Katalogbilder hat sie nicht viel vorzuweisen. Böse Zungen bezeichnen sie daher als Wäscheständer der Versandhäuser«, sagte er glucksend. »Ich hingegen würde sie schlicht und einfach als Fußballerfrau bezeichnen. Denn sie ist mit einem Spieler von *London United* verlobt, und da der Club ganz oben mitspielt in der Ersten Liga, ist *das* allein ist so einträglich, dass sie nicht mehr als Wäscheständer arbeiten muss.«

Ich überlegte. Zwar interessierte ich mich weder für Fußball, noch las ich die Klatsch-und-Tratsch-Presse. Aber ich hatte mitbekommen, dass es einige Fußballerfrauen bereits in TV-Shows geschafft hatten, und so versprach der Job abwechslungsreich zu werden.

»Fahr da vorne links, Ben! In Richtung Barnet«, unterbrach Puppy meine Gedanken, und ich konzentrierte mich wieder auf den Verkehr.

Schweigend setzten wir unser Fahrt fort, und ich nahm die Umgebung in mir auf. Je weiter wir nach Barnet, eine der exklusivsten Wohngegenden der Stadt, hineinfuhren, desto weniger fiel unser Mercedes auf, denn fast jeder der Wagen hier war eine Nobelkarosse.

»Wir sind gleich da«, sagte Tom. »Dort drüben ist es. Die rote Backsteinvilla auf der linken Seite.«

Als wir an der Villa, die im englischen Landhausstil gehalten war, ankamen, bog ich links ab und hielt den Wagen vor einem großen, schmiedeeisernen Tor. Man hatte uns bereits erwartet, denn noch bevor der Wagen ganz zum Stehen kam, schwangen die Torflügel auf und gaben den Weg zum Haus frei. Ich fuhr die kurze Straße entlang und hielt vor der von Säulen eingerahmten Treppe, die zum Haupteingang führte.

Augenblicklich fiel mir die Kinnlade herunter. Das hier war kein Haus, es war ein Anwesen, das alles übertraf, was ich bisher gesehen hatte.

»Alle Achtung«, rief ich aus, als wir die Stufen zum Eingang hinaufgingen. »Der Typ, den sich diese Melody Cox geangelt hatte, muss ein richtig guter Fußballer sein. Ein Topspieler oder so was. Die Villa muss ein Vermögen kosten.«

Tom wollte gerade etwas darauf erwidern, doch da schwang bereits die Tür auf, und eine Hausdame hieß uns willkommen und bat uns herein. »Warten Sie hier«, sagte sie, nachdem sie uns eingelassen hatte. »Ich gebe Frau Cox Bescheid, dass Sie angekommen sind.« Dann verschwand sie hinter einer Tür und ließ uns in der großen Eingangshalle zurück.

Wie geschäftig es hier doch zuging. Überall wuselten Leute herum. Hier durchquerte ein Dienstmädchen die feudale Halle, um von einem Zimmer ins andere zu gelangen. Dort trugen zwei Dienstboten einen Tisch und stellten ihn an eine Wand neben der Treppe. Und in der Mitte des Raums stand eine Putzfrau auf einer Stehleiter und staubte die Kristalle des alles überragenden Kronleuchters ab.

»Vorsicht! Weg da!«, rief eine weitere Angestellte, die einen Wischmob vor sich her schob, mit dem sie den Marmorboden auf Hochglanz polierte.

Ich ging einen Schritt zur Seite und wäre fast gegen einen überaus knackigen Hintern gestoßen. Der hübsche Po gehörte zu einem jungen Gärtner, der sich gerade über ein Blumenbouquet gebeugt hatte, um letzte Änderungen an dem Arrangement vorzunehmen. Nun aber schien er fertig zu sein, denn er drehte sich unvermittelt um und stolperte jetzt seinerseits fast in mich hinein.

»Entschuldigung! Ich habe dich nicht gesehen«, sagte er und strahlte mich an.

Ich kratzte mich verlegen am Kopf, und noch bevor ich etwas erwidern konnte, war der hübsche Typ auch schon durch die Eingangstür gehuscht und im Garten verschwunden.

»Was ist das denn für ein Durcheinander? Geht es hier immer so turbulent zu?«, fragte ich Tom.

»Nein, durchaus nicht immer«, antwortete mir eine durchdringende Frauenstimme, die von den hohen Wänden des Foyers widerhallte. Ich drehte mich um und sah eine schlanke Blondine in einem wehenden Seidenkleid die Treppe herunterkommen. Mit kerzengerader Haltung schwebte sie eher, als dass sie die Stufen herunterging.

»Sind Sie immer noch nicht mit dem Kronleuchter fertig?«, rief sie am Treppenabsatz. »Jetzt machen Sie aber! Dalli dalli. Ich bezahle Sie nicht dafür, dass Sie dort oben die schöne Aussicht genießen. Und warum ist der Tisch hier noch leer?« Sie deutete auf den Beistelltisch, der gerade erst von den Dienstboten in die Ecke gestellt worden war. »Und wo zum Teufel sind die Blumen?« Sie zog das Wort schmerzhaft in die Länge, sodass es sich wie *Bluuumen* anhörte.

Dann kam sie auf uns zu, und mit jedem ihrer Schritte klackten ihre Pumps gebieterisch auf dem Marmorboden. »Wer bist du?«, fragte sie mich schließlich, nachdem sie sich vor uns aufgebaut hatte.

»Ben Taylor«, war das Einzige, was ich herausbrachte, denn in diesem Moment erinnerte mich die Blondine an meine alte Französischlehrerin, die wir damals heimlich Giftzahn genannt hatten. Zwar schien Blondie ungefähr in meinem Alter zu sein, während der Giftzahn damals schon kurz vor ihrer Pensionierung gestanden hatte. Doch in zwei Punkten glichen sie sich: Beide hatten sie einen keifenden, herrischen Tonfall, und beide waren sie mir vom ersten Moment an unsympathisch.

»Ben, das ist Melody Cox. Melody, das ist Ben, dein neuer Assistent«, machte uns Puppy miteinander bekannt.

Na klasse, dachte ich und ließ die Schultern hängen. Zu Frauen hatte ich in aller Regel einen guten Draht, an dieser Giftnatter würde ich mir aber die Zähne ausbeißen. So viel stand fest.

»Na, endlich, das wurde aber auch allerhöchste Zeit. Du musst mir auf der Stelle helfen. Wir haben noch viel zu tun, bis die Reporter kommen. Es muss noch so viel erledigt werden, und ich…«

»Mel, ich muss los«, unterbrach Puppy sie. »Ich nehme Tom mit und lasse ihn die Eingangstür überwachen. Und was Ben für dich tun kann, weißt du selbst am besten.«

»Danke«, sagte sie unwirsch, bevor sie durch eine weit geöffnete Doppeltür in den verschwenderischen Salon verschwand. Unwillig trabte ich ihr hinterher. »Roy!«, rief Melody keine Sekunde später. »Verdammt noch mal, wo steckst du denn?«

»Ich bin hier, Mel«, antwortete ihr ein dicker Mann im grauen Anzug.

Über die Schweißperlen auf seiner Stirn war ich nicht erstaunt, denn er stocherte trotz der sommerlichen Temperaturen mit einem Schürharken in einem brennenden Kamin herum.

»Müssen wir wirklich den Kamin anfeuern? Wir haben Hochsommer, und draußen sind es über 25 Grad«, sagte er.

»Keine Widerrede, Roy! Pressefotos vor einem nicht brennenden Kamin sind ein absolutes No-go«, echauffierte sie sich und stemmte empört ihre Hände in die Hüften. »Aber keine Sorge, Roy, das Anfeuern wird Ben jetzt für dich übernehmen.«

Ich traute meinen Ohren nicht, doch der Mann im grauen Anzug schaute erleichtert zu mir herüber und drückte mir umgehend den Schürhaken in die Hand.

»Danke, mein Freund. Ich bin übrigens Roy Brown, der Manager.«

»Ben Taylor. Schön, Sie kennenzulernen«, antwortete ich, und schon begann es, mir vor dem Kamin heiß zu werden.

»Ben ist mein neuer Assistent«, sagte Melody, und für mich klang es wie *mein neuer Sklave*. Im Schein des Feuers kam ich mir auch genau so vor.

Verdammter Mist, fluchte ich innerlich, während Melody und ihr Manager sich beeilten, aus der Gluthitze herauszukommen. Sich Luft wedelnd stellten sie sich vor die offene Terrassentür, die den Durchgang zu einem großen Swimmingpool freigab, der inmitten eines parkähnlichen Gartens lag. Mein Blick blieb sehnsüchtig an dem Pool hängen, denn jetzt war es meine Stirn, auf der sich die ersten Schweißtropfen bildeten. Ich zog meine Anzugjacke aus, stocherte lustlos im Kamin herum und lauschte dabei dem Gespräch zwischen Melody und ihrem Manager Roy.

»Verflixt, wo bleibt mein Mann? Er wollte doch schon vor einer halben Stunde hier sein. Und wann genau kommen die Reporter?«, fragte Melody.

»Sie müssten jeden Moment eintreffen. Sie hatten sich für 15 Uhr angekündigt.«

»Verdammt, verdammt! Er weiß doch, wie wichtig diese Homestory für uns ist.« Sie fing an, nervös auf und ab zu gehen. »Falls mein Mann zu spät kommt, werde ich erst einmal allein mit dem Fotografen durch die Villa gehen. Dann kann er ein paar Aufnahmen von den einzelnen Räumen der Villa schießen. Das macht sich in einer Homestory immer gut.«

»Prima Idee«, schmeichelte ihr Roy, »aber vergiss beim anschließenden Interview mit der *Sun* nicht das Wichtigste: Denk daran, darauf hinzuweisen, dass ihr unbedingt hier in London bleiben wollt. Zeigt den Journalisten euer Liebesglück! Sprich die Hochzeit an, und betone deine Liebe zu England!«

»Als hätte ich das vergessen. Mann, Mann, Mann! Wir sind das doch schon x-mal durchgegangen. Hältst du mich für blöd? Ich kenne meinen Text!«

Ein Klingeln an der Haustür ließ die beiden verstummen.

»Das müssen sie sein«, sagte Melody hektisch und fuhr sich durch die langen Haare. »Ben, zieh sofort deine Anzugjacke wieder an und bleib während des gesamten Interviews dicht hinter mir. Du musst stets zu meiner Verfügung stehen. Und sage nichts außer *bitte* und *danke*. Klar?«

»Danke«, sagte ich in vorauseilendem Gehorsam, und als es raus war, hoffte ich, dass sie die Spitze nicht bemerkt hatte.

Kurz wartete ich auf ihre Schelte, doch sie zeigte keine Reaktion. Also beeilte ich mich, meine Jacke anzuziehen und folgte ihr zurück in die Halle.

Von dem Chaos, das dort noch vor wenigen Minuten geherrscht hatte, war nichts mehr zu sehen. Die Leiter war verschwunden, der Boden glänzte, und auf allen Tischen stand opulenter Blumenschmuck.

Melody gab der reserviert dreinschauenden Hausdame, die bereits neben der Tür postiert stand, einen Wink, woraufhin diese die schwere Eingangstür öffnete und plötzlich gar nicht mehr mürrisch, sondern positiv überrascht wirkte.

Oh mein Gott!, durchfuhr es mich beim Blick zur Tür, und mit einem Mal fühlte ich mich, als träfe mich ein Feuerball, der heißer loderte, als es der Kamin des Salons jemals würde tun können. Mein Magen begann zu hüpfen, aber gleichzeitig verkrampfte er sich. Das musste eine Halluzination sein. Doch auch nachdem ich ein paar Mal ungläubig geblinzelt hatte, war das Bild, das sich mir bot, erstaunlich realistisch.

Vor der Haustür warteten keine Journalisten darauf, eingelassen zu werden.

Nein. Auf dem Treppenabsatz stand Jordan.

Kapitel 8

»Ich muss meinen Schlüssel nach dem Training in der Umkleidekabine vergessen haben.«

Als Jordans tiefe Stimme durch die Halle tönte, löste sich die angespannte Atmosphäre, mit der sämtliche Anwesenden zuvor auf die Ankunft der Reporter gewartet hatten. Roy atmete hörbar aus, die Hausdame ließ die hochgezogenen Schultern sinken, und Mel rief: »Gott sei Dank, da bist du ja endlich.«

Alle entspannten sich. Alle, außer ich.

»Wir dachten, es seien die Reporter.« Melody ging mit klappernden Schritten auf Jordan zu und küsste ihn auf die Wange, woraufhin Jordan seine freie Hand um sie legte und ihr ebenfalls einen Kuss gab.

Nach wie vor glaubte ich, einer Erscheinung erlegen zu sein. Nein, das konnte, das durfte nicht wahr sein! Ungläubig nahmen meine Augen jede Einzelheit auf. Jordans Hand auf Melodys Seidenkleid, in der Höhe ihres Pos. Seine blaue Sporttasche, die er mit einem leisen Knall auf den Marmorboden fallen ließ. Sein Bizeps, der sich unter dem T-Shirt anspannte, während er die Hand, die nun frei geworden war, an Melodys Taille legte. Nichts entging mir, und trotzdem ergaben die Bilder keinen Sinn. Ich fühlte mich wie in einem Traum, aus dem ich gern erwacht wäre. Aber dies war kein Traum, es war die Wirklichkeit. Und in der registrierte nun endlich auch mein Gehirn das, was meine Augen bereits gesehen hatten: Jordan, war nicht der, für den ich ihn gehalten hatte, sondern Melodys Verlobter. Und ein Fußballstar.

Vielleicht hätte ich doch ab und zu mal in ein Fußballspiel reinzappen oder zumindest den Sportteil der Zeitung lesen sollen! Dann stände ich jetzt nicht wie ein Vollidiot da. Aber zweiundzwanzig Heten dabei zuzusehen, wie sie einem Ball hinterherliefen und dafür noch Millionen scheffelten, war einfach noch nie mein Ding gewesen. Im Gegenteil sogar. Fußball war so ziemlich das Letzte, für das ich mich interessierte.

Jetzt hatte ich die Quittung für mein dogmatisches Desinteresse bekommen, jetzt war ich im wahrsten Sinn des Wortes in den Arsch gefickt. Von einem Fußballstar, den ich nicht gekannt hatte. Von einem Typen, der offensichtlich gar nicht schwul war und bald heiraten würde. Und von einem Typen, der mich zu allem Überfluss auch noch total verarscht hatte.

»Ben?« Melodys schrille Stimme holt mich zurück in die Villa. »Hallo, jemand zu Hause? Hier beginnt gleich das Shooting zu einer der wichtigsten Homestorys des Sommers, aber meine Angestellten träumen vor sich hin, als warteten sie auf den Weihnachtsmann! Doch eines kann ich versprechen: Hier gibt es keine Geschenke!«

Am liebsten hätte ich ihr die Homestory in den Allerwertesten gesteckt, aber ich nahm mich zusammen.

»Ja?«, fragte ich knapp und versuchte, mich zu konzentrieren. Mein Blick fiel dabei auf Jordan, der mich unverwandt ansah und dabei grinste. Und, wie schon bei unserem erotischen Abenteuer im Hotel, wusste ich nicht, ob er sich über mich lustig machte oder ob er mich verspottete.

»Hi«, sagte er lässig, zog eine Augenbraue in die Höhe und tippte sich mit der Hand an die Stirn, als trüge er einen unsichtbaren Hut, an dessen Krempe er nun zum Gruß stieß.

»Hallo«, antwortete ich wortkarg und hoffte, dass er in meinen Augen den Zorn sehen würde, der sich in mir ausgebreitet hatte.

Melody schaute erst mich und dann Jordan an und fragte verblüfft: »Ihr beiden kennt euch?«

»Klar, mich kennt jeder«, sagte Jordan arrogant. »Und nach der verfluchten Homestory, die Roy und du angeleiert habt, wird bald auch jeder meine Küche und mein Klo kennen.«

»Ich kann es nicht mehr hören! Diese Diskussion haben wir in den letzten Wochen doch bis zum Erbrechen geführt. Und letztendlich hast du doch auch eingesehen, dass die Story wichtig ist. Jetzt ist alles vorbereitet, und gleich geht's los. Basta. Also zieh dich bitte um! Sichtbar genervt, verdrehte sie die Augen. Dann warf sie mir einen abschätzenden Blick zu, bevor sie sagte: »Und du, Ben, bring die Sporttasche in die Waschküche! Die ist dort drüben, die dritte Tür.« Sie zeigte hinter sich.

Dankbar nutzte ich die Gelegenheit, von hier wegzukommen, auch wenn es mir nicht gefiel, den Dienstboten für Melody und Jordan zu spielen. Ohne zu zögern, schnappte ich mir die Sporttasche und verließ fast fluchtartig die Eingangshalle. Hauptsache, weg.

Ich riss die Tür auf, und noch während ich in den Raum stürzte, schmiss ich sie wieder hinter mir zu. Aber anstatt in einer Waschküche zu landen, fand ich mich in einem kleinen Flur wieder, von dem weitere Zimmer abgingen.

Endlich allein! Ich lehnte mich mit dem Rücken gegen die geschlossene Tür, und mein Herz hämmerte wie nach einem Hundert-Meter-Lauf. Mit zwei, drei tiefen Atemzügen versuchte ich, mich zu beruhigen, aber Jordans Worte »Mich kennt jeder« hallten wie ein

Mantra in mir wider. Dieser Scheißkerl! Er hatte mich für dumm verkauft und mich jetzt, zu allem Übel, auch noch zu seinem Laufburschen gemacht. Nein, schlimmer noch, zum Laufburschen seiner pressegeilen Tussi.

Wütend zog ich die Tür rechts von mir auf und landete in einem Vorratsraum. Mist! Ich warf die Tür wieder zu und öffnete die nächste. Mit einem leisen Klack reagierte ein Bewegungsmelder auf meine Anwesenheit und ließ einige Neonröhren aufflackern, deren Schein sich nun im Lack eines Porsches und eines Land Rovers widerspiegelten – ich war in der Garage. Hier hätten locker noch ein paar weitere Autos Platz gehabt, dachte ich, bevor ich auch diese Tür zuwarf und die nächste probierte. Doch auch dieser Raum diente nicht als Waschküche, sondern schien ein Aufenthaltsraum zu sein. Der Warteraum für die Lakaien der hohen Herrschaften, dachte ich bitter.

Verdammt, wo zum Henker war die Waschküche?

Mit einem Mal hatte ich nicht übel Lust, die Sporttasche in irgendeine Ecke zu schmeißen und diesen miesen Job gleich hinterher. Adieu, Melody! Leck mich, Jordan! Ein schönes, verlogenes Leben weiterhin, euch beiden! Ich bin dann mal weg.

Hinter der vierten Tür, die ich öffnete, fand ich endlich, was ich suchte: die Waschküche. Vier große Waschmaschinen und vier ebenso große Trockner standen unter einem Fenster und schienen mich mit ihren Bullaugen ausdruckslos anzustarren. Die feuchtwarme Luft, die mir entgegenschlug, roch nach dem blumigen Duft frisch gewaschener und getrockneter Wäsche und katapultierte mich zurück in meine Kindheit, als ich es liebte, mit meiner Großmutter in den Waschkeller zu gehen. Jetzt aber war ich kein Kind mehr. Also benimm dich auch nicht wie ein beleidigter Junge, dem man gerade sein Spielzeug weggenommen hat!, ermahnte ich mich. Du willst hier in London bleiben, und du brauchst diesen Job. Also schieb deinen gekränkten Stolz gefälligst beiseite, und mach deine Arbeit!

Fluchend schmiss ich die Sporttasche in die Ecke, und wollte mich gerade auf den Boden setzen, als sich eine Hand auf meine Schulter legte und mich erschrocken zusammenfahren ließ.

Hinter mir stand Tom.

»Wo bleibst du denn? Die Pressemeute ist gerade eingefallen, und Melody schreit schon ganz hysterisch nach dir. An deiner Stelle würde ich mich sputen, falls du den Job nicht schon nach einem halben Tag verlieren willst«, sagte er und zog mich aus der Waschküche zurück in den Flur. »Gefeuert nach einem halben Tag wäre übrigens Rekord. Das hat noch keiner geschafft.« Er grinste, und ich beeilte mich, zurück in den Salon zu kommen.

Dort angekommen, musste ich feststellen, dass das Chaos ebenfalls seinen Weg zurück in die Villa gefunden hatte. Aber anstatt der emsigen Schar an Hauspersonal stapften nun Leute mit Kameras, Scheinwerfern und Stativen durch die Räume. Eine kleine Frau mit kurzen Haaren und einem energisch vorgereckten Kinn schien das Kommando zu führen. Mit befehlsgewohnter Stimme raunte sie ein aus drei Männern bestehendes Team an, draußen zu fotografieren, bis sie das Set, wie sie es nannte, freigab. »Jungs, seht zu, dass ihr von hier verschwindet, bis ich euch rufe. Aber fix!« Die Drei trollten sich wie gemaßregelte Hunde und verschwanden mit ihren Kameras und Scheinwerfern zurück in den Garten.

Ich blickte Tom an. Er zuckte mit den Schultern und sagte: »Wir sehen uns später. Ich beziehe wieder meinen Posten an der Eingangstür. Viel Spaß bei der Homestory über das glückliche Liebespaar.« Er kniff ein Auge zu und zog von dannen.

Ich seufzte und ließ meinen Blick durch den Raum schweifen. Vor dem Kamin, in dem nun das Feuer hell und heiß loderte, rückten ein paar schwitzende Assistenten den Teppich zurecht, doch dem Fotografen schien das Ganze noch nicht zu gefallen. Er rief: »Nina! Hier fehlt etwas. So wird das nichts.«

Nina, die kleine Chefin, kam durch den Raum gewatschelt, schaute erst auf den Teppich, dann auf den Kamin und meinte schließlich: »Unsinn, das ist gut so. Da fehlt nichts. Setz die beiden auf den Teppich, schieß deine Bilder, und dann gehen wir zum nächsten Set.«

»Aber Nina, so geht das nicht! Ich kann nicht …«

»Peter, knips endlich deine Bilder, oder ich verfeuere dich eigenhändig im Kamin. Wir schmelzen hier noch alle, wenn du nicht zusiehst, dass du hier fertig wirst«, unterbrach sie den Fotografen rüde. Er brummte etwas Unverständliches und rückte dann eigenhändig den Teppich ein kleines Stück nach links, bevor er die Assistenten verscheuchte.

Melody saß derweil mit geschlossenen Augen am angrenzenden Esstisch, wobei der Stuhl mit der Rückenlehne zum Tisch gedreht worden war, damit die Maskenbildnerin ungehindert vor ihr herumscharwenzeln konnte. Eifrig wedelte die Make-up-Frau mit einem Pinsel über Melodys Gesicht, was kleine Puderwolken aufstoben ließ, die im Sonnenlicht tanzten und das Geschehen noch künstlicher wirken ließen, als es ohnehin schon war.

Ich schaute mich weiter um und entdeckte Jordan, der ziemlich abseits an einem Sessel gelehnt dastand und sich die Szene mit deutlichem Missmut ansah. Als sich unsere Blicke trafen, nickte er stumm mit dem Kopf. Ich tat so, als hätte ich den Gruß nicht gesehen, denn mein Groll auf ihn wuchs mit jeder Minute. Was zum Teufel spielte er für ein Spiel? Warum hatte er mich hierher gelockt? Hatte es vielleicht sein Ego gekränkt, dass ich ihn nicht gekannt hatte? Ihn, den reichen und berühmten Fußballer, dem die Frauen von halb England zu Füßen

lagen und dem die Männer stolz auf die Schulter klopf-
ten. Wollte er mir zeigen, wie begehrt und unwiderstehlich er war? Na, da war er an den Falschen geraten! Mich
konnte er mit seiner Kohle nicht beeindrucken und erst
recht nicht mit seiner bescheuerten Homestory. Im Gegenteil. Jordan konnte mich mal. Und zwar kreuzweise.

Wütend drehte ich mich um, ging zu Melody und
sagte bitter: »Gnädige Frau, haben mich rufen lassen?«

Melody öffnete vorsichtig ein Auge. »Spinnst du,
oder hast du in der Wäschekammer eine Zeitreise ins
19. Jahrhundert gemacht? Gnädige Frau? Was soll der
Mist? Verarschen kann ich mich allein. Hol mir einen
Eistee von dort hinten!«

Wiederwillig ging ich zum Beistelltisch, auf dem ein
großer Krug Eistee stand, füllte ein Glas und brachte
es ihr. Genüsslich trank sie einen Schluck, ohne sich zu
bedanken.

Miststück!

Ich war gerade dabei, mich innerlich in Rage zu reden, als der Fotograf unvermittelt in die Hände klatschte. »Kommt, Kinder, husch, husch!«, sagte er. »Los
geht's.«

Melody öffnete die Augen, schob die Maskenbildnerin zur Seite und ging strahlend zum Kamin.

»Wo sollen wir uns positionieren?«, fragte sie den
Fotografen.

»Sie legen sich bitte hier links auf dem Teppich.« Er
bugsierte Melody neben das Feuer und setzte sie auf
den kleinen Perser. »Und Ihr Gatte platziert sich bitte
schräg hinter Ihnen. Kommen Sie, kommen Sie!«, rief er
Jordan herbei.

Der ging betont langsam und mit finstererer Miene
zum Kamin, und – ob ich es wollte oder nicht – wieder
blieb mein Blick an ihm hängen. Jordan trug eine beige
Stoffhose zu einem hellblauen Leinenhemd, und auf
beidem sprangen mir ich Designerlabels sündhaft teurer

Marken ins Auge. Die Klamotten sahen zwar gut aus, wollten aber nicht so ganz zu einem unkonventionellen Typen wie Jordan passen. Er sah irgendwie verkleidet aus. Unauthentisch. So wie das Ganze hier.

Der Fotograf sprang auf Jordan zu und schob ihn mit sanfter Gewalt hinter Melody.

»Sehr gut. Setzen Sie sich hinter sie! Umarmen Sie sie, und legen Sie Ihren Kopf auf ihre Schulter.«

Jordan tat, wie ihm befohlen. Er setzte sich hinter Melody und nahm sie zwischen seine Beine. Dann legte er seinen Kopf auf ihre Schulter, während sie ihren zurückwarf und ihn an seinen Hals schmiegte. Zu meinem Ärger musste ich leider feststellen, dass die beiden ein umwerfend hübsches Paar abgaben. Und auch wenn die Situation skurril war – schließlich räkelten sie sich im Hochsommer vor einem brennenden Kamin –, so wusste ich doch, dass sie hinreißend auf den Fotos aussehen würden.

»Ja, so ist es gut. Und jetzt lachen Sie beide um die Wette! Zeigen Sie mir Ihre Zähne, aber beißen Sie mich nicht.« Er gluckste begeistert über seinen Scherz, blieb damit aber allein. Ich sah einen seiner Assistenten, die hinter ihm standen, die Augen verdrehen, während der andere gespielt gähnte und dabei mit der flachen Hand vor dem Mund wedelte.

Jordan saß nun hinter Melody vor dem Kamin und lächelte gequält, wohingegen ihr Gesicht anmutig strahlte. Die Digitalkamera mit dem riesigen Objektiv klickte unablässig, während der Fotograf vor Melody und Jordan herumsprang und abwechselnd »Sehr gut!«, »Prima« und »Ja, bleibt so!« rief.

Jordans Lachen wurde immer mechanischer, und schon sah es so aus, als würde er gleich aufspringen und alles hinschmeißen, als Melody ihm etwas ins Ohr flüsterte. Er stutzte kurz, sah dann zu mir herüber und begann prustend loszulachen, ehe er ihr einen Kuss auf die Wange gab. Entzückt jauchzte der Fotograf bei dieser Szene auf, und das Klicken der Kamera schien sich zu beschleunigen.

Klick, klick, klick.

»Ja, so ist's prima! Bleibt so!«

Klick, klick, klick.

Hatte ich das gerade richtig gesehen? Lachten die beiden tatsächlich über mich, oder hatte ich mir das nur eingebildet? Ich wusste es nicht, doch ich versuchte, mich selbst zur Raison zu bringen. Ben, nimm dich nicht so wichtig, sagte ich mir, nicht alles dreht sich um dich.

»Mir ist schrecklich heiß«, unterbrach Melody meine Überlegungen, »und ich schwitze ohne Ende. Das sieht auf Fotos grauenvoll aus. Also Beatrice, pudern Sie mich noch mal ab. Und Ben, besorge etwas, mit dem du mir fächern kannst!«

Die Maskenbildnerin eilte bereits auf Melody zu und hielt dabei ihren puderbedeckten Pinsel wie einen Sperr vor sich. Mit zwei weiteren Schritten war sie am Set angekommen und begann eifrig, jeden Glanz auf Melodys Gesicht im Keim mit Puder zu ersticken. Ich hingegen traute meinen Ohren nicht. Hatte mir Melody wirklich befohlen, ihr zu fächern?

Genervt atmete ich aus, und während die Luft aus meinen Lungen wich, sah ich mich als orientalischer Diener, der mit einem Palmwedel der aufreizenden Prinzessin und dem Sultan wedelte. Doch ich war weder als Diener eingestellt, noch gab es hier einen Palmwedel. Also beschloss ich, die Anweisung einfach zu ignorieren. Sollten sie doch zerfließen vor dem beschissenen Kamin!

Dann aber kam einer der Foto-Assistenten zu mir und drückte mir einen großen, runden Reflektor in die Hand und sagte: »Nimm den hier. Damit kannst du wedeln. Das funktioniert prima.«

»Perfekt!«, rief Melody mir zu. »Damit wird es gehen. Los, fang an! Mir ist so fürchterlich heiß.«

Mir schoss das Blut ins Gesicht, und ich musste mir fest auf die Zunge beißen, um nicht doch noch einfach alles hinzuschmeißen und ihnen ein *Ihr könnt mich alle mal* zuzurufen. Aber ich brauchte diesen gottverdammten Job! Und ich wollte einmal im Leben etwas durchziehen, nicht sofort kneifen, wenn mir etwas nicht passte. Außerdem gab es haufenweise miese Jobs. Um diesen hier in der High Society würden sich viele sogar reißen, dessen war ich mir sicher. Also trat ich tatsächlich an den Kamin heran und fächerte.

Nach ein paar Minuten, in denen Jordan und Melody in einer anderen Position für die Kamera posierten, während ich ihnen Abkühlung verschaffte, kam endlich die Erlösung: »Das reicht jetzt«, rief Nina, der kleine Feldwebel. Sie war mit energischen Schritten zurück in den Salon gekommen, strubbelte sich ihre kurzen Haare und befahl: »Das Set am Pool steht. Wir machen draußen weiter.«

Der Fotograf wollte zu einem Einspruch ansetzen, wischte sich dann aber den Schweiß von der Stirn und sah mit einem Mal doch recht froh aus, endlich vom Kamin wegzukommen.

»Ben, bring uns Eistee! Wir verdursten«, sagte Melody. Sie und Jordan beeilten sich ebenfalls, der Hitze zu entkommen und stellten sich luftschnappend ans offene Fenster.

Jordans hellblaues Hemd hatte bereits dunkle Ränder an der Brust sowie auf dem Rücken, und er begann, es aufzuknöpfen. Ich hingegen stiefelte los, um ihnen den gottverdammten Eistee zu holen, und als ich zu ihnen zurückkam, hatte Jordan sein Hemd komplett aufgeknöpft, sodass ich sein Herz-Tattoo auf seiner Brust sehen konnte. Oh mein Gott, wie sexy er doch war, dieser Dreckskerl!

Wie gelähmt blieb mein Blick an Jordans muskulösem Oberkörper hängen, und als ich sah, wie ihm der Schweiß in einem dünnen Rinnsal über die Brust zum Bauchnabel und schließlich in den Saum seiner Leinenhose lief, musste ich schwer schlucken.

Hör sofort auf, ihn anzustarren!, verbot ich mir. Aber es nützte nichts. Ich musste diesen Mann und diesen Körper weiter unverhohlen ansehen, denn ich war wie in einem Bann gefangen.

Erst Melody löste meine Starre. »Hilf mir aus dem Kleid«, rief sie, während sie ihre Haare in die Höhe hielt und mit dem Kopf auf ihren Rücken deutete. »Der Reißverschluss ist hinten am Kleid.«

Sie schmunzelte abfällig. »Du kennst dich wohl nicht mit Frauenkleidern aus, was?«

Nein, aber dafür habe ich mit deinem Kerl geschlafen, schoss es mir durch den Kopf. Aber ich behielt die Bemerkung für mich, ging um sie herum und öffnete den Verschluss.

Das Kleid glitt mit leisem Rascheln über ihre Hüften auf den Boden, und nun stand Melody in einem knappen Bikini vor mir.

»Komm, Jordan! Ab in den Pool«, sagte sie.

»Okay, okay. Bringen wir es hinter uns«, antwortete ihr Jordan und zog erst seine Lederslipper und dann seine Leinenhose aus.

Jetzt war es Jordan, der nur mit einer knappen *Speedo*-Badehose bekleidet, vor mir stand.

Meine Augen weiteten sich, und mir stockte der Atem. Dann sog ich hörbar die Luft ein, und – ohne es zu wollen – dachte ich zurück an unsere gemeinsamen Stunden im Hotel. Ich dachte an seine starken Hände auf meiner nackten Brust. Ich fühlte noch einmal seine schweissnasse Haut unter meinen suchenden Fingern. Und ich glaubte sogar, seine wilden Küsse schmecken zu können.

»Komm mit raus«, rief mir Jordan zu und griff nach meinem Arm.

Erneut zog ich hörbar und leicht zitternd Luft ein, und für einen Moment fühlte es sich an, als würde die Haut unter meinem Anzug an der Stelle, an der Jordan mich berührt hatte, pulsieren.

Dann stürmte Jordan los und rannte in den Garten, und am liebsten wäre ich ihm auf der Stelle gefolgt. Stattdessen blieb ich, wo ich war und sah ihm nach. Er sprang mit angewinkelten Beinen übermütig in den Pool. Das Wasser stob auseinander und spritze einige Lichttechniker nass, die sich bereits mit ihren Fotolampen um den Swimmingpool verteilt in Position gebracht hatten. Auch Nina, die kleine Chefin, bekam einen Schwall Wasser ab, während sie die letzten Vorbereitungen für die Fotoaufnahmen beaufsichtigte. Doch anstatt, wie ich erwartet hatte, einen Tobsuchtsanfall zu bekommen, ignorierte sie den Vorfall mit steinernem Gesicht und brüllte nach dem Fotografen. »Peter, schaff deinen Hintern hier raus. Der Celebrity ist bereist im Pool.« Sie spie das Wort *Celebrity* aus, als wäre sie der Sheriff in einem Western, der seinen Kautabak vor die Füße eines Cowboys spuckte.

Mittlerweile waren auch der Fotograf, Melody und ich am Pool und sahen Jordan beim Schwimmen im blauen Wasser zu. Mit kräftigen Zügen kraulte er durch das Becken, und ich sah die Muskeln an seinem Rücken, in seinen Beinen und an seinem Hintern arbeiten.

Schon begann der Fotograf erneut zu knipsen. Die aufgestellten Lampen blitzen auf und leuchteten die Szene perfekt aus, indem sie alle störenden Schatten vertrieben. Nur den Schatten, der sich auf meine Seele gelegt hatte, konnten sie nicht vertreiben. Ich spürte, wie sich ein Kloß in meiner Kehle bildete, als Melody lachend zu Jordan ins Wasser glitt und dort anfing, mit ihm zu plantschen, ehe sie ihn lang und leidenschaftlich küsste. So wie Jordan und ich uns vor nicht allzu langer Zeit geküsst hatten. Und wie wir uns wohl nie wieder küssen würden.

Kapitel 9

Ich saß im Aufenthaltsraum, der für das Personal bestimmt war, hatte mir einen Kaffee geholt und nahm
vorsichtig einen Schluck.

Brrh, wie scheußlich! Erst brannte die schwarze Brü-
he in meinem Mund, dann vollendete sie ihr Werk in
meinem Magen, aber das bemerke ich kaum. Denn noch
stärker als der abgestandene Kaffee brannte die Scham
in mir. Wie ein Schoßhündchen hatte ich mich von
Melody herumkommandieren lassen. Und was hatte ich
getan, um wenigstens einen kläglichen Rest meiner Ehre
zu retten? Nichts!

Eines stand fest: Mein neuer Job in London hatte
sich schon am ersten Tag als der größte aller Scheißjobs
entpuppt. Und mit üblen Jobs kannte ich mich aus,
schließlich hatte ich in meinen Semesterferien schon einige echt beschissene Arbeiten annehmen müssen, um
über die Runden zu kommen. Aber egal, für wen ich
bisher auch gearbeitet hatte – nie war ich so mies und
herablassend behandelt worden wie hier in der ach so
heilen Welt der Reichen und Schönen. Und diese ver-
logene Welt wurde gerade von allen Seiten hübsch aus-
geleuchtet, um dann in ganz England Verbreitung und
Bewunderung zu finden.

Mir wurde schlecht, und ich bezweifelte, dass das nur
vom Kaffee kam. Angewidert starrte ich auf den Pres-

sezirkus. Die ganze Chose dauerte zwar noch an, doch Melody musste sich für die Interviews umziehen.

»Du kannst Pause machen. Wenn ich dich brauche, lasse ich dich rufen«, hatte sie mir gönnerhaft zugerufen, und so saß ich nun hier, trank den verbrannten Kaffee, der auch mit Unmengen an Milch widerlich schmeckte, und suhlte mich in meinem Elend.

»Was machst du denn für ein griesgrämiges Gesicht?«

Ich blickte erschrocken hoch und sah in das Gesicht einer jungen Frau, die mich mit übertrieben schwarz geschminkten Augen interessiert anblickte. Sie musste leise wie eine Katze in den Aufenthaltsraum geschlichen sein. Gehört hatte ich jedenfalls nichts.

»Wenn ich dich so ansehe, trägt das aber auch nicht gerade zur Aufhellung meiner Stimmung bei«, entfuhr es mir. Denn die Frau, die mir gegenüberstand, sah mit ihrer weiß geschminkten Haut, den schwarzen Haaren und den düsteren Klamotten aus, als würde sie zum Lachen in den Keller gehen. Oder in die Gruft.

Doch ich täuschte mich. Sie prustete los vor Lachen und sagte: »So charmant wie du hat mich schon lange niemand mehr begrüßt.«

Ich grinste verlegen und sagte: »Entschuldigung. Ich wollte dich nicht beleidigen. Aber mein Tag war echt mies.«

»Ist noch Kaffee da?« Sie blickte zu der Kaffeemaschine, die verdreckt auf einer kleinen Küchenanrichte stand.

»Ich habe mir gerade den letzten Rest eingeschenkt. Aber er schmeckt scheußlich. Du kannst meinen haben, wenn du willst.«

Wieder fing sie zu lachen an. »Dein Tag muss wirklich übel gewesen sein, denn du hast auf jeden Fall vergessen, wie man sich einer Dame gegenüber verhält.« Sie setzte sich betont ladylike auf den Stuhl, der mir gegenüberstand, und machte es sich bequem. Dann nahm sie meine Kaffeetasse und trank einen Schluck.

»Schmeckt doch ganz okay«, sagte sie. »Ich bin übrigens Beth.«

»Ben. Freut mich, dich kennen zu lernen«, sagte ich.

»Ben? Heißt du nur Ben?«

Ich stutzte. »Äh, nein. Benjamin Taylor«, stellte ich mich ihr vor und wunderte mich über ihr seltsames Verhalten.

»Benjamin Taylor«, erwiderte sie. »Hocherfreut!« Sie streckte ihre Hand über den Tisch, und als ich sie irritiert schüttelte, klimperten die silbernen Kettchen und Armreife an ihrem Handgelenk.

»Wer in diesem Haushalt arbeiten muss, den sollte man mit Respekt behandeln. Das habe ich schon vor einiger Zeit gelernt, Benjamin Taylor.« Wieder lächelte sie, aber ich wusste nicht, ob sie mich anlächelte oder auslachte.

Dabei kam sie mir seltsam bekannt vor, aber ich konnte mir beim besten Willen nicht erklären, woher.

»Respekt scheint mir in diesem Haus eher ein Fremdwort zu sein«, sagte ich. »Besonders bei den beiden Snobs, denen die Villa gehört.«

»Ich habe dich noch nie hier gesehen. Hast du heute deinen ersten Tag?«

»Ja. Und fast wäre es auch mein Letzter gewesen. Ich war vorhin kurz davor, alles hinzuschmeißen. Diese ganze Scheiße. *Ben mach dies! Ben hol das!* Und dann musste ich ihnen auch noch fächern. Fächern! Kannst du dir das vorstellen? Dabei bin ich für die Security eingestellt worden und nicht dafür, Melodys künstlichen Hintern zu lecken.« Es sprudelte nur so aus mir heraus, und Beth schaute ein wenig verwirrt, dann aber gluckste sie: »Nicht nur Melodys Hintern ist künstlich. In ihren Brüsten, so munkelt man, ist mehr Silikon verbaut als in sämtlichen Badezimmerdichtungen von London. Aber davon werden sie in der Homestory nichts schreiben.«

Eines musste ich ihr lassen: Beth hatte Humor. Sie hatte es sogar geschafft, meine Stimmung ein wenig aufzuhellen.

»Der Witz war gut. Du scheinst gut drauf zu sein, ganz im Gegenteil zu Melody«, sagte ich. »In ihrer Gegenwart ist man nicht wirklich zum Scherzen aufgelegt. Glaub mir, ich hatte die Faxen so was von dicke. Aber zum Glück konnte ich mich beherrschen und habe letztendlich doch getan, was Melody von mir wollte. Ich brauche den Job, denn ich bin neu in London. Ja, im Grunde kann ich sogar froh sein, überhaupt so schnell etwas zum Arbeiten gefunden zu haben.« Oder besser gesagt, von Jordan aufgedrängt bekommen zu haben, dachte ich, behielt es aber für mich.

»Ich musste auch schon ziemlich üble Jobs machen.« Sie dachte kurz nach. »Aber, wenn ich es mir recht überlege, ist Melody doch die Schlimmste aller möglichen Naturkatastrophen. Vor einiger Zeit habe ich in einem Luxushotel gearbeitet, und glaub mir, da gab es viele solcher Naturkatastrophen, aber Melody übertrifft sie alle. So viel steht fest. Doch da nützt kein Jammern und kein Klagen. Du musst Katastrophen nehmen, wie sie kommen. Du kannst sie nicht abwenden, du kannst nur an ihnen wachsen.«

Das hatte mir gerade noch gefehlt. Eine Philosophin im New-Wave-Punkstyle, die über die Unarten der Neureichen sinnierte. Ziemlich verrückt, diese Beth! Dennoch musste ich feststellen, dass ich anfing, sie zu mögen. Und das nicht nur, weil sie der einzige Mensch in diesem Haus zu sein schien, der – abgesehen von ihrem wilden Äußeren – irgendwie normal war. Mir gefiel auch ihre direkte Art. So offen und gesellig wie sie war, hatte sie mit Sicherheit schon viele Leute kennengelernt, überlegte ich. Womöglich kannte sie ja jemanden, bei dem man in London günstig wohnen konnte.

»Sag mal, kennst du dich in der Stadt aus? Ich bin auf der Suche nach einer günstigen Bleibe. Im Moment wohne ich in einem schäbigen Hotel, aber selbst das kann ich mir nicht mehr lange leisten«, sagte ich.

Sie überlegte einen Augenblick, dann hoben sich ihre Augenbrauen, und sie breitete die Hände aus.

»Benjamin Taylor, dein mieser Tag könnte zumindest gut enden, denn hier«, sie deutete auf sich, »ist deine schwarze Glücksfee, die dir einen Wunsch erfüllt. Ich weiß tatsächlich, wo gerade in dieser Stadt ein Zimmer frei ist.« Sie machte eine Pause. »Denn, wie es der Zufall will, steht bei uns in der WG gerade ein Zimmer leer. Kira, meine Mitbewohnerin, ist letzte Woche spontan zu einem Selbstfindungskurs nach Indien aufgebrochen.« Sie taxierte mich und wackelte dabei abschätzend mit ihrem Daumen vor meinem Gesicht. »Ich könnte mir vorstellen, dich vielleicht als Mitbewohner ertragen zu können. Vorausgesetzt, du ziehst nicht auch in deiner Freizeit solche deprimierenden Anzüge an. Die erinnern mich immer an Beerdigungen.«

Ich grinste. »Ich dachte, gerade damit bei dir punkten zu können. Mit deinen schwarzen Klamotten könntest du schließlich auch ohne Weiteres auf ein Begräbnis gehen.«

Sie grinste zurück. »1:0 für dich. Komm heute Abend vorbei, dann kannst du dir das Zimmer ansehen. Es kostet 180 die Woche, kannst du dir das leisten?«

Ich rechnete. Da ich nur 300 Pfund verdiente, würde es eng werden, aber, wenn ich mich einschränkte, müsste es gehen.

»Klar«, sagte ich, und jetzt war ich derjenige, der ihr die Hand hinstreckte. Sie schüttelte sie kräftig, und ihr silberner Armschmuck klimperte zustimmend.

Beth zog ihre Lederjacke aus und wühlte in einer der Innentaschen herum, bis sie ein zerdrücktes Päckchen Zigaretten fand.

»Willst du auch eine?«, fragte sie mich.

»Nein, danke. Meine letzten Experimente mit Zigaretten hatte ich mit fünfzehn, und dabei will ich es auch belassen.«

»Gehst du trotzdem mit mir nach draußen und leistest mir beim Rauchen Gesellschaft?«

»Na klar«, sagte ich.

Wir gingen durch die Außentür des Aufenthaltsraums, die direkt in den Garten führte und landeten auf einer winzigen Terrasse, die mit hohen Hecken vom Rest des Gartens abgetrennt worden war. Dies war eindeutig der Platz für die Raucher, denn auf der Terrasse gab es lediglich einen Tisch, auf dem einsam ein überquellender Aschenbecher stand. Stühle suchte ich vergeblich.

Das passte zu Melody, dachte ich. Dem Personal wurde nur das Nötigste zugestanden.

Beth zündete ihre Zigarette an, zog genüsslich ihr und blies den Rauch in die sommerliche, warme Luft. Ihr schwarzer Lippenstift hinterließ eine dunkle Spur am gelben Papier des Filters.

Was mochte sie wohl hier arbeiten?, fragte ich mich. So wie sie angezogen war, würde sie von Melody mit Sicherheit nicht in den repräsentativen Räumen geduldet werden.

»Als was bist du denn eigentlich hier angestellt?«

Sie zog erneut an ihrer Zigarette und sah mich erstaunt an. »Ich arbeite nicht hier. Hatte ich das noch nicht erwähnt?«

»Nein. Ich bin einfach davon ausgegangen, dass du ebenfalls zum Hauspersonal gehörst. Schließlich warst du im Personalraum.«

»Ganz ehrlich: Wenn ich für Melody arbeiten müsste, dann würde es Mord und Totschlag geben. Wir mögen uns nicht besonders, um es einmal vorsichtig auszudrücken, und gehen uns möglichst aus dem Weg«, sagte sie. »Nein, ich bin keine Hausangestellte, ich arbeite als Musikerin.«

»Echt?«, war meine wenig einfallsreiche, dafür aber ehrlich erstaunte Antwort, und noch bevor ich fragen konnte, ob man davon leben konnte, sagte sie: »Bevor du fragst: Ja, man kann davon leben. Reich wird man aber nicht. Zumindest noch nicht.« Sie zwinkerte mir zu.

»Welches Instrument spielst du?«

»Kein Instrument. Ich singe in einer Band. Bei den *Four Seas*. Kennst du uns?«

Kurz überlegte ich, ob ich lügen und ihr sagen sollte: *Ja, ich glaube, von denen habe ich schon einmal gehört*. Aber nach der Homestory hatte ich genug von falschen Wahrheiten, also sagte ich: »Nein, nie gehört. Laufen eure Songs im Radio?«

»Schön wär's«, antwortete sie und rümpfte die Nase. »Aber was noch nicht ist, kann ja noch werden. In vier Tagen geben wir ein Konzert im *Sputnik,* und in dem Laden hatten schon viele große Bands ihren Durchbruch. Das ist eine richtig große Sache. Falls du magst, kannst du kommen, dann lasse ich dich auf die Gästeliste setzen. Klingt gut, oder?« Sie winkelte die Hand, in der sie die Zigarette hielt, kokett ab. »Ich lasse dich auf die Gästeliste setzen. Yeah, das wollte ich schon immer einmal sagen«, sagte sie und lachte.

»Klar, warum nicht«, entgegnete ich, doch die Antwort kam eher mechanisch. In Wirklichkeit konnte ich mir im Moment überhaupt nicht vorstellen, auf das Konzert einer Band zu gehen, deren Musik ich nicht kannte und die zudem in einem Laden auftrat, in dem Bands ihren Durchbruch hatten. Schließlich waren solche Clubs in der Regel heruntergekommen, und auf marode Dinge hatte ich nach diesem verkorksten Tag absolut keine Lust.

Ich wollte nicht weiter über schäbige Clubs nachdenken, und so beschloss ich, das Thema zu wechseln.

»Wenn du nicht für Melody und Jordan arbeitest, was machst du dann überhaupt hier?«, fragte ich.

»Ich schaue nach dem Rechten«, sagte sie lapidar und klopfte die Asche ihrer Zigarette auf den Boden statt in den Aschenbecher. Ich verstand nicht, was sie meinte, und sie schien mir meine Ratlosigkeit anzusehen, denn sie grinste wieder und sagte: »Ich komme ab und zu her, um nach Jordan zu schauen. Wenn das erledigt ist, trinke ich noch einen Kaffee, rauche eine Zigarette und fahre wieder nach Hause.«

»Du schaust nach Jordan? Warum das denn?«

»Ganz einfach: Weil er mein Bruder ist und eine kleine Schwester ab und zu nach ihrem großen Bruder schauen sollte. Und weil die meisten Menschen, denen Jordan sonst begegnet, ihm immer nur sagen, dass er der Größte ist. Da braucht er von Zeit zu Zeit jemanden, der ihn wieder zurück auf den Boden holt.«

Beth war Jordans Schwester? Ich glaubte, mich verhört zu haben. Konnten zwei Menschen, die so gegensätzlich waren, wirklich Geschwister sein? Die beiden waren wie Tag und Nacht, wie Licht und Schatten. Jordan war der Schöne, sie das Biest. Wobei ich noch im selben Augenblick, in dem ich dies dachte, mit dem Kopf schüttelte. Nein, Beth gab sich zwar alle Mühe, wie ein Biest auszusehen, doch bereits nach den wenigen Minuten, die ich sie nun kannte, fühlte ich, dass dies nur eine Fassade war. Man musste nicht einmal tief unter das düstere Make-up blicken, um zu sehen, dass die Beth, die sich darunter verbarg, alles andere als garstig war. In der hier gegebenen Vorstellung war die gut aussehende Melody das Biest. Nicht Beth. Doch warum nur verbarg sie ihr warmes Wesen hinter einer kühlen Maske? Weshalb kam sie mir trotz ihrer extrovertierten Art so verletzlich vor? Und wieso hatte sie mir nicht eher verraten, dass sie Jordans Schwester war? Den anderen eine Rolle vorzuspielen, schien in der Familie zu liegen. Doch ob sie es nun absichtlich oder unbewusst getan hatte – von solchen Überraschungen hatte ich mehr als genug. Zumal ich Beth gerade eben erst mein Herz ausgeschüttet und hemmungslos gelästert hatte.

Sie sah mich belustigt an, und augenscheinlich hatte sie meinen Gedanken erraten.

»Keine Angst. Ich bin nicht Jordans Spitzel. Meine Lippen sind versiegelt«, sagte sie und zog einen imaginären Reißverschluss an ihrem verschlossenen Mund zu. »Das fällt unter die Schweigepflicht. Außerdem kann ich Melody ebenfalls nicht leiden. Sie ist eine Giftspritze und tut Jordan alles andere als gut. Doch jedes Mal, wenn ich ihm gegenüber das Thema Melody anschneide, wiegelt er ab.«

»Jeder bekommt die Frau, die er verdient«, sagte ich und klang dabei bitterer, als es meine Absicht war.

Beth drückte ihre Zigarette im Aschenbecher aus. Dann sah sie mich ernst an.

»Nein, Jordan hätte jemand Besseres verdient. Aber trotzdem verbindet die beiden etwas. Etwas, das …« Sie überlegte kurz, doch ließ den Satz unvollendet. »Ich habe schon zu viel gesagt. Auch dieses Thema fällt unter die Schweigepflicht. Nur so viel: Hör auf, Jordan auf den Fußballstar zu reduzieren. Er ist viel mehr als das. Glaube mir, ich kenne ihn.«

Aber vielleicht kenne ich ihn etwas besser, dachte ich und fühlte mit einem Mal einen Anflug von Stolz, denn nach unserer gemeinsamen Nacht teilte ich ein intimes Geheimnis mit Jordan.

»Schau nicht nur auf den schönen Schein. Denn sonst bist du genauso oberflächlich wie Melody«, ermahnte mich Beth.

»Als ich ihn zum ersten Mal traf, wusste ich nichts von seinem Reichtum und dem ganzen Drumherum«, rutschte es mir heraus, und ich bereute es umgehend. Warum nur konnte ich nicht meinen Mund halten?

»Du kennst Jordan schon länger?«, fragte sie erstaunt.

»Äh, nein. Kennen wäre zu viel gesagt«, ruderte ich zurück. Trotz meiner Wut, die ich immer noch verspürte, wollte ich niemandem von unserem Abenteuer erzählen – schon gar nicht Jordans Schwester.

Was sie dann fragte, ließ mich vor Staunen erstarren: »Hast du mit ihm geschlafen?«

Ich machte meinen Mund auf und schloss ihn wieder, nur um ihn noch einmal zu öffnen, doch zu sagen wusste ich nichts. Wie es aussah, kannte sie Jordan doch erheblich besser, als ich es tat. Augenblicklich löste sich mein Stolz in Luft auf, und zurück blieb ein schaler Beigeschmack.

»Ach, Benjamin Taylor. Du bist wirklich süß, wenn du verlegen bist. Den Mund kannst du wieder zumachen. Hältst du mich ernsthaft für blöd? Das solltest du nicht. Zumindest nicht, wenn du mit mir zusammenwohnen willst.« Sie zündete sich eine weitere Zigarette an. »Jedenfalls kann ich eins und eins zusammenzählen. Du siehst gut aus, du kennst Jordan näher, und du fällst genau in sein Beuteraster. Ja, du hast mit ihm geschlafen. Und trotzdem: Glaube nicht, dass du ihn kennst, nur weil du einmal mit ihm im Bett gewesen bist. Im Grunde weißt du gar nichts über ihn.«

Kapitel 10

Das Stadion wirkte trotz des hellen Sonnenlichts düster und geisterhaft auf mich. Tausende roter Plastikstühle leuchteten unbesetzt in der Sonne, während unten auf dem Rasen die Spieler das letzte Training der Saison absolvierten und sich an den Trainerbänken internationale Fernsehteams und Fotografen aus aller Welt drängten, um noch einmal Aufnahmen des englischen Meisters zu machen, bevor sich die Mannschaft in die Sommerpause verabschieden würde.

Ich stand zusammen mit einigen anderen Chauffeuren und Bodyguards abseits der Pressemeute, lehnte mich über die Bande und schaute gelangweilt dem Training zu, während ich meinen Gedanken nachhing.

Der gestrige Tag war wider Erwarten doch noch gut zu Ende gegangen. Nach meinem Dienstschluss hatte ich mich in Beths Wohngemeinschaft vorgestellt, und zu meinem großen Glück hatten mich alle Bewohner als WG-tauglich eingestuft. »Unter normalen Umständen würden wir jetzt eine Willkommensparty für dich geben«, hatte Beth gesagt. »Aber ich habe später Bandprobe. Wir stoßen einfach auf der After-Show-Party nach meinem Konzert auf dich an«, hatte sie mir versprochen, beziehungsweise angedroht. Wie es aussah, würde ich mich wohl nicht vor ihrem Konzert drücken können.

»Die Viererkette hätten sie besser während der Saison trainiert«, riss mich der Typ neben mir aus meinen Gedanken. »Damit brauchen sie jetzt gar nicht mehr anzufangen. Es hat mich ohnehin gewundert, dass sie in diesem Jahr die Meisterschaft gewonnen haben – bei den grauenhaften Spielen! Die Viererkette hat ihnen jedenfalls nicht den Arsch gerettet. Die hat in der ganzen Saison nicht einmal richtig funktioniert.«

»Hmm«, brummelte ich und hoffte, dass das zustimmend klang. Doch dem Typen, der neben mir stand, war das ohnehin völlig egal. Wie ein Fußballkommentator gab er seinen Senf zu jedem Spielzug und ordnete dabei das aktuelle Trainingsgeschehen in den großen Zusammenhang der zu Ende gehenden Saison ein. Und, obwohl er eigentlich als Fahrer für einen Spieler von *London United* arbeitete, wetterte er ohne Unterlass gegen die Mannschaft. »Mein Herz schlägt für Manchester. Egal, wen ich durch die Gegend kutschiere«, hatte er gesagt, bevor er seine altmodische Fahrermütze vom Kopf genommen und sich den Schweiß von der Glatze gewischt hatte. Aber das war bereits geschlagene zwanzig Minuten her, und seitdem quatschte er unentwegt auf mich ein.

»Hast du das gesehen? Das gibt's doch nicht. Nicht einmal beim Training kriegt es Nathan O'Connor – ich nenne ihn *Die Connor-Flasche* – hin, den Ball sauber an Evans abzugeben. Wie die Null es geschafft hat, fast ein halbes Jahr Evans als Stürmer zu ersetzen, bleibt mir bis heute ein Rätsel.«

Nathan O'Connor schien der rothaarige Typ zu sein, der gerade versucht hatte, Jordan einen Ball zuzuspielen. Doch er hatte wohl zu viel Kraft in den Schuss gelegt, denn der Ball flog gerade meterweit an Jordan vorbei. Zwar gab Jordan alles, um den Ball noch zu erreichen, doch er verlor dabei aber das Gleichgewicht und rutschte über den Rasen.

Ich hörte die Kameras der Presseleute aufgeregt klicken.

»Mensch, pass bloß auf dein Knie auf!«, rief jemand Jordan von der Trainerbank zu. »Es wäre dumm, wenn du dir ausgerechnet beim letzten Training wieder das Knie ruinierst.«

Jordan rappelte sich auf, belastete vorsichtig sein Bein und streckte dann den Daumen nach oben, während er bereits wieder locker hinter einem anderen Ball herlief.

»Früher hätte Evans den Ball noch erreicht, aber nach seiner Verletzungspause ist er noch nicht wieder richtig fit«, beschrieb der nervige Kommentator die Situation. »Nie und nimmer wird *Deportivo Madrid* ihn für die nächste Saison unter Vertrag nehmen. Das kann er vergessen.«

Zugegebenermaßen tendierten meine Fußballkenntnisse gegen Null, aber in diesem Punkt hätte ich ihm widersprechen können. Denn heute Morgen, bevor ich hierher ins Stadion gekommen war, hatte ich Melody und Roy zu einer großen Anwaltskanzlei in die Stadt fahren müssen. Unfreiwillig hatte ich dabei ihrem Gespräch gelauscht und mitbekommen, dass es bei ihrem Anwaltstermin nur noch um die letzten Feinheiten von Jordans Wechsel zu *Deportivo Madrid* ging. Für mich hatte es geklungen, als sei der Deal perfekt.

Melody: »Wie lange wird es heute dauern?«

Roy: »Sicherlich nicht länger als eine Stunde. Mr. Henderson hat mir bereits am Telefon versichert, dass die Vertragsänderungen, die *Deportivo Madrid* ihm in die Kanzlei geschickt hat, marginal sind. Aus seiner Sicht spricht nichts dagegen, sie anzunehmen. Aber das wird er uns alles gleich persönlich erläutern.«

Melody: »Ich bin so froh, wenn die Verträge endlich unter Dach und Fach sind. Wir verhandeln jetzt schon eine halbe Ewigkeit. Lange halten das meine Nerven nicht mehr aus.«

Roy: »Es ist alles in trockenen Tüchern. Dem Wechsel nach Madrid steht nichts mehr im Weg. Und als Sahnehäubchen erscheint morgen die Homestory in der *Sun*. Das wird den Preis für Jordan noch einmal in die Höhe treiben.«

Melody: »Glaubst du wirklich, dass sie uns unsere ach so große Londonliebe abnehmen werden? Habe ich nicht übertrieben?«

Roy: »Nein, du warst ganz wunderbar! Nach dem Artikel in der *Sun* werden sie ganz sicher glauben, dass ihr beiden auf keinen Fall aus London wegziehen wollt. Schließlich hat Jordan gerade erst ein Vermögen für die Villa ausgegeben, wie es im Zeitungsbericht ausführlich zu lesen sein wird. Außerdem glauben alle, dass ihr bald in England heiraten werdet.

Melody: »Hoffentlich hast du den Bogen nicht überspannt. Jordan will unbedingt für Madrid spielen. Ihm sind England und die Villa scheißegal.«

Roy: »Ich weiß das, und du weißt das auch. Aber Madrid weiß das nicht. Sie werden also nicht umhin kommen, noch mal einen Batzen Geld obendrauf zu legen.«

Melody: »Aber am Termin für die Unterschrift hat sich nichts geändert?«

Roy: »Nein, da bleibt alles wie besprochen. Wir sind uns weiterhin einig, dass wir den Wechsel nach dem Freundschaftsspiel *London gegen Madrid* in drei Wochen bekanntgeben werden. Oh Mann, ich sag dir: Das wird ein Fest, wenn wir nach dem Spiel die Bombe platzen lassen. Jordan Evans wechselt für eine Rekordsumme nach Madrid! Das wird noch einmal für fette Schlagzeilen in den Medien sorgen.«

Gespannt hatte ich der Unterhaltung gelauscht, und um ein Haar hätte ich die falsche Abzweigung genommen und wäre an der Anwaltskanzlei vorbeigefahren. Roy hatte mich aber zum Glück noch rechtzeitig gewarnt.

»Hey, du musst hier links abbiegen«, hatte er mir zugerufen, sodass ich die Kurve gerade noch so erwischt hatte.

»Ben, pass gefälligst auf, wo du hinfährst«, hatte mir Melody, die wegen meiner abrupten Fahrweise hin und her geworfen wurde, daraufhin ins Ohr geschrien. »Meine Nerven liegen ohnehin schon blank, da kann ich solche Aufregungen gar nicht gebrauchen«, empörte sie sich. »Ach, beinahe hätte ich es vergessen: Für den Rückweg nehmen wir uns ein Taxi. Und du, Ben, holst dann Jordan vom Training ab, das übrigens das letzte Training vor der Sommerpause ist. Zum Glück, kann ich nur sagen. Ein paar Wochen Ruhe wird uns beiden gut tun. Ich bin wirklich urlaubsreif.«

»Ich soll Jordan vom Training abholen? Warum das denn?«, hatte ich dümmlich gefragt. Seit unserer gemeinsamen Nacht hatten Jordan und ich nur das Nötigste miteinander gesprochen, und von mir aus hätte das auch erst einmal so bleiben können.

»Du sollst Jordan vom Training abholen, weil du der Fahrer bist. Ein anderer Grund fällt mir beim besten Willen nicht ein«, hatte sie schnippisch erwidert, als ich vor der Kanzlei angehalten hatte. »Am besten fährst du von hier aus gleich weiter ins Stadion, dann bist du auf jeden Fall pünktlich. Im Handschuhfach müsste der VIP-Ausweis liegen, ohne den werden sie dich nicht hinein lassen. Also verliere ihn nicht.«

»Nein, das werde ich nicht«, hatte ich gesagt und hätte fast ein *Eure Hoheit* angehängt. Aber den Spaß hatte ich mir verkniffen, stattdessen war ich, nachdem die beiden in der Kanzlei verschwunden waren, erst einmal auf einen Kaffee zu *Starbucks* gefahren. Sollte Jordan ruhig ein bisschen warten, hatte ich mir gesagt.

Doch trotz meiner Zwischenstation, war das Training noch immer im vollen Gange, als ich am Stadion ankam. Und so blieb es mir nun nicht erspart, zum einen Jordan auf dem Fußballplatz zusehen zu müssen und zum anderen die Kommentare des ohne Punkt und Komma quatschenden Typen ertragen zu müssen.

»Gerade in den letzten Wochen trumpfte Manchester furios auf und ließ selbst die Kritiker verstummen. Die neuen Trainingsmethoden zahlen sich aus, und ich bin mir sicher …«, hörte ich ihn jetzt sagen, ohne ihm wirklich Gehör zu schenken.

»Wie lange dauert das Gekicke denn noch?«, unterbrach ich ihn genervt.

Irritiert sah er auf seine Uhr. »Die sollten gleich fertig sein. Der Trainer hat die Jungs schon eine Viertelstunde länger spielen lassen, als es eigentlich geplant war. Aber sie sollen vor ihrem Urlaub ruhig noch einmal ordentlich schwitzen, das wird ihnen gut tun.«

Ein langer Pfiff aus einer Trillerpfeife ertönte, und das schien das Trainingsende zu bedeuten, denn die Spieler unterbrachen daraufhin ihr Spiel und liefen nun langsam in Richtung des Spielertunnels, der in die Umkleidekabinen führte.

»Siehst du, habe ich es doch gewusst! Der Pfiff zum Trainingsende«, sagte der Kommentator, setzte sich die Fahrermütze zurück auf die Glatze und klopfte mir zum Abschied auf die Schulter. »Dann wollen wir uns mal wieder an die Arbeit machen, was Kumpel?« Ohne auf eine Reaktion von mir zu warten, zog er seiner Wege, und ich atmete erleichtert aus. Den war ich endlich los.

Ich beugte mich wieder über die Bande und sah, dass die ersten Spieler bereits im Tunnel verschwunden waren, doch die meisten schienen es nicht besonders eilig zu haben und schlenderten langsam über das Spielfeld. Einige standen in kleinen Gruppen zusammen und wechselten ein paar Worte miteinander oder sie sprachen mit dem Trainer. Andere gesellten sich zu den Journalisten und gaben ihnen Interviews.

Jordan tat weder das eine, noch das andere. Er stand an der gegenüberliegenden Rasenseite und unterhielt sich angeregt mit dem Rothaarigen – O'Connor, wie ich vorhin erfahren hatte. Vielleicht besprachen sie noch einmal den letzten Fehlpass oder redeten über ihre bevorstehenden Urlaubsreisen. Was auch immer – mir war es egal, ich wollte nur weg von hier.

Ich beschloss, zurück zum Wagen zu gehen, um dort auf Jordan zu warten. Doch kaum hatte ich die Treppe, die zum Stadion-Ausgang führte, halb erklommen, hörte ich, dass hinter mir mein Name gerufen wurde. »Ben! Warte mal!«

Ich drehte mich um und sah, dass Jordan mir zuwinkte, während er locker über das Spielfeld in meine Richtung trabte. Einen kurzen Augenblick lang war ich versucht, auf dem Absatz kehrt zu machen und einfach abzuhauen. Doch ich blieb wie angewurzelt stehen. Zwar hatte ich mir in der letzten weitestgehend schlaflosen Nacht haarklein ausgemalt, was ich Jordan, dem Scheißkerl, alles sagen würde, wenn ich ihn in die Finger bekommen würde. Aber jetzt, als ich ihn dort unten sah, war mein Kopf wie leergefegt, und meine Knie wurden weich.

Fall jetzt bloß nicht die Treppe herunter!, ermahnte ich mich.

Mittlerweile stand Jordan an der Bande, blickte zu mir hoch und sagte: »Du hast dir das Training angesehen? Das freut mich. Und? Wie habe ich mich geschlagen?«

Sein Gesichtsausdruck verriet, dass er eigentlich kein echtes Urteil von mir erwartete, aber irgendetwas sollte ich jetzt trotzdem sagen. Egal, was.

»Ganz gut, schätze ich«, war das Einzige, was aus mir herauskam.

»Also ein bisschen mehr Euphorie könntest du schon an den Tag legen. Trotzdem fasse ich das einfach mal als Kompliment auf«, sagte Jordan lachend. »Komm her und schwing dich über die Bande, dann gehen wir kurz in die Kabine. Dort ziehe ich mich geschwind um, und dann zeige ich dir das Stadion. Was hältst du davon?«

Was ich davon hielt? Nichts, natürlich. Nur konnte ich ihm das von hier oben schlecht entgegenbrüllen, denn ich wollte keine peinliche Szene veranstalten. Also stieg ich die Treppe wieder hinunter, schwang mich über die Absperrbande und stand nun schließlich neben Jordan auf dem kurz geschnittenen Fußballrasen. Gut konnte ich mir vorstellen, dass viele englische Fußballfans ihr letztes Hemd geben würden, wenn sie in diesem Moment mit mir tauschen könnten. Schließlich stand ich gerade nicht nur im Innenraum eines der größten Stadien der Welt, nein, neben mir liefen auch die besten Fußballer Englands, und obendrein hatte mir soeben einer der Top-Spieler eine private Stadionführung angeboten. Aber anstatt mich zu besänftigen, stachelte Jordans Angebot meinen Zorn weiter an.

»Ist alles okay mit dir?«, fragte er mich und sah mir kritisch an. »Du siehst so… wie soll ich das sagen … so angepisst aus. Den Eindruck hatte ich gestern schon, aber ich hatte keine Zeit, dich zu fragen. Du hast ja gesehen, was für ein Chaos die Pressetypen veranstaltet haben. Liegt es am Job? Findest du ihn scheiße?«

Verdammt, ich war angepisst. Und ja, der Job war scheiße!

»Du kapierst es nicht, oder?«, zischte ich, und meine Wut bahnte sich ihren Weg.

»Okay, ich hatte also Recht. Du bist angepisst. Aber du hast ebenfalls Recht, wenn du sagst, dass ich es nicht kapiere. Ja, Ben, ich verstehe es nicht. Allerdings ist hier wohl kaum der richtige Ort, um darüber zu reden. Lass mich kurz duschen, und dann hauen wir von hier ab. Ich kenne einen ruhigen Platz, an dem wir quatschen können. Einverstanden?«

Mein knappes Nicken wertete Jordan als Zustimmung, denn er setzte sich augenblicklich in Bewegung und ging zum Spielertunnel. Ich folgte dicht hinter ihm, während die wildesten Gedanken durch meinen Kopf rasten. Er kapierte wirklich nicht, dass ich mir verarscht vorkam. Er kapierte es einfach nicht! Oder tat er einfach nur so blöd?

Kurz bevor wir den Eingang des komplett im Vereinsrot gehaltenen Spielertunnels erreichten, trat ein blonder Spieler auf Jordan zu und klopfte ihm beglückwünschend auf die Schulter.

»Glückwunsch, Mann! Jetzt kannst du ganz in Ruhe auf die Malediven fliegen. Ich wünschte, bei mir wäre auch schon alles eingetütet.«

Jordan sah ihn fragend an.

»Danke dir, auch wenn ich nicht weiß, wovon du überhaupt sprichst«, sagte Jordan.

»Oh, ich hatte gedacht, der Trainer hätte schon mir dir gesprochen. Schließlich hat er gerade *Sky Sport* ein Interview gegeben und gesagt, dass du beim Spiel gegen Madrid auf jeden Fall als Stürmer dabei bist. Und er setzt dich nicht nur ein, weil es ein Freundschaftsspiel ist. Nein, er hat gesagt, dass du wieder hundertprozentig fit bist und er dich auch bei einem Qualifikationsspiel mit ins Boot genommen hätte.«

Jordan grinste über das ganze Gesicht, und seine Augen strahlten den Blonden an.

»Na, endlich ist auch er davon überzeugt, dass mein Knie hält. Das würde aber auch höchste Zeit, oder?« Jordan hob eine Hand und klatschte sie gegen die des blonden Spielers. »Und dass du dabei bist, ist doch klar. Du hast deinen Stammplatz, daran gibt es nichts zu rütteln.«

»Das sagst du, der Trainer könnte aber etwas ganz anderes sagen. Wer weiß, vielleicht stellt er gegen Madrid einige der schwächeren Spieler auf. Das wäre nicht das erste Mal. Schließlich sollen auch sie ihre Erfahrungen sammeln, und was bietet sich da besser an als ein Freundschaftsspiel?«

»Schlimmstenfalls hast du dann einfach länger Urlaub. Das hört sich für mich nicht nach der schlimmsten aller Strafen an.«

Der Blonde grinste und meinte: »So kann man es auch sehen.« Dann verschwand er vor uns im Tunnel.

Jordan drehte sich strahlend zu mir um und setzte an: »Das ist der Hammer, das ist …« Doch als er mir ins Gesicht sah, unterbrach er sich selbst. »Okay, okay, Mister Angepisst. Ich beeile mich mit dem Duschen. Versprochen.«

Wir verschwanden im Tunnel und gingen am Ende des schmalen Gangs in die Umkleidekabinen.

Erstaunt blickte ich mich um, denn das, was ich sah, war kein Umkleideraum – es war ein Wellness-Tempel, der nichts mit den lieblosen Nebenräumen einer normalen Sporthalle oder eines Fitness-Studios gemein hatte. Statt in einem muffigen Kabuff mit zweckmäßigen Holzbänken und schäbigen Metallspinden stand ich in einem riesigen, oval angelegten Raum, dessen Designerlampen holzverkleidete Nischen ausleuchteten, in denen die Spieler ihre Taschen, Kleidung oder Trikots deponiert hatten. »Wahnsinn!«, entfuhr es mir, und als wir von diesem Raum schließlich in einen Flur gelangten, der zu den geräumigen Duschen, einem großzügigen Whirlpool und zu diversen Massageräumen führte, kam ich aus dem Staunen gar nicht mehr heraus. Denn zum einen war das hier der pure Luxus, und zum anderen entdeckte ich, wohin ich auch blickte, nackte Männerhaut und Sportlermuskeln. Einige Spieler lagen auf Massageliegen und ließen sich die Beine durchkneten. Andere hatten es sich im Whirlpool bequemt gemacht oder ließen den Duschstrahl auf sich prasseln. Ich konnte nicht anders und musterte verstohlen ihre durchtrainierten Körper.

Wie die Anfangsszene eines Schwulenpornos, dachte ich. Doch anders als in einem dieser Filme, beeilten sich die Typen, mit dem Duschen fertig zu werden, sprangen in ihre Klamotten und zogen von dannen.

Amüsiert über meine schmutzige Fantasie, hob ich die Schultern und verzog mich unauffällig in eine Ecke des Raums, von wo aus ich Jordan beobachtete. Ich sah, wie er in seiner Nische aus seinen Trainingssachen schlüpfte und zu den Duschen lief. Auf halbem Weg kam ihm Nathan entgegen, der sich gerade die roten Haare mit einem Handtuch trocken rubbelte. »Ich habe es gerade unter der Dusche erfahren. Du bist fürs Spiel gegen Madrid aufgestellt. Glückwunsch!«, sagte er zu Jordan, aber ich meinte, Bitterkeit in seiner Stimme zu hören.

»Ja, ich habe es auch gerade erst erfahren«, antwortete Jordan. »Aber noch hat der Trainer nicht mit mir persönlich gesprochen. Offiziell ist es also noch nicht. Und wie sieht's bei dir aus? Weißt du schon, ob er dich ebenfalls aufgestellt hat?«

Nathan hörte nun auf, seine Haare zu rubbeln und sah Jordan missmutig an. »Wie es aussieht, wird er mich wieder auf der Ersatzbank versauern lassen. Verdammt, das ist eine Riesenschweinerei! Ich habe vier entscheidende Tore in dieser Saison gemacht. Und ich habe dich – nichts für ungut, Mann – mehr als würdig vertreten, als du wegen deiner Knieverletzung nicht spielen konntest. Außerdem geht es bei diesem Spiel um nichts, schließlich ist es nur ein Freundschaftsspiel. Ich sollte also wirklich dabei sein. Das ist alles nur ...« Jetzt sah man ihm seine Enttäuschung deutlich an, den Satz vollendete er aber nicht. »Ach, was soll's! Jetzt verschwinden wir erst einmal in den Urlaub, was? Den lasse ich mir nicht vermiesen, schließlich sind wir Meister geworden.«

»Genau. Kopf hoch! Vielleicht stellt der Trainer dich ja doch noch auf, und wir übernehmen zusammen den Sturm. Das wäre klasse!«

Doch wie es aussah, hörte Nathan ihm schon gar nicht mehr zu, denn er ging wortlos in seine Nische.

Nach wenigen Minuten kam auch Jordan aus de Dusche und trocknete sich ab. Er zog seine Jeans, sein T-Shirt und die Sneakers an und steuerte auf mich zu.

»Los, komm! Lass uns abhauen!«, sagte er zu mir. Und den übrigen Typen im Raum rief er zu: »Wir sehen uns beim Spiel gegen Madrid, Männer. Bis dahin schönen Urlaub!«

Ich hörte noch ein paar *Machs gut!*, *Ciao!* und *Schönen Urlaub!*, aber da liefen wir bereits aus der Umkleidekabine und drangen tiefer in den Bauch des Fußballstadions ein.

Jordan schien sich gut in den Gängen der riesigen Arena auszukennen, denn er stieg zügig einige Treppen hinunter, nahm hier eine Abzweigung nach links, um dort wieder nach rechts zu gehen.

Und egal, wohin wir auch liefen – abgesehen von einigen Hausmeistern und Reinigungskräften begegneten wir kaum einem Menschen. Gerade war ich versucht zu fragen, ob man hier im Stadion oft so einsam war, als wir, nachdem wir um eine weitere Ecke gebogen waren, plötzlich vor einer Schulklasse standen. Offensichtlich machten die Mädchen und Jungs eine Besichtigungstour durch die Arena, denn alle trugen einen der bunten Besucherausweise um den Hals, und vor ihnen stand ein Führer, der einen Vortrag hielt. Die Teenager blickten gelangweilt in der Gegend herum und schienen ihrem Führer, der monoton sein Programm abspulte, allerhöchstens mit einem Ohr zuzuhören.

»Es ist eine architektonische Meisterleistung, die hier vollbracht wurde. Jeder dieser Räume …«

Weiter kam er nicht, denn in diesem Moment hatten zwei Mädchen etwas sehr viel Interessanteres entdeckt und kreischten: »Seht mal, da ist Jordan Evans!«

»Oh, nein«, sagte Jordan leise, doch es war bereits zu spät, um abzuhauen. Wie ein Bienenschwarm, der einen Honigtopf entdeckt hat, stürmte nun die ganze Klasse mit gezückten Smartphones auf Jordan zu und ließ den verdutzten Führer einsam zurück. Dann, bei Jordan angekommen, sprachen alle gleichzeitig.

»Jordan, kann ich ein Selfie mit dir machen?«

»Unterschreibst du hier?«

»Oh mein Gott, er ist es wirklich!«

Jordan ergab sich seinem Schicksal. Er nahm abwechselnd Mädchen und Jungs in die Arme, lächelte zusammen mit ihnen in ihre Handys, schrieb etwas in ihre Schulhefte, hielt seine Faust gegen die Faust der Jungs, und alles wurde entweder mit dem Smartphone fotografiert oder gefilmt. Dabei sprudelten die Fragen nur so aus den Mündern der Teenager.

»Bist du wieder fit?«

»Hat es dich gewurmt, dass O'Connor so lange auf deinem Stammplatz gespielt hat?«

»Heiratest du bald?«

»Was ist deine Lieblingsfarbe?«

Jordan bemühte sich, freundlich und zuvorkommend zu seinen Fans zu sein. Ein echter Vorzeige-Star! Als nach einer Viertelstunde jedoch einige der Mädchen hysterisch wurden und versuchten, ihn auf die Wange zu küssen, raunte Jordan mir zu: »Jetzt reicht's. Bitte sei so lieb, und treib sie weg von mir. Danach gehen wir dann da vorne in den Serviceraum.« Er deutete auf eine Tür links neben einem abgestellten Putzwagen, und ich nickte ihm zu, um ihm zu zeigen, dass ich verstanden hatte.

Mein erster Einsatz als Bodyguard! Ich richtete mich zur vollen Größe auf und fing als erstes an, die Mädchen, die jetzt beinahe an Jordan hingen, von ihm wegzuschieben. Dabei erhob ich meine Stimme und versuchte, sie möglichst autoritär klingen zu lassen: »Schluss jetzt, Mädchen und Jungs! Die Show ist zu Ende. Weg da! Und auch keine Fotos mehr!«

Die Teenager ließen nur widerwillig von Jordan ab, doch wie es aussah, machte ich meine Sache gar nicht so schlecht, dann wir bahnten uns langsam den Weg in Richtung der blauen Stahltür.

Nur noch wenige Schritte, dann hatten wir unser Ziel erreicht, und ich blickte auf das Schild, das an der Tür hing: *Betreten Verboten! Hochspannung – Lebensgefahr! Zutritt nur für berechtigtes Personal.*

Ich drückte die Klinke nach unten, beziehungsweise ich versuchte es, denn wie ich feststellen musste, war die Tür verschlossen. Doch Jordan kannte den Code, tippte schnell auf einige Tasten, riss dann die Tür auf und verschwand in den Raum dahinter.

Ich blieb noch einen Moment vor der Tür stehen und hinderte einige der Teenager daran, uns zu folgen, bevor ich ebenfalls hinter der Tür verschwand und sie fest zuzog. Augenblicklich erstarb alles Rufen und Kreischen, und ich hörte lediglich ein monotones Brummen, das aus einem der vielen Rohre zu kommen schien, die überall an den Wänden entlangliefen.

Der enge, stickige Tunnel, in dem wir uns nun befanden, war ganz offensichtlich ein Versorgungstunnel, und die bunten Rohre und Leitungen, die hier in den unterschiedlichsten Größen am Boden lagen oder unter der Decke hingen, erinnerten mich an Blutbahnen. Nur dass diese hier keinen Organismus, sondern das Stadion mit Energie versorgten.

»Puh, geschafft. Hierher können sie uns nicht folgen. Die Versorgungstunnel sind für Besucher gesperrt.

Danke übrigens für deine Hilfe. Das hast du prima gemacht«, sagte Jordan, und ich fühlte mich ein wenig stolz. »Da hinten«, er zeigte vor sich, »ist ein Raum, in dem wir ungestört sein können.« Wir gingen ein paar Meter den Gang entlang und blieben vor einer weiteren Tür stehen. Zwar war auch diese verschlossen, doch auch ihren Zugangscode kannte Jordan.

Der Raum dahinter wurde von einer schwachen Lampe notdürftig erhellt. Ich schaute mich irritiert um. Augenscheinlich diente er als kleiner Schlaf- oder Pausenraum. In einer Ecke befand sich ein Sofa, und an der Wand standen zwei Stühle und ein Tisch, auf dem einige alte Zeitungen und Zeitschriften lagen, deren Schlagzeilen schon längst vergessen waren.

»Wo sind wir denn hier gelandet?«, fragte ich erstaunt.

»Dies ist einer der mehr oder weniger geheimen Räume im Stadion. Sie gibt es hier überall. Eingerichtet wurden sie von den Hausmeistern und Technikern, damit sie ab und zu ein Stündchen schlafen oder eine Zigarette rauchen können. Während der Arbeitszeit, versteht sich, aber psst!« Er hielt sich den Finger an die Lippen. »Nicht weitersagen! Top secret.«

»Und woher kennst du diese Top-Secret-Räume?«

»Ach, ich hatte in der letzten Saison reichlich Zeit, als ich wegen meiner Knieverletzung nicht spielen konnte. Später, als die Reha anfing, musste ich mein Bein viel bewegen, und so bin ich oft durch das Station gestreift. Dabei habe ich mich mit einem Hausmeister angefreundet, und der hat mir viele Geheimnisse über die Arena verraten und mir einiges gezeigt. Unter anderem auch diesen Raum hier«, sagte er schelmisch und freute sich sichtlich. Dann aber wurde er wieder ernst. »Doch jetzt zu dir. Was war vorhin los mit dir, wieso warst du so …«

»Angepisst«, unterbrach ich ihn energisch.

Er nickte und schaute mich auffordernd an.

»Kannst du dir das nicht denken?«, fragte ich ihn.

»Wenn ich es mir denken könnte, dann würde ich nicht fragen. Ich bin Fußballer, kein Gedankenleser.«

»Weil du mich verarscht hast«, schoss es aus mir heraus, und ich blickte ihn wütend an.

Jordan sah ehrlich verwirrt aus, als er fragte: »*Was* habe ich? Wann soll das denn gewesen sein?«

»Die ganze Zeit über. Es fing bereits im Hotel an. Von wegen *Ich kenne das Personal, die Suite ist kostenlos*! Du bist stinkreich, aber mir gegenüber hast du so getan, als wärst du ein ganz normaler Typ.« Beinahe hätte ich gesagt: *Ein ganz normaler Typ wie ich.* Aber das verkniff ich mir. »Und nicht nur das. Nein! Du hast Kohle ohne Ende, und du bist auch noch ein Fußballstar. Du musst dich ja echt schlapp gelacht haben über mich, als du mich im Club aufgegabelt hast. Alle Welt kennt dich, nur der Kerl, den du abschleppst, hat keine Ahnung. Wirklich witzig, nur dass ich nicht darüber lachen kann.«

Jordan wollte etwas erwidern, doch ich hatte mich bereits in Rage geredet. Der ganze Frust der letzten Tage sprudelte aus mir heraus. »Und dann sucht der dumme Typ zufällig einen Job, und was machst du? Du stellst ihn als Schoßhund für deine Verlobte ein. Nicht für irgendjemanden, nein, für deine künftige Frau. Wie sollte ich das deiner Meinung nach finden? Ich habe mit einem Kerl gevögelt, und der vermittelt mir einen Job bei seiner Verlobten, ausgerechnet bei …«

Jordans Gesichtsausdruck ließ mich innehalten. Zuerst hatte er nur erstaunt ausgesehen, aber nun wirkte er verlegen. Und verletzt. Und was ich dann tat, versetzte uns beide in Erstaunen. Mit einem beherzten Schritt ging ich auf ihn zu, zog ihn an mich und küsste ihn.

Kapitel 11

Jordans weiche Lippen blieben für einen Moment fest verschlossen, und ich sah, dass seine Augen mich erstaunt ansahen. Doch ich drückte meinen Mund fester auf seinen, presste mich mit einer Mischung aus Wut und Verlangen gegen seinen Körper und wusste dabei selbst nicht, ob ich ihm Schmerzen oder Lust bereiten wollte.

Nach ein oder zwei Herzschlägen ließ Jordans Verwunderung nach, und er schlang seine Arme um mich, öffnete seinen Mund und glitt mit seiner Zunge in meinen, ohne den inzwischen fast schmerzhaften Druck auf unseren Lippen zu lockern.

Wir trugen einen stillen und lustvollen Kampf aus, bei dem keiner dem anderen nachzugeben bereit war. Und so unverhofft dieser Kuss begonnen hatte, so unvermittelt endete er auch. Ich konnte nicht sagen, dass einer von uns als erster den Rückzug angetreten hatte, vielmehr erschien es mir so, als hätten wir mit einem Mal beide die Waffen gestreckt und kapituliert.

»Ein Kuss?«, fragte Jordan und sah erneut verwirrt aus. »Ich dachte, du seist wütend auf mich.«

»Ich bin wütend auf dich!«, entgegnete ich, doch Zorn fühlte ich keinen mehr. Vielmehr schien sich plötzlich eine Traurigkeit in mir auszubreiten. Doch das lag sicher nur an dem trostlosen, fensterlosen Raum, der irgendwo in den Untiefen des Stadions lag und dessen düstere Atmosphäre gerade auf mich wirkte.

Jordan streckte seine Hand aus und berührte vorsichtig meine Wange, bevor er sagte: »Ich wollte dich nicht verletzen, wirklich nicht. Weder als ich dich aus dem Club mit ins Hotel genommen habe, noch als ich dir Puppys Nummer gegeben habe. Und auch gestern oder heute nicht. Und schon gar nicht, als wir miteinander Sex gehabt haben.«

Ich konnte nichts darauf erwidern, denn die Aufrichtigkeit in seinen Augen ließ alle Argumente, die ich gegen ihn ins Feld geführt hatte, plötzlich sinnlos erscheinen.

»Außerdem war ich die ganze Zeit aufrichtig zu dir. Als ich dir gesagt habe, dass ich das Personal im *Hilton* kenne, war das nicht gelogen. Beth hat dort eine Weile gearbeitet, und so habe ich die Suite am Wochenende tatsächlich umsonst bekommen. Okay, zugegeben, ein gewisser Promibonus mag dabei auch eine kleine Rolle gespielt haben.« Er grinste etwas verlegen.

»Da! Jetzt hast du es selbst gesagt: Promibonus.« Ich war froh, dass sich zumindest eines meiner Argumente nun doch noch als stichhaltig erwies. »Dabei hast du mir gegenüber so getan, als seist du ganz normal.«

»Hallo? Ich bin ganz normal! Ich spiele Fußball, ja. Ich verdiene damit richtig viel Geld, ja. Aber auf diese ganze Öffentlichkeitsnummer könnte ich liebend gern verzichten. Du hast doch gestern selbst gesehen, was für ein verlogener Zirkus diese ganze Presseshow ist.«

Nun fing Jordan an, sich in Wut zu reden, und er begann, im Keller auf und ab zu laufen. »Wenn ich allein an die Kids von eben denke. Du warst doch selbst dabei und hast gesehen, wie das ist. Hier ein Foto, dort ein Selfie. *Oh Jordan, ich liebe dich!* Oder: *Jordan, ich bin dein größter Fan!* Küsschen hier, Küsschen da. So, als sei ich öffentliches Eigentum.«

Nun blieb er vor mir stehen und sah mich mit einem schweren Blick an. »Für dich aber war ich nur der Typ aus dem Club. Kein Promi, den man anmacht, nur damit man später damit angeben kann. Also wie hätte ich mich deiner Meinung nach dir gegenüber verhalten sollen? Hätte ich sagen sollen: Hey, verehrte Zuschauer, Sie kennen ihn nicht?« Er legte den Tonfall eines Showmasters aus einer der Verkaufssendungen in seine Stimme. »Das sollten Sie aber, denn es handelt sich um einen wirklich bekannten Fußballer. Und ja, er ist heute zu einem echt guten Preis für Sie zu haben!«

Zwar wollte ich es nicht, aber trotzdem brachte mich seine Showeinlage zum Grinsen. Und, was ich ebenfalls nicht wollte, aber trotzdem musste, war, ihm Recht geben. Denn wenn er mir gesagt hätte *Ich bin ein Fußballstar, kennst du mich nicht?*, dann hätte ich ihn für den arrogantesten Typen des Universums gehalten und ihm allerhöchstens einen Tritt in den Hintern verpasst. Egal, wie knackig dieser auch gewesen sein mochte.

Doch eines konnte ich ihm nach wie vor nicht verzeihen: »Du hast Melody mit mir betrogen und mich zu allem Überfluss auch noch als ihren Diener eingestellt. Findest du das etwa richtig?«

Jordan runzelte die Stirn und verzog das Gesicht. »Jetzt mach hier mal nicht auf Moralapostel, und lass vor allem Melody aus dem Spiel. Okay, ich bin ein Fußballer, der in der Öffentlichkeit seht, aber ich will trotzdem meinen Spaß haben. Was meinst du, wie das gehen sollte, wenn es Melody nicht gäbe? Und als ich dir Puppys Nummer gegeben habe, wollte ich dir schlichtweg helfen. Du hast mich nach Arbeit gefragt, und der Job war der einzig freie, den man ohne besondere Fähigkeiten ausüben konnte.«

Ohne besondere Fähigkeiten. Also mit anderen Worten: Jeder Dummkopf konnte den Job machen. Ich kochte innerlich. Wütend ballte die Fäuste und wollte mich gerade darüber aufregen, als Jordan mir energisch zuvorkam.

»Was ist denn jetzt schon wieder mit dir los? Kannst du mir mal bitte sagen, warum es ständig in dir brodelt? Bei der kleinsten Kleinigkeit gehst du vor Wut an die Decke. Vor allem, wenn ich nett zu dir bin oder dir helfen will. Sag mal, liegt das an mir, oder bist du immer so?«

Ich bin nicht wütend, wollte ich sagen, merkte aber zum Glück vorher, wie trotzig sich das anhören würde. Hatte nicht schon Dave gemeint, dass ich in letzter Zeit so aufbrausend sei? Erst er und jetzt Jordan.

»Keine Ahnung, weshalb ich so wütend bin«, sagte ich wahrheitsgemäß und überlegte. »Vielleicht liegt es daran, dass ich das Gefühl habe, auf der Stelle zu treten. Ständig schmiede ich so viele Pläne, aber keinen davon realisiere ich. Kennst du das? Du nimmst dir etwas vor, das du unbedingt machen willst. Auf eine große Reise zu gehen, zum Beispiel. Oder sich wieder mehr mit Freunden zu treffen, statt auf Facebook nur *Gefällt mir* anzuklicken. Die Großmutter anzurufen. Sich wieder mehr für die Community zu engagieren oder endlich den großen Traum zu leben. Keine Ahnung. Einfach das zu tun, was wirklich zählt im Leben. Jedenfalls schreibst dieses ganze Zeug auf deine innere To-do-Liste, und dann merkst du nach einiger Zeit, dass sie lang und immer länger wird. Und irgendwann begreifst du, dass die Liste bereits so lang ist, dass du sie nie und nimmer in einem einzigen Leben abarbeiten kannst. Das Ende vom Lied: Du fängst erst gar nichts davon an.«

Jordan setzte sich im Schneidersitz aufs Sofa, nahm seinen Kopf in die Hände und sah mich fragend an. Doch er unterbrach mich nicht, also fuhr ich fort: »Stattdessen lebst du dein Leben so vor dich hin. Du wartest, dass endlich das Wochenende kommt und verschiebst alles andere auf später. *Das mache ich demnächst.*

Erst mal auf den Freitag warten, den Rest erledige ich später, schließlich bin ich noch jung. Aber ich habe keine Lust mehr, alles aufzuschieben. Weißt du, manchmal kommt es mir so vor, als würde ich in einer Wartehalle sitzen und auf den richtigen Zug warten. Doch vergeblich! Entweder rast er ohne Zwischenstopp an mir vorbei. Oder er hält, aber ich zögere zu lange mit dem Einsteigen, und er fährt mir vor der Nase weg. Mit meinem Umzug hier nach London wollte ich das ändern. Wollte mich endlich in den richtigen Zug setzen. Doch irgendwie habe ich das Gefühl, wieder falsch eingestiegen zu sein oder das Ziel aus den Augen verloren zu haben. Wahrscheinlich ist es das, was mich frustriert.« Ich sah Jordan in die Augen. »Macht das einen Sinn für dich?«

Jordan schwieg einen Moment, dann sagte er mit ruhiger Stimme: »Ja, ich verstehe, was du meinst. Aber ich denke nicht, dass es dich weiterbringt, so wütend zu sein. Natürlich ist es wichtig, Wünsche und Pläne zu haben. Doch weißt du was? Manchmal kann uns ein Ziel auch so stark beherrschen, dass wir seinetwegen das Wichtigste vergessen … zu leben!«

Jordan deutete auf den Platz neben sich auf dem Sofa. »Glaub mir, Mann, ich weiß, wovon ich rede. Die großen Dinge passieren immer dann, wenn man am wenigsten damit rechnet.«

Wahrscheinlich hatte Jordan Recht. Ich sollte endlich damit anfangen zu leben, dachte ich und ließ mich neben Jordan auf das Sofa fallen.

»Oh«, entfuhr es mir, als die alten Sofafedern unter meinem Gewicht ächzten und mir kaum einen Widerstand boten, sodass ich tief in die Polster einsank. Ich ruderte wild mit den Armen, während meine Füße unbeholfen in der Luft wedelten.

Jordan seinerseits wurde durch meinen unbeholfenen Versuch, mich wieder gerade hinzusetzen, gehörig durchgeschüttelt und begann zu lachen. »Grazil und leichtfüßig wie ein Trampeltier«, sagte er feixend. »Das Sofa hat schon ein paar Jährchen auf dem Buckel, also behandele es sorgsam, du Trampel!«

Schwerfällig rappelte ich mich auf und sagte: »Na warte!« Ich nahm das Rückenpolster vom Sofa und stürzte mit dem Kissen voran auf Jordan zu. Er konnte gerade noch seine Hände abwehrend zwischen sich und das Kissen legen, als ich mich schon mit meinem ganzen Gewicht darauf fallen ließ. »Breaking News: Fußballgott von Sofakissen erschlagen! War das Trampeltier schuld?«

»Hmpf!«, war das Einzige, was ich von Jordan hörte. Dann merkte ich, wie er seine Arme anspannte und mich mitsamt des Kissens langsam wegdrückte.

»Okay, Trampel, du hast es nicht anders gewollt!«, presste er hervor. Zentimeter für Zentimeter schob er mich von sich weg, bis er seinen Kopf frei bekam, ihn über das Kissen streckte und grinste. Spitzbübisch funkelten dabei seine Augen, und er sagte: »Mein Freund hier unten wartet bereits seit unserem Abenteuer im Hotel sehnsüchtig auf eine zweite Behandlung. Und wie es aussieht, ist dies jetzt der richtige Moment, sie ihm zu geben.«

»Ach, glaubst du wirklich?«, fragte ich gespielt erstaunt, merkte jedoch augenblicklich, wie mir das Blut in die Lenden schoss.

Ohne dass wir uns absprechen mussten, flog das Sofakissen in eine Ecke des Kellerraums, sodass sich nun nichts mehr zwischen uns befand. Hastig zerrte ich an Jordans T-Shirt, streifte es ihm über den Kopf und warf es dem Sofakissen hinterher. Dann streifte meine Hand über seine harte Brust, glitt über seinen Sixpack und schob sich unter den Saum seiner Hose. Zwar war ich selbst erstaunt über mein ungewohnt forsches Vorgehen, doch ich wollte und konnte mich nicht zurückhalten, sondern griff in seine Shorts und umklammerte seinen Penis. Jordan stöhnte auf, und mit jedem seiner immer schneller werdenden Atemzüge pumpte sich sein Schwanz weiter auf, bis ich ihn hart und pulsierend zwischen meinen Fingern hatte.

»Meinst du diesen Freund hier? Ist er es, der eine Behandlung möchte?« Ich drückte ein wenig fester, aber statt einer Antwort, hörte ich lediglich ein Stöhnen und sah, dass Jordan vor Lust den Kopf in den Nacken gelegt hatte.

Ich löste den Griff um seinen Schwanz und fuhr mit einem Finger an die Spitze, wo die Eichel prall unter der Vorhaut pochte. Vorsichtig glitt ich darunter und ertastete die feuchte Spalte, was Jordan noch geiler machte. Dann zog ich unvermittelt meine Hand aus seiner Hose, nahm seinen Kopf in meine Hände, und wir blickten uns einen intimen Moment lang in die Augen, bevor wir wild küssend übereinander herfielen. Ohne dass wir lange von einander abließen, zog ich mein T-Shirt aus und suchte nach den Knöpfen seiner Jeans, die ich hastig aufriss.

Dann endlich, als sich der Stoff seiner Hose zur Seite klappte, spürte ich seinen harten Ständer unter der Boxershorts.

»Raus aus den Klamotten«, sagte ich und sah, dass Jordan mich zwar erstaunt, aber auch mit vor Lust verhangenem Blick ansah, bevor wir beide aufstanden, um uns auszuziehen. Schuhe, Jeans, Boxershorts – alles flog hastig zu Boden, und ich stand nackt und mit halbsteifem Schwanz vor Jordan und spürte seinen geilen Blick über meinen Körper wandern.

Im stickigen Kellerraum roch es mit einem Mal nach frischen Männerschweiß und Sex, was meinen Riemen lustvoll zucken ließ. Ich umfasste ihn mit einer Hand, zog betont gelassen die Vorhaut über die Eichel und begann, langsam vor Jordan zu wichsen. Es bedurfte nur zwei Vor-und-Zurückbewegungen, bis auch mein Teil steinhart zwischen meinen Beinen stand.

Jordan schien es nicht mehr auszuhalten, denn mit zwei großen Schritten kam er auf mich zu, schob mich durch den Kellerraum, bis ich mit dem Rücken an einer der rissigen Betonwände lehnte und grub dann seinen Kopf in meine Halsbeuge. Ich wiederum legte den Kopf zur Seite, um Jordan mehr von meinem Hals anzubieten, als ich merkte, dass eine seiner Hände mir fest in die Brustwarze kniff, während die andere begann, meine Latte zu kneten. Ein animalisches Stöhnen entwich meiner Kehle, doch ich wusste nicht, welche seiner Berührungen es ausgelöst hatte.

Eines wusste ich hingegen ganz genau: Ich wollte Jordan. Ich wollte alles von ihm spüren. Und heute wollte ich in ihm sein. Mit beiden Händen umfasste ich die harten Muskelstränge seines Hinterns und massierte sie, was Jordan dazu brachte, sich rhythmisch an meinem Bein zu reiben. Angestachelt von seinen kraftvollen Stößen, zog ich mit der einen Hand seine Backen auseinander und fuhr mit dem Zeigefinger der anderen Hand die Spalte entlang, bis ich schließlich seine kleine, fest verschlossene Rosette fand. Ich hörte, dass Jordan aufstöhnte, als ich sie massierte, um sie auf meinen Finger vorzubereiten. Vorsichtig drückte ich gegen die Rosette und spürte die Hitze, die von ihr ausging. Mal übte ich sanften Druck auf sie aus, mal machte ich kreisende Bewegungen, bis ich merkte, wie sie langsam nachgab und bereit für mehr war.

Gerade wollte ich in sie fahren, als Jordan sich mir unvermittelt entzog und sich vor mich hinkniete.

Okay, ich hatte verstanden. Ficken würde er sich nicht lassen. Doch das war mir egal. Hauptsache, es ging weiter.

Ich schaute auf ihn hinunter und sah sein dunkles, ungezähmtes Haar, während er mit einer Hand meine Eier massierte und mit der anderen durch die Vorhaut hindurch die Spitze meines Schwanzes rieb. Instinktiv schob ich meinen Unterkörper vor, um die Eichel freizulegen, doch Jordan ließ meinen Stoß ins Leere laufen, indem er blitzschnell seine Hand öffnete.

»Du kannst es wohl nicht abwarten, was? Aber so schnell wie letztes Mal wird es heute nicht laufen«, sagte er und legte die Hand zurück an die Spitze meines Schwanzes. In fast schon quälender Langsamkeit legte er nun Zentimeter für Zentimeter meine pulsierende Eichel frei und benetzte jede von der Vorhaut freigelegte Stelle mit seinem Lippen, bis sich ihm mein Schwanz gänzlich hüllenlos darbot.

Nichts wollte ich nun sehnlicher, als dass er ihn endlich tief in seinen Mund aufnahm. Doch er schien mich noch ein wenig länger zappeln lassen zu wollen, denn er legte zunächst lediglich seine Zunge an meine Eichel und fuhr damit langsam auf und ab.

»Wie geil du schmeckt«, sagte er nach einigen leckenden Bewegungen, und ich entdeckte einen Rest meines Vorsafts an der Spitze meiner Erektion. Behutsam verrieb Jordan die übrig gebliebene Menge mit einem Finger, sodass meine Eichel nun im Zwielicht des Kellers glänzte.

Ich sah an Jordan herunter und bemerkte, dass auch seine pralle Eichel feucht schimmerte.

Kurz wusste ich nicht, ob ich lieber weiter von ihm verwöhnt werden wollte oder mich auf seinen Schwanz stürzen sollte. Doch Jordan ahnte scheinbar, was ich vorhatte, denn er sagte: »Nein, heute bist du es, der verwöhnt wird. Komm, zeig mir, was du von mir willst.« Im nächsten Augenblick berührten seine Lippen erneut meine Schwanzspitze, woraufhin ich meine Hände hinter seinem Kopf verschränkte und ihn energisch zu mir zog. Meine Eichel öffnete dabei seinen Mund, und mit einem lauten Stöhnen glitt ich in ihn hinein.

Jordan keuchte auf.

Anfangs hielt ich mich ein wenig zurück und schob

meinen Schwanz nicht ganz hinein. Doch nach ein paar Stößen merkte ich, wie sich Jordan zunehmend entspannte, und so ließ ich mich weiter gehen und drang tiefer in ihn ein. Meine Stöße und sein Saugen trieben mich immer schneller an, bis ich schließlich merkte, wie mich ein Zittern durchlief.

Lange würde ich mich nicht mehr zurückhalten können.

Ich wollte mich aus Jordan zurückziehen, doch er ignorierte meinen Versuch und hielt mit einer Hand meinen Hintern fest. Dann beschleunigte er das Tempo, und ich musste mich gehen lassen. Meine Hände verkrampften sich in seinen Haaren, mein Becken stob ein letztes Mal nach vorne, dann ergoss ich mich in seinem Mund.

»Geil«, rief Jordan. Mehr brachte er nicht heraus, denn immer wieder fuhr er sich über seine feuchten Lippen, während er sich selbst immer näher zum Orgasmus brachte. Lange dauerte es nicht, dann schoss es auch aus ihm heraus.

»Hammer! Das war der absolute Hammer«, sagte ich nach Atem ringend.

Jordan wischte sich mit dem Handrücken über den Mund und sah zu meinem Erstaunen dabei recht verlegen aus. Für seine Verhältnisse fast schon zaghaft blickte er mich an. »Äh, ja, das war wirklich gut«, sagte er. »Wirklich gut? Also wenn du mich auch nur ein einziges weiteres Mal so kommen lässt, dass es mir den Verstand wegpustet, kannst du mich in der Anstalt besuchen. Du machst mich schier wahnsinnig!«

Lachend ließen wir uns beide auf das Sofa sinken, und bereits im nächsten Augenblick wich das gemeinsame, glühende Keuschen, das uns gerade eben noch in die Höhe getrieben hatte, einem schweren, gleichmäßigen Atem. Und einem diffusen Zweifeln. Was, wenn ich nicht einzige Typ war, der Jordan so hemmungslos zu

Gesicht bekam? Was, wenn er Melody nicht nur mit mir betrog? Und vor allem: Welche Geheimnisse würde ich ihm noch entlocken, wenn ich es darauf anlegte?

Kapitel 12

»Hast du Beth gesehen?«

Wie durch Watte drangen die Worte an mein Ohr, doch noch verstand ich ihre Bedeutung nicht, denn ich fuhr gerade auf einem Ozeandampfer über den Atlantik. Nun aber öffnete ich ein Auge und befand mich nicht länger auf einer Kreuzfahrt, sondern sah Sowbug, meinen Mitbewohner, aufgeregt in meinem Zimmer stehen und mit den Armen fuchteln. Seine dünnen, langen Haare standen noch wilder ab, als sie es ohnehin immer taten, und ich bemerkte, dass sein Holzfällerhemd schief geknöpft war.

»Wie spät ist es?«, fragte ich verschlafen und versuchte, einen Blick auf den Wecker neben meinem Bett zu erhaschen. 8:06 Uhr. Das war eindeutig zu früh. Ich ließ meinen Kopf zurück ins Kissen sinken, schloss die Augen und probierte, zurück auf das Kreuzfahrtschiff zu gelangen. Der Traum war zu schön gewesen, denn darin hatte Jordan mich begleitet. Natürlich ohne Melody. Vielleicht war das sogar der schönste Teil des Traums gewesen, denn in der Realität hatte ich das Biest gestern bis in die frühen Morgenstunden auf eine Wohltätigkeitsparty begleiten müssen. Die langweilige Party hatte erst gegen drei Uhr heute Morgen geendet, und damit hatte ich mir meinen freien Tag heute mehr als verdient. Ich würde erst um zehn Uhr aufstehen. Frühestens.

»Mensch Ben, wach endlich auf«, rief Sowbug lauter. Er stand nun neben meinem Bett und schüttelte mich unsanft an der Schulter.

»Hey, lass das. Ich habe heute meinen freien Tag und bin wirklich spät ins Bett gekommen. Komm gegen zehn Uhr noch mal oder vielleicht besser erst um elf.«

»Beth ist verschwunden. Hast du eine Ahnung, wo sie sein könnte?«

Mit Beth wird schon alles okay sein, dachte ich verschlafen, aber die Besorgnis in Sowbugs Stimme ließ mich nun doch wach werden. Vor allem irritierte mich der Umstand, dass Sowbug so früh am Morgen in meinem Zimmer stand. Denn nicht umsonst hatte er den Spitznamen Sowbug bekommen: Genau wie die Kellerasseln, nach denen er benannt war, mied er jedes Tageslicht und tauchte meist erst nachmittags in der WG-Küche auf. Was also tat er jetzt in aller Herrgottsfrühe vor meinem Bett?

»Wie kommst du auf die Idee, Beth könnte verschwunden sein?«, fragte ich ihn nach einem lauten Gähnen.

»Punkt eins: Sie ist gestern Abend nicht zur Bandprobe gekommen. Das ist schon unter normalen Umständen echt ungewöhnlich, aber kurz vor dem Gig morgen? Dem großen Gig? Völlig ausgeschlossen, dass sie da nicht zur Probe kommt. Punks zwei: Sie geht nicht an ihr Handy und hat niemanden von uns angerufen. Punkt drei: Sie ist die ganze Nacht nicht in ihrem Zimmer gewesen. Gut, das passiert manchmal«, er fuchtelte wieder mit den Armen, was dazu führte, dass sein schief geknöpftes Hemd hochrutschte und seinen blassen, haarigen Bauch freigab, »aber nicht vor dem Konzert morgen. Das wird unser Durchbruch! Verstehst du das? Also, was ist jetzt? Weißt du, wo sie ist?«

Kurz überlegte ich, doch woher sollte ich wissen, wo Beth stecken könnte? Schließlich kannte ich sie erst seit kurzem. Das Einzige, was mir durch den Kopf ging, war, dass sie eventuell bei Jordan sein könnte. Vielleicht hatten die beiden sich gestern verabredet, schließlich hatte er Melody nicht auf die Party begleitet. Leider, dachte ich ein bisschen wehmütig, denn nach dem Sex im Stadionkeller hatte ich ihn nach Hause gebracht, und dann hatten sich unsere Wege getrennt. Noch immer wusste ich nicht, was genau zwischen Jordan und mir lief.

»Vielleicht ist Beth bei ihrem Bruder?«, schlug ich vor.

»Bei Jordan?«, fragte Sowbug und runzelte die Stirn. »Das glaube ich nicht, denn sie kann seine Freundin nicht ausstehen.«

»Melody war gestern nicht zu Hause«, erklärte ich. »Es kann doch sein, dass Beth und Jordan sich deshalb getroffen haben. Und dann, beim Erzählen alter Familiengeschichten oder so, ist ihnen die Zeit davongerannt. So könnte es gewesen sein.«

Nun sah Sowbug mich an, als sei ich vollkommen übergeschnappt. Dennoch schien er es auf einen Versuch ankommen lassen zu wollen.

»Hast du Jordans Nummer? Kannst du ihn anrufen und fragen, ob Beth bei ihm ist?«

Ich nahm mein Handy vom Nachttisch und suchte im Adressbuch nach Jordans Nummer. Zwar glaubte ich nicht ernsthaft, dass Beth wirklich verschwunden war, aber ich freute mich über einen unverfänglichen Grund, um Jordan anrufen zu können.

Nach dem zweiten Klingeln hörte ich seine muntere Stimme. »Ja?«

»Hi, Jordan. Ich bin's, Ben.«

»Hi, Ben. Was treibt dich so früh aus dem Bett? Ich dachte, du hast heute deinen freien Tag«, sagte Jordan.

»Ja, den habe ich, und ich bin auch noch nicht richtig wach. Ich wollte nur wissen, ob Beth bei dir ist.«

»Beth?«, fragte Jordan erstaunt. »Warum sollte sie bei mir sein?«

»Sowbug steht bei mir im Zimmer und sagt, dass Beth verschwunden ist. Da dachte ich, dass sie vielleicht bei dir ist.«

Ich hörte Jordan scharf einatmen. »Beth ist verschwunden?« Deutlich konnte ich nun echte Sorge in seiner Stimme hören, und mit einem Mal keimte in mir ein mulmiges Gefühl auf. Was, wenn Sowbug Recht hatte, und Beth wirklich etwas passiert war?

»Ich weiß nicht, ob sie verschwunden ist. Sowbug meint nur, dass sie gestern nicht zur Probe erschienen ist und heute Nacht auch nicht in ihrem Zimmer übernachtet hat. Das ist schon alles, also mach dir keine Sorgen, schließlich ist sie schon ein großes Mädchen.« Ich versuchte, Jordan zu beruhigen, denn Beth machte auf mich durchaus den Eindruck, als könne sie gut auf sich selbst aufpassen.

Sowbug schüttelte energisch mit dem Kopf. »Quatsch, da ist etwas passiert. Das ist nicht normal. Gib mir Jordan mal«, sagte er und riss mir das Handy aus der Hand, bevor ich protestieren konnte.

»Hi Jordan, ich bin's. Also hör zu: Beth ist gestern nicht zur Probe gekommen und meldet sich nicht. Du weißt, wie wichtig der Auftritt ist ... Ja ... Nein ... Weiß nicht.«

Ich konnte nicht hören, was Jordan ihn fragte, doch Sowbugs ohnehin düsteres Gesicht verfinsterte sich weiter. »Okay. Ich fahre noch mal in den Proberaum und rufe dich dann an ... Klar, ich schreibe mir die Nummer auf, ich bin doch nicht blöd.« Er gab mir das Handy zurück. »Jordan will noch einmal mit dir sprechen. Ich fahre rüber in den Proberaum, um zu schauen, ob Beth vielleicht irgendwann in der Nacht dort aufgetaucht ist. Schick mir Jordans Nummer auf mein Smartphone! Dann rufe ich ihn an, wenn ich dort bin.« Mit lautem

Poltern ging er aus dem Zimmer, und ich nahm das Handy wieder ans Ohr.

»Ja?«, sagte ich.

»Hör zu, Ben, ich komme gleich bei euch in der WG vorbei und werfe einen Blick in ihr Zimmer, okay? Ich bin in einer Viertelstunde bei dir. Sollte Beth bis dahin wieder aufgetaucht sein, rufst du mich sofort an!« Jordans Sorge war nun echter Angst gewichen, und mein Magen krampfte sich zusammen. Gerade wollte ich etwas Beruhigendes sagen, aber Jordan hatte bereits die Leitung unterbrochen.

Mit einem Mal war ich hellwach und machte mich auf, selbst einen Blick in Beths Zimmer zu werfen. Vielleicht lag sie ja friedlich schlummernd in ihrem Bett, und Sowbug hatte nur nicht richtig hingeschaut. Ihm würde ich das zutrauen. Denn, auch wenn er nur der Bassist einer unbekannten Londoner Independent-Band war, so lebte er doch den exzessiven *Sex, Drugs & Rock 'n' Roll-Lifestyle* eines echten Superstars.

Als ich in den kleinen Flur unseres 3-Zimmer-Appartments trat, schlug mir der muffige Geruch entgegen, der diese Wohnung wohl allem Anschein nach nicht mehr verlassen würde. Lüften half zumindest nicht dagegen, das hatte ich schon festgestellt. Zwar hatte Beth gemeint, es würde an der alten Bausubstanz des Hauses liegen, doch mein Verdacht richtete sich eher gegen Sowbug.

Beths Zimmer lag meinem direkt gegenüber, und nun stand ich vor ihrer Tür.

Vorsichtig klopfte ich an und lauschte. Nichts. Ich nahm mehr Schwung und hämmerte nun fast schon gegen das Holz. Immer noch keine Reaktion. Sollte ich einfach hineingehen? Während meiner kurzen Zeit in der WG hatte Beth mich zwar schon ein paar Mal zu sich ins Zimmer geholt, ungefragt hatte ich es aber noch nie betreten.

Ach, was soll's. Ich werfe nur schnell einen Blick hinein und sehe mich um, dachte ich, während ich vorsichtig die Tür öffnete und hineinschaute. Helles Sonnenlicht empfing mich, denn die Morgensonne schickte ihre ersten Strahlen durch das Fenster.

Ich blickte mich um. Die bunt zusammengewürfelten Möbel standen alle auf ihren angestammten Plätzen und sahen dabei aus, als ließen sie sich von der Sonne wärmen. Auf dem alten Ohrensessel, der in einer der Zimmerecken stand, lagen ein paar schwarze Kleider und T-Shirts, doch ansonsten wirkte das Zimmer aufgeräumt und ordentlich. Genau wie das Bett, das – unter einer schweren, schwarzen Tagesdecke verhüllt – gänzlich unbenutzt dastand.

Wie ein Dieb schaute ich mich verstohlen um, bevor ich in Beths Zimmer ging, um mir das Bett genauer anzusehen. Mein Herz klopfte schneller, und ich fühlte mich zunehmend unwohl.

Du willst hier nichts stehlen, also beruhige dich!, ermahnte ich mich. Dennoch wurde ich das Gefühl nicht los, etwas Unrechtes zu tun. Oder war es vielmehr die Befürchtung, etwas Schlimmes entdecken zu können? Plötzlich kam mir das schwarz verhangene Bett wie ein verhüllter Sarg vor, und ein Schauer durchlief mich.

Du hast zu viele Horrorfilme gesehen, sagte ich mir und stellte mich demonstrativ unerschrocken neben das Bett. Trotzdem zitterte meine Hand ein wenig, als ich den schweren, schwarzen Samtstoff anhob, um zu sehen, was sich darunter befand. Zwei weit aufgerissene, leblose Augen starrten mich kalt an, und erschrocken wich ich einen Schritt zurück.

Beinahe hätte ich laut aufgeschrien, doch dann sah ich, dass es die Augen einer alten Kinderpuppe waren, die mich angestarrt hatten. Die Puppe lag – eben noch von der Tagesdecke verhüllt – auf dem Bett, und nun glänzten ihre langen, blonden Haare in der Morgensonne. Das Ding war eine dieser antiquierten, realistisch anmutenden Babypuppen, die die Augen zuklappten, wenn man sie hinlegte. Doch bei dieser hier schien der Mechanismus defekt zu sein, denn beide Augen starrten ausdruckslos zur Zimmerdecke, und so sah es aus, als würde eine Kinderleiche im Bett liegen.

Das Teil ist echt zum Fürchten! Typisch Beth, dachte ich, als mich der schrille Klingelton meines Handys erneut zusammenfahren ließ.

»Ben Taylor, der unerschrockene Geisterjäger«, sagte ich leise und war froh, Beths Zimmer endlich wieder verlassen zu können.

Nach dem vierten Klingeln hatte ich mein Handy in der Hand und nahm den Anruf entgegen.

»Ja?«, fragte ich und merkte, dass mein Atem schneller ging.

»Ist sie wieder aufgetaucht?« Am anderen Ende der Leitung war nicht Jordan, wie ich vermutet hatte, sondern ich hörte Puppys tiefe Stimme.

»Äh, Puppy? Woher weißt du …?«

»Von Jordan«, kam die knappe Antwort. »Also, ist Beth wieder zurück? Oder hat sie sich wenigstens gemeldet?«

Zwar klang Puppy sachlich und geschäftsmäßig, doch die Eile, mit der er seine Worte sprach, gaben dem Ganzen etwas Offizielles und damit etwas Brisantes.

»Nein. Bisher habe ich noch nichts gehört. Aber was ist denn eigentlich mit euch allen los?«, wollte ich wissen. »Beth ist gestern nicht nach Hause gekommen. Das ist doch kein Weltuntergang, oder?«

»Wir können nicht ausschließen, dass sie entführt wurde.«

»Wie bitte?«, fragte ich ungläubig. »Warum sollte jemand Beth entführen?«

Puppy atmete aus, und sein sachlicher Ton wurde ärgerlich. »Bist du wirklich so einfältig? Sie ist die Schwester eines Fußballstars, dessen Reichtum und Pomp gerade groß in der Zeitung breitgetreten worden sind. Ich würde sagen, dass reicht als Grund für eine Entführung. Doch noch wissen wir nichts Genaues. Also kein Wort zu niemandem. Verstanden?«

»Ja, klar. Verstanden«, sagte ich, und nun fand ich die Vorstellung, jemand könnte Beth entführt haben, doch nicht mehr so abwegig. Puppy hatte Recht. Die *Sun* hatte die Story über Melody und Jordan ganz groß rausgebracht, schließlich gab es im Sommerloch sonst nicht viel im Sportteil zu berichten. Ganz England hatte sehen können, wie luxuriös, um nicht zu sagen dekadent, Melody und Jordan lebten. Da war vielleicht tatsächlich jemand auf die Idee gekommen, Beth zu entführen, um von Jordan eine Stange Geld erpressen zu können.

Ich schluckte schwer, und hörte Puppy sagen: »Ruf mich sofort an, wenn sie wieder auftaucht.« Dann legte er auf und ließ mich mit einem beklemmenden Gefühl zurück.

Was sollte ich jetzt tun? Eins nach dem anderen, riet ich mir selbst. Also erst einmal ins Bad gehen, danach geschwind etwas frühstücken, und dann sehen wir weiter.

Rasch ging ich ins Badezimmer, putzte hastig die Zähne und warf mir etwas Wasser ins Gesicht, bevor ich mich anzog und in die Küche ging, um nach etwas Essbarem zu suchen. Auf dem Küchentisch fand ich ein hartes Brötchen vom Vortag, das ich trocken aß und mit einer Cola aus dem Kühlschrank herunterspülte.

Noch bevor ich den letzten Bissen heruntergewürgt hatte, läutete es an der Tür. Kurz hoffte ich, es könnte vielleicht Beth sein, die nur ihren Haustürschlüssel vergessen hatte, doch schon hämmerte jemand gegen die Eingangstür, und ich hörte Jordan rufen: »Mach auf Ben! Ich bin schon hier oben. Unten stand die Tür offen.«

Ich öffnete und sah direkt in Jordans blasses, sorgenvolles Gesicht, in dem jetzt keine Spur seiner sonst so lockeren, leicht ironischen Art zu erkennen war. Für einen Moment wusste ich nicht, wie ich mich ihm gegenüber verhalten sollte. Sollte ich ihn liebevoll umarmen? Oder ihm kumpelhaft auf die Schulter klopfen und sagen: *Wird schon!*? Doch er nahm mir die Entscheidung ab, indem er mich sanft zur Seite drängte und dann in die Wohnung stürzte. »Sie ist noch nicht wieder zurück, oder?«

»Nein. Bisher habe ich noch nichts gehört«, sagte ich und warf die Tür zurück ins Schloss.

Jordan ging geradewegs in Beths Zimmer, und ich folgte ihm.

»Ich habe bereits nachgeschaut. In ihrem Zimmer ist sie nicht«, rief ich ihm über die Schulter zu, doch er beachtete mich gar nicht, sondern ging direkt zum Bett, wo er mit einem Ruck die schwarze Tagesdecke wegzog und hinter sich auf den Boden warf. Durch den Luftzug machte die Puppe einen kleinen Satz nach oben, landete aber wieder sicher auf dem Daunenkissen, bevor Jordan sie am Arm packte und im hohen Bogen durch das Zimmer beförderte. Es gab einen Knall, als sie neben dem bunten 70er-Jahre-Beistelltisch auf den Parkettboden fiel, doch Jordan kümmerte es nicht. Er hob die Kissen und Decken an, glitt mit der Hand durch den Spalt zwischen Matratze und Wand, bevor er sich dem kleinen Nachttisch zuwandte und jede der drei Schubladen durchwühlte.

»Was suchst du eigentlich?«, fragte ich, als ich sah, wie er immer hektischer alles durchwühlte.

»Ihr Tagebuch«, rief er laut und machte sich gerade daran, den alten Schminktisch zu durchforsten.

»Puppy denkt, dass Beth entführt sein könnte. Du etwa auch?«, fragte ich. »Und wozu brauchst du denn ihr Tagebuch?«

In der letzten Schublade, weit hinten und von Socken verdeckt, wurde Jordan scheinbar fündig. Denn mit einem Mal hörte er auf, zu suchen, und hielt ein schwarzes Notizbuch mit einem blutroten Gummiband in der Hand. Vorsichtig betastete Jordan den Einband des Buchs und sah mich fragend an.

»Ich mache mir wirklich große Sorgen um Beth. Unter solchen Umständen ist es in Ordnung, wenn man in einem Tagebuch liest, oder?«

Die Verletzlichkeit, mit der Jordan mich ansah und um die Erlaubnis bat, in die Intimsphäre seiner Schwester eindringen zu dürfen, rührte mich. Wie gerne hätte ich ihn jetzt einfach in die Arme genommen und gesagt, er müsse nicht beunruhigt sein. Aber mittlerweile machte auch ich mir ernsthaft Sorgen.

»Keine Ahnung, wann man im Tagebuch eines anderen lesen darf«, sagte ich wahrheitsgemäß. »Und wozu soll das überhaupt gut sein? Meinst du nicht, dass sie im Lauf des Tages wieder auftaucht? Schließlich ist sie erst seit ein paar Stunden weg.«

»Nein, dass sie einfach so wieder auftaucht, glaube ich nicht. Und an Puppys Entführungstheorie will ich nicht glauben. Wobei ich nicht weiß, was schlimmer wäre: meine Vermutung oder die von Puppy.«

Mittlerweile verstand ich gar nichts mehr. »Raus mit der Sprache, was ist los? Von was redest du eigentlich, und warum willst du in ihrem Tagebuch lesen?«

Er setzte sich schwerfällig aufs Bett, als sei das Tragen des Buches eine unendliche Last, und das Ächzen, welches das Bettgestell von sich gab, schien das große Gewicht zu bestätigen.

»Du kennst Beth nicht so, wie ich sie kenne«, sagte Jordan leise, und seine Worte wirkten wie ein Flüstern. Trotz der Cola, die ich getrunken hatte, wurde mein Mund trocken.

»Ich habe Angst, äh, ich fürchte …« Er schaute auf den Boden, als suche er dort nach den richtigen Worten. Doch dann sah er mich direkt an und sprach endlich aus, was er fürchtete. »Es könnte sein, dass sich etwas antut, Ben.« Er schluckte schwer, und ich meinte, ein feuchten Glänzen in seinen Augen zu sehen.

Quatsch, nie und nimmer, wollte ich ihm sagen, doch ich blieb stumm.

Ohne weiter auf eine Reaktion von mir zu warten, streifte Jordan das Gummiband über den Buchrücken und schlug das Tagebuch dort auf, wo das Lesezeichen steckte.

Während er die letzten Seiten überflog, fragte ich endlich: »Warum sollte Beth sich etwas antun? Sie steht doch kurz vor dem Durchbruch. Zumindest höre ich in der WG von nichts anderem als von diesem Konzert morgen.«

»Genau aus dem Grund«, sagte Jordan, aber seine Augen wanderten weiter im Eiltempo über die handgeschriebenen Seiten. »Beth kann nicht mit Druck umgehen, und es ist schon einmal so weit gekommen, dass ihr alles zu viel wurde.« Plötzlich hielt er inne und starrte auf eine der Tagebuchseiten. »Hier steht etwas. Das könnte uns helfen. Komm her, schau mal.«

Ich setzte mich neben Jordan und sah auf die mit zierlicher Handschrift eng beschriebene Seite des Tagebuches. Jordan rückte ein wenig näher an mich heran und legte dann seinen Finger in die Mitte der linken Buchseite. Unsere Schultern berührten sich, und ich spürte die Wärme, die von ihm ausging. Gerne hätte ich einen Arm um ihn gelegt, doch ich wusste nicht, wie wir zueinander standen. Und jetzt war auch nicht der Zeitpunkt, um das herauszufinden. Also schaute ich auf die Zeile, die oberhalb seiner Fingerkuppe zu lesen war.

Wie es aussah, handelte es sich nicht um einen herkömmlichen Tagebucheintrag, sondern um ein Gedicht.

Ich sah noch einmal genauer hin, und da erkannte ich, dass es der Text eines selbst geschriebenen Liedes sein musste. Ja, tatsächlich – es war ein Songtext mit darüber stehenden Akkorden.

A   *G*
Wie lange habe ich gesucht und nichts gefunden
F   *C*
Bin endlos im Rad gelaufen, mit Füßen voller Wunden

A   *G*
Liege am Boden voller Trauer, voller Wut
F   *C*
Das Meer zieht mich hinein in Wellen der Flut

Dm   *G*
Die Stadt frisst mich auf, erst recht im hellen Licht
F   *A*
Alles Blender, niemand sieht mein wahres Gesicht
F   *C*
Einzig die leeren Docks am Fluss beenden den Kampf
F   C
Einzig die leeren Docks am Fluss beenden den Kampf

»Siehst du das?« Jordan klopfte zwei Mal auf die Stelle am Ende des Textes. *Einzig die leeren Docks am Fluss beenden den Kampf.* »Damit muss sie die alten, ver--lassenen Docks an der Themse meinen. Dort ist sie, Ben. Dort muss sie sein.«

Der Songtext klang wirklich düster, das musste ich zugeben. Doch mussten Lieder nicht immer melancholisch und düster klingen, wenn man als Independent-Band Erfolg haben wollte?

»Ich weiß nicht recht. Meinst du nicht, wir sollten vielleicht besser die Polizei einschalten, wenn du wirklich den Verdacht hast, dass sie sich … Na, du weißt schon – etwas antun will.«

»Keine Polizei! Die kümmert sich um Vermisste ohnehin erst nach ein paar Tagen, und dann kann es bereits zu spät sein. Los, wir fahren an die Docks und schauen nach. Beth liebt das Wasser, sie hat es immer geliebt. Sie muss einfach dort sein.«

Er klappte das Tagebuch zu, warf es auf den Beistelltisch und stürmte bereits aus dem Zimmer, als ich noch ratlos auf dem Bett saß.

»Warte, ich komme mit«, rief ich ihm nach, auch wenn ich das Ganze für ein Hirngespinst hielt. Wegen einer ominösen Songtextzeile durch die halbe Stadt zu fahren, erschien mir etwas übertrieben und auch nicht gerade erfolgversprechend. Doch weiter untätig auf dem Bett sitzen wollte ich auch nicht. Also rannte ich aus Beths Zimmer, zog mir eilig ein paar Sneaker an und sagte: »Okay, wir können los.« Dann aber fiel mir ein, dass mein Smartphone noch in Beths Zimmer lag. »Nein, warte, ich hole noch schnell mein Handy.«

»Beeil dich«, drängte Jordan. Ich flitzte los, holte mein Smartphone, und schon einen Moment später hatten wir die Wohnung verlassen, waren die Treppe heruntergestürmt und traten aus dem Haus ins gleißend helle Licht des Morgens. Die Temperatur lag bestimmt schon bei zwanzig Grad, schätzte ich, und unter normalen Umständen startete so ein echter Traumtag. Für uns aber begann ein Alptraum.

Kapitel 13

Jordan zog noch im Laufen seinen Autoschlüssel aus der Hosentasche, drückte den Knopf für die Zentralverriegelung, und der silberne Porsche, der auf dem Bürgersteig im absoluten Halteverbot stand, quittierte das Öffnen der Türen mit einem leisen Hupen und dem Aufflackern der Blinker.

Ich rannte um den Wagen herum, riss die Beifahrertür auf und ließ mich auf den Sitz fallen, während Jordan bereits hinter dem Steuer saß und den Sportwagen startete. Mit einem tiefen Grollen erwachte der Motor zum Leben, und schon schossen wir ohne Rücksicht auf Geschwindigkeitsbegrenzungen mit dem Porsche durch den Londoner Verkehr in Richtung der alten Docks.

Ich konnte mir nicht helfen, doch noch immer kam mir die ganze Aktion unüberlegt und überstürzt vor. Machten wir vielleicht gerade einen Riesenfehler? Schließlich war niemand mehr oben in der Wohnung. Was, wenn Puppy mit seiner Theorie doch Recht hatte, und in diesem Moment die Entführer anriefen, aber keiner da war, um ans Telefon zu gehen?

Kaum hatte ich den Gedanken zu Ende gedacht, klingelte wie zur Bestätigung meiner Befürchtungen mein Handy. Umständlich, denn in dem Sportwagen saß man unfassbar tief, zog ich das Smartphone aus meiner Jeanstasche und schaute darauf. Erleichtert atmete ich aus. Entführer waren es nicht, die anriefen, denn es stand *Sowbug* auf dem Display. Mist, den hatte ich in der Aufregung völlig vergessen! Ich drückte den grünen Knopf auf dem Touchscreen, um den Anruf entgegenzunehmen.

»Du wolltest mir doch Jordans Nummer schicken«, bellte Sowbug los.

»Sorry, habe ich vergessen«, erwiderte ich. »Aber er sitzt ohnehin neben mir, also kannst du genauso gut mit mir sprechen. Hast du Beth gefunden? Oder hat sie zumindest im Proberaum übernachtet?«

»Beides Fehlanzeige. Hier ist alles genau so, wie wir es gestern verlassen haben. Sogar die riesige Kiste von *Dunkin' Donuts*, die Zac mitgebracht hat, steht noch unberührt auf meinem Verstärker. Verdammt, der Karton hat das ganze Fett von den Dingern aufgesaugt und auf meinem Verstärker verteilt. Ob ich das jemals wieder …«

»Schon gut«, unterbrach ich Sowbugs Ausführungen. »Ich sage Jordan Bescheid. Du fährst am besten gleich zurück in die WG und hältst dort die Stellung. Falls Beth wieder auftaucht, kannst du uns anrufen.« Die Entführungstheorie erwähnte ich lieber nicht. Ich wollte Sowbug nicht unnötig beunruhigen oder ihn gar ernsthaft verschrecken, denn ich hatte keine Ahnung, wie er unter Druck reagieren würde. »Wir kommen zurück zur WG, wenn wir Beth an den Docks nicht finden sollten«, sprach ich ins Telefon, und zu Jordan sagte ich: »Sie war nicht im Proberaum. Sowbug hat nichts gefunden.«

»Das dachte ich mir.« Jordan klang nicht überrascht, aber dennoch konnte ich die Enttäuschung in seiner Stimme hören.

»An den Docks?«, fragte mich Sowbug. »Was wollt ihr denn da?«

»Jordan vermutet, dass Beth vielleicht dort sein könnte.« Ich hoffte, dass meine Stimme zuversichtlicher klang, als ich mich fühlte. Doch was Sowbug dann sagte, ließ mich aufhorchen und rückte Jordans Hoffnung in ein neues Licht.

»Die Location dort ist der absolute Hammer! Die Fotos sind überirdisch gut geworden. Die stellen locker *Pink Floyds* legendäres *Animals*-Cover in den Schatten.«

Zunächst dachte ich, Sowbug würde wieder einem seiner verworrenen Gedanken nachhängen, als ich nach einem Moment die Bedeutung seiner Worte verstand. »Ihr hattet an den Docks ein Fotoshooting mit der ganzen Band?«

Aus den Augenwinkeln sah ich, dass Jordan aufgeregt zu mir hinüberblickte, bevor er sich wieder auf den Verkehr konzentrierte. Abrupt zog er den Wagen auf die rechte Spur, gerade noch rechtzeitig, um haarscharf an dem Ford vorbeizuziehen, der vor uns abbremste und an der gelben Ampel hielt. »Hey, pass auf!«, rief ich. Doch zu spät. Als wir am Ford vorbeirasten, stand die Ampel bereits auf Rot.

Erschrocken sah ich den Gegenverkehr auf uns zurollen, schrie »Achtung« und drückte mich tiefer in den Sitz. Doch da hatte unser Porsche die Kreuzung auch schon überquert und sauste weiter.

»Was ist denn bei euch los?«, wollte Sowbug wissen.

»Alles okay«, keuchte ich. »Sprich weiter. Habt ihr mit der Band Fotoaufnahmen an den Docks gemacht? Wolltest du das sagen?«

»Ja, klar. Vor ein paar Wochen. Und ich kann dir sagen, dass schon die ersten Entwürfe endgeil geworden sind. Ich zeige sie dir, wenn ihr nachher zurück …«

»Wo genau habt ihr die Fotos gemacht?«, schrie ich ihn jetzt beinahe an, um seinen Redefluss zu unterbrechen.

Verdutzt stockte Sowbug, als müsse er seine Gedanken neu sammeln. »Na, in der alten Fabrikhalle, die sie schon halb abgerissen haben. Da gibt es Gebäude, das glaubst du nicht. Die sehen aus, als hätte man sie durchgeschnitten. Die Fassade und der halbe Bau stehen noch, und nach hinten hinaus ist alles …«

»Mensch, Sowbug, wo finden wir die Fabrikhallen? Jetzt lass dir doch nicht alles aus der Nase ziehen!«

»Hmm, lass mich mal überlegen. Die liegt an der Isle of Dogs. Direkt an der Themse.«

»Alte Fabrik an der Isle of Dogs. Sagt dir das war?«, fragte ich Jordan, während ich das Mikrofon an meinem Handy mit der Hand bedeckte, um Sowbug nicht zu unterbrechen.

»Ja, die Isle of Dogs kenne ich«, rief er laut, um den dröhnenden Motor zu übertönen. »Dort ist Beth! Ich fühle es.« Er trat aufs Gas und beschleunigte den Porsche weiter.

»Die Fabrik ist zwar abgesperrt, doch im Moment ruhen die Arbeiten«, hörte ich Sowbug sagen, der von der Unterbrechung nichts mitbekommen hatte. »Wir haben einem alten Wachmann, der auf der Baustelle nach dem Rechten sah, ein paar Pfund zugesteckt, und er hat uns unsere Fotos machen lassen.«

Ich nahm meine Hand wieder vom Handy-Mikrofon und sagte: »Danke, Sowbug. Ich glaube, du hast uns wirklich geholfen. Drück die Daumen, dass Beth dort ist. Und behalte dein Telefon bei dir. Ich rufe dich an, falls wir die Fabrik nicht finden.«

»Okay, mache ich«, sagte er, und ich unterbrach die Verbindung.

Das Handy steckte ich zurück in meine Jeans, und dabei fiel mir auf, wie aufgeregt ich mittlerweile war.

»Fahr schneller«, feuerte ich Jordan an, der jedoch erst einmal scharf auf die Bremse trat, um nicht den Bus zu rammen, der gerade vor ihm auf die Straße fuhr. Wir flogen nach vorne, doch die Gurte hielten uns sicher fest.

»Das war knapp«, sagte Jordan, während er den Bus überholte.

»Fast wären wir es gewesen, die das Zeitliche gesegnet hätten«, sagte ich und atmete erleichtert aus. Bisher hatte ich mich nie ernsthaft mit dem Tod auseinandergesetzt, doch heute sollte sich das ändern. »Was hast du überhaupt damit gemeint, als du vorhin gesagt hast, dass Beth schon mal alles zu viel geworden ist?«

Jordan schaute weiter konzentriert auf die Straße, die vor ihm lag, doch ich konnte erkennen, wie er mit sich um die Antwort rang, die er mir geben sollte. Nach einer kurzen Weile schien er zu einem Entschluss gekommen zu sein.

»Wir kennen uns noch nicht lange, Ben. Aber ich vertraue dir«, sagte er. »Ich habe noch nie mit jemandem über die Sache mit Beth gesprochen, nicht einmal mit meinem besten Kumpel Nath.« Kurz wusste ich nicht, wen Jordan mit *Nath* meinte, doch dann fiel mir der rothaarige Typ aus seiner Mannschaft wieder ein – Nathan O'Connor. Ihn musste er gemeint haben, denn in der Homestory hatte ich gelesen, dass die beiden sich schon seit der Schulzeit kannten und dass sich ihre Wege seitdem immer wieder gekreuzt hatten.

»Na ja, wenn ich ehrlich bin, wäre Nath wohl ohnehin der Letzte, mit dem ich darüber sprechen würde. Er würde sich nur unnötige Vorwürfe machen«, fuhr Jordan fort. »Aber lass mich von vorne anfangen. Am besten von ganz vorne.«

Zwar konnte ich ihm nicht folgen, doch ich merkte, dass ich ihn jetzt besser nicht unterbrechen sollte.

»Du musst wissen, dass Beth und ich nicht gerade eine glückliche Kindheit hatten. Um ehrlich zu sein, war sie sogar ausgesprochen beschissen. Vielleicht hast du bereits irgendwo gelesen, dass ich aus einer zerrütteten Familie stamme, doch das trifft die Wahrheit nicht ganz. Unsere Eltern waren einfach kaputt. Mein Vater war ein Säufer, und meine Mutter nahm Tabletten. Hört sich an, wie in einem schlechten Film, was?« Er lachte freudlos.

»Und während es für mich nichts anderes auf der Welt als Fußball gegeben hat, um dem ganzen Elend zu entkommen, hatte Beth ihre Musik. Der einzige Unterschied zwischen uns beiden bestand darin, dass ich es immer allen zeigen wollte. Wenn sich mir ein Hindernis in den Weg stellte, dann wollte ich es beseitigen. Ich riss es einfach ein, kostete es, was es wollte. Verstehst du?« Sein leises Stöhnen hörte ich kaum. »Aber Beth ist die Sensiblere von uns beiden. Sie hat lange versucht, die Familie zusammenzuhalten. Wenn sich ihr ein Hindernis in den Weg stellte, dann hat sie immer versucht, es allen Recht zu machen, anstatt das Hindernis zu packen und aus dem Weg zu räumen. Doch einem versoffenen Vater kannst du nichts recht machen.« Ich sah, dass seine Hände am Lenkrad verkrampften, sodass die Knöchel weiß hervortraten.

»Du musst jetzt nicht darüber sprechen, wenn du nicht willst«, sagte ich vorsichtig, aber Jordan sprach weiter, als hätte er meinen Einwand nicht gehört.

»Und wenn es ihr zu viel wurde, dann ist Beth einfach abgehauen. Sie hat sich ihre Gitarre geschnappt und ist fort. Meist ist sie runter an den Strand. Dorthin war es von uns aus nicht weit, musst du wissen. Das war echt das einzig Schöne an Liverpool. Der nahegelegene Strand. Manchmal ist Beth nur einen Nachmittag lang weg gewesen, doch je älter sie wurde, desto länger dauerten ihre selbst gewählten Auszeiten. Mal riss sie für einen Tag aus, mal blieb sie eine ganze Woche weg. Und weißt du was? Nur einmal, nur ein einziges Mal, hat sich unsere Mutter wegen ihres Verschwindens Sorgen gemacht und die Bullen gerufen. Meistens hat sie es nicht einmal gemerkt. Die Pillen, die sie haufenweise schluckte, haben sie immer in irgendeine rosarote Zwischenwelt gebeamt, und in der hat sie sich nur noch für sich und fürs Fernsehprogramm interessiert. Ja, ihre bescheuerten Serien halfen ihr dabei, alles zu vergessen. Beth und mich eingeschlossen. Doch im Gegensatz zu meiner Mutter wusste ich immer, wo ich Beth finden konnte. Und das war auch so an diesem verfluchten Dienstagabend im Juni. Beth muss so um die Sechzehn gewesen sein, und zu der Zeit hatte sie total für Nathan geschwärmt. Sie hat ihn regelrecht angehimmelt. Wie auch immer. Jedenfalls kam ich an diesem besagten Dienstag recht spät vom Training nach Hause. Ich war fix und fertig, aber trotzdem überglücklich, weil ich zum ersten Mal mit der Erstliga-Mannschaft von Liverpool trainiert hatte. Ich stand *so* kurz davor«, er nahm eine Hand vom Lenkrad und zeigte mir eine winzige Lücke zwischen Daumen und Zeigefinger, »in die Profiliga zu wechseln. Und der einzige Mensch, dem ich davon berichten wollte, war Beth. Doch sie war wieder mal nicht da. Also klapperte ich ihre üblichen Verstecke ab, bis ich sie endlich fand. Sie lag auf einer alten Matratze in einem Schuppen am Strand, und mit jedem ihrer Herzschläge pumpte etwas mehr Blut aus einer Pulsader auf den Schonbezug.« Jordan sah mich an, und ich sah Tränen in seinen Augen. Geistesabwesend wischte er sich mit dem Ärmel über das Gesicht und blickte wieder auf die Straße. »Das will ich nicht noch einmal erleben, Ben.«

»Und sie hat es wegen Nathan getan?«, fragte ich unsicher.

»Ja. Nein. Ach, was weiß ich. Wahrscheinlich war die unerwiderte Liebe zu Nath nur der Tropfen, der das Fass … Na, du kennst ja das Sprichwort. Jedenfalls konnte ich sie gerade noch rechtzeitig ins Krankenhaus bringen. Dort haben sie Beth zusammengeflickt und eine Weile bei sich behalten, bis sie sie schließlich in eine Spezialklinik brachten, in der sie ein paar Monate bleiben musste. Besuchen durfte ich sie nie, und nach ihrer Entlassung hat sie nicht mehr mit mir über das Thema sprechen wollen. Aus und vorbei. Kann sein, dass das Teil ihrer Therapie war. Keine Ahnung. Aber verstehst du jetzt, warum ich mir solche Sorgen um sie mache?«

Ja, das verstand ich jetzt nur zu gut. Obwohl Jordan mir zweifelsohne nur die Kurzfassung seiner Familientragödie erzählt hatte, ergriff mich eine Traurigkeit, die mich am Sprechen hinderte. Man brauchte nicht viel Fantasie, um sich vorzustellen, wie grauenvoll die Kindheit der beiden gewesen sein musste. Doch es rührte mich auch, dass Jordan mir vertraute und er mir seine Geschichte anvertraut hatte.

»Links, hier links!«, rief ich, denn wie es aussah, hatte Jordan das Schild, welches zur Isle of Dogs wies, übersehen. Mit quietschenden Reifen riss er im letzten Augenblick den Porsche aus der Spur und erwischte gerade noch die richtige Straße.

»Lange kann es nicht mehr dauern, bis wir dort sind. Hier beginnen bereits die alten Docks«, sagte er.

Ein Blick aus meinem Seitenfenster ließ mich, immer wenn es eine Lücke zwischen den Häusern zuließ, die Themse sehen. Wäre ich in der richtigen Stimmung für die romantische Aussicht gewesen, hätte ich den Anblick sicherlich genossen. So aber suchten meine Augen fieberhaft nach einer alten Fabrikanlage zwischen all den neuen oder renovierten Gebäuden am Straßenrand.

»Dort drüben!«, rief ich aufgeregt und zeigte auf ein Backsteingebäude, das rechts von uns lag. »Das muss es sein.«

Jordan lenkte den Wagen auf die Zufahrt des mit einem Bauzaun abgeriegelten Geländes und hielt vor einer Baracke. Hinter der Absperrung sah ich das riesige Areal, auf dem einmal eine große Fabrik gestanden haben musste. Die gesamten Ausmaße konnte man nur noch anhand der vielen Schutthaufen erahnen, doch bei den verbliebenen Gemäuern ließ sich noch die ursprüngliche Architektur erkennen. Zwar gab es in ihnen kaum noch Glasscheiben in den Fenstern, und auch die Türen hatte man größtenteils entfernt, doch ansonsten sahen die Gebäude recht unversehrt aus. Sogar ein alter Schornstein ragte noch unbeirrt in den Himmel, aber auch ihn würde es wohl nicht mehr lange geben.

»Hier kann man nicht parken, fahren Sie weiter«, rief uns, genau wie Sowbug es angekündigt hatte, ein alter Wachmann uns zu, während er aus seiner Baracke kam.

Jordan stieg aus dem Wagen, ohne jedoch den Motor abzustellen, und blieb hinter der offenen Fahrertür stehen, als er zum Wachmann sagte: »Haben Sie hier eine junge Frau gesehen? Schwarze Haare, schwarze Kleidung, Piercings und Tattoos. Ein bisschen wild, würde ich sagen …«

»Mensch, mich laust der Affe. Das ist doch Jordan Evans! Bist du wirklich Jordan Evans?« Der abweisende Tonfall des Alten wechselte so plötzlich zu erstaunter Begeisterung, dass mir der Mund aufklappte.

Doch Jordan erkannte seine Chance. Er ging um den Wagen herum auf den Wachmann zu, streckte ihm die Hand hin und setzte ein Grinsen auf, das jedoch seine Augen nicht erreichte.

»Ja, hallo. Ich bin Jordan. Schön, Sie kennen zu lernen.«

»Potzblitz, das glaubt mir kein Mensch. Ich sitze wie immer in meiner Hütte, denke an nichts Böses, und dann taucht Jordan Evans bei mir auf. Wahnsinn.« Er ergriff Jordans Hand mit beiden Händen. Seine Augen strahlten, während er Jordans Hand immer kräftiger schüttelte. »Jordan Evans! Wenn du das Tor nicht geschossen hättest, hätte London die Meisterschaft abhaken können.«

Mit Mühe machte Jordan sich los, doch sein verkrampftes Grinsen behielt er bei. »Vielen Dank, Sir. Danke. Ich habe eine Frage. Meinen Sie, wir könnten uns hier auf dem Gelände einmal umsehen? Wir nehmen auch nichts mit, versprochen. Ich vermisse meine

Schwester, und ich glaube, dass sie vielleicht hier ist. Wir sehen uns nur kurz um, und dann komme ich noch einmal in Ihre Hütte und gebe Ihnen ein Autogramm. Und eine Ehrenkarte für das Freundschaftsspiel gegen Madrid. Was halten Sie davon?«

Die Augen des Alten wurden noch größer, als sie es ohnehin schon gewesen sind, und dann machte er sich daran, das Tor von seiner Kette zu befreien und aufzuschieben.

»Das ist überhaupt kein Problem«, sagte er und wirkte plötzlich erstaunlich agil. »Schaut euch nur um, Jungs. Ich habe zwar niemanden gesehen, aber ich kann meine Augen ja auch nicht überall haben. Manchmal treiben sich hier schon einige Leute herum. Mann, Mann, Mann – Jordan Evans! Und eine Ehrenkarte! Fahrt nur rein, fahrt rein. Den Schlitten kannst du irgendwo abstellen, dem passiert nichts. Diesen Monat wird auf dem gesamten Gelände nicht mehr gearbeitet. Betriebsferien.«

Das letzte Wort verstanden wir kaum noch, denn Jordan saß bereits wieder im Porsche, hatte die Tür zugeknallt und raste mit quietschenden Reifen durch das offene Tor. Im Seitenspiegel sah ich, wie der alte Wachmann von der Staubwolke verschluckt wurde, die wir hinter uns herzogen, doch sein Umriss winkte fröhlich weiter. Sein Tag war gerettet, aber was mochte der Tag für uns noch bereithalten?

Kapitel 14

Jordan parkte den Porsche vor den Überresten des ehemaligen Haupthauses der Fabrik. Auf dem Schriftzug, der in einem Bogen über das große Eingangsportal gemeißelt war, stand *East London Sugar Ltd.* Also handelte es sich offensichtlich um die Überreste einer alten Zuckerraffinerie.

Auch diesem Gebäude fehlten die Scheiben in den Fenstern sowie die Türen in den Angeln, und die komplette hintere Hausmauer war bereits der Abrissbirne zum Opfer gefallen. Denn als wir nun vor dem Eingang standen, konnte ich durch die Fabrik hindurch direkt auf die andere Seite sehen, auf der die Themse gemächlich dahinfloss.

Trotz der fehlenden Rückseite erschien mir die Raffinerie riesig. Auf die Schnelle zählte ich allein im Hauptgebäude acht und in den Nebengebäuden fünf Stockwerke. Alles zu durchsuchen, würde Stunden dauern. Stunden, die wir nicht hatten.

»Wie sollen wir es zu zweit schaffen, alle Etagen und Räume zu durchforsten?«, fragte ich resigniert. »Am besten trennen wir uns, dann geht es zumindest etwas schneller.«

»Psst, sei mal still«, flüsterte Jordan. »Ich glaube, ich höre etwas.«

Ich verstummte und lauschte nun ebenfalls, doch das Einzige, was ich hörte, waren die Schreie der Möwen und der gedämpfte Verkehrslärm hinter dem Bauzaun. Gerade wollte ich fragen, was er meinte, als auch ich etwas vernahm. Leise Musik. Ich drehte meinem Kopf erst ein wenig nach links, dann nach rechts, und in diesem Moment wurden die Klänge deutlicher. Jemand spielte auf einer Gitarre. Zwar nur sehr verhalten, aber ich nahm dennoch eine traurige Melodie wahr.

»Das kommt aus dem Hauptgebäude. Los, Ben, lass uns reingehen«, flüsterte mir Jordan zu, und wir liefen los.

Der feine Bauschutt, der sich überall auf dem Areal abgelagert hatte, knirschte unter unseren Füßen, doch wir versuchten, möglichst leise aufzutreten, damit die Melodie uns den Weg weisen konnte.

Über vier steinerne Stufen gelangten wir in die große Eingangshalle der Fabrik.

Was in aller Welt roch hier so streng? Ich rümpfte mit der Nase, als ich den Geruch von Staub, Unrat und Tierdreck einatmete. Diese Ruine hatten sich scheinbar Tauben, Ratten und Mäuse zusammen mit Obdachlosen als Domizil geteilt. Die Landstreicher waren zwar offensichtlich bereits vertrieben worden, doch sie hatten Plastiktüten, leere Wein- und Schnapsflaschen, Essensabfälle sowie einige verdreckte Matratzen zurückgelassen. Sehr zur Freude der Tiere, die wohl bis zum endgültigen Abriss hier bleiben würden, dachte ich, als einige Tauben erschreckt aufflatterten und hinaus zum Fluss flogen.

»Die Musik kommt von oben«, flüsterte mir Jordan zu und deutete zur Treppe.

Zügig, aber leise, erklommen wir Stockwerk um Stockwerk, und der Klang der Gitarre wurde zunehmend lauter. Inzwischen konnte ich sogar schon jemanden zaghaft zur Gitarrenbegleitung singen hören.

»Das ist Beth«, sagte ich mit gedrungener Stimme, und Jordan streckte als Zeichen dafür, dass auch er es gehört hatte, den Daumen hoch. Dann legte er einen Finger an den Mund, sah mich eindringlich an und deutete mit der anderen Hand nach oben.

Ja, jetzt bestand kein Zweifel mehr – Beth spielte in einem der Stockwerke über uns Gitarre und sang dazu. Das hörten wir nun deutlich, und mein Herz machte einen Hüpfer.

»Bye, bye!« Das waren die letzten Worte, die wir vernahmen, dann verklang der Gesang, und auch die Gitarre verstummte.

»Schnell, wir müssen nach oben«, raunte Jordan mir zu, und ich hörte deutlich die Angst in seiner Stimme.

Wie von Wölfen getrieben begann er nun, zwei Stufen gleichzeitig nehmend die Treppe hinaufzustürzen. Ich rannte hinterher und versuchte, mit ihm Schritt zu halten.

Erster Stock. Ein schneller Blick nach Beth. Nichts.

Atemloses Rennen. Kurzes Stolpern. Zweiter Stock. Wieder Fehlanzeige.

Dritter Stock. Dasselbe Spiel und weiter.

Jordan rannte, als würde es um sein Leben gehen. Ich immer dicht hinter ihm. Doch langsam fiel ich zurück. Meine Lungen brannten, und keuchend atmete ich hechelnd die staubige Luft der Fabrik ein. Lange würde ich dieses Tempo nicht durchhalten, doch Jordan kämpfte weiter. Und auch ich kämpfte mich entschlossen die Treppen hoch. Eine, nach der anderen.

Da, endlich! Die obersten Etage! Mit letzter Kraft hievte ich mich leise ins Dachgeschoss, als Jordan mich am Arm festhielt.

»Da«, flüsterte er kaum hörbar in mein Ohr und deutete nach rechts.

Mein Herz klopfte wie wild, und ich musste tief und verkrampft Luft holen, während ich das Blut in meinen Ohren rauschen hörte. Ich versuchte, langsamer zu atmen, und schaute in die Richtung, in die Jordan deutete.

Beth! Ich konnte nur ihren Rücken sehen, denn sie saß an der gegenüberliegenden Gebäudeseite. Dort, wo die Außenmauer fehlte. Auf der Kante des Bodens sitzend und mit in der Luft baumelnden Beinen schaute sie auf die Themse, die im Sonnenlicht funkelte. Würde sie nur wenige Zentimeter weiter nach vorne rutschen oder sich gar abstoßen, würde sie in freiem Fall in den Abgrund stürzen. Und in den sicheren Tod.

Ihre Silhouette hob sich schwarz vor dem hellen Sommerhimmel ab und schwang leicht vor und zurück, als wöge sie zu einer lautlosen Melodie. Daneben lagen ihre Gitarre und ihre Lederjacke. Und ich sah zudem zwei leere Flaschen.

Jordan ließ Beth nicht aus den Augen. Er deutete zu ihr herüber und machte mit seinen Händen eine zupackende Geste, bevor er wieder einen Finger an den Mund legte.

Ich hatte verstanden. Wir würden uns zu ihr schleichen und sie unvermittelt packen, um sie an einem Sturz zu hindern.

Der erste Schritt war der schwerste, denn auf keinen Fall durften wir jetzt einen Laut von uns geben und auf uns aufmerksam machen. Langsam und bedacht setzten wir einen Fuß vor den anderen, und obgleich das Dachgeschoss vielleicht nur zwanzig Meter lang war, kam mir der Weg wie zwanzig Kilometer vor.

Bitte, spring nicht! Bitte, bitte, spring nicht!, flehte ich Beth unablässig in meinem Kopf an.

Seite an Seite tasteten Jordan und ich uns wie in Zeitlupe weiter vor.

Noch zehn Meter. Einen Schritt nach dem anderen. Leise. Noch fünf Meter. Vier. Gleich würden wir Beth erreicht haben.

Überdeutlich sah ich sie nun vor mir sitzen und im Wind schwanken. Noch drei Meter. Zwei. Wenn ich jetzt gleich die Arme vorstrecken würde, dann würde ich ihr T-Shirt greifen können. Nur noch ein winziges Stückchen.

Klirr!

Die leere Flasche, gegen die mein Fuß gestoßen war, rollte scheppernd über den Betonboden und rutschte direkt neben Beth über die Kante, bevor sie aus meiner Sicht verschwand. Ich hielt den Atem an.

Es dauerte einen Augenblick, der mir wie eine Ewigkeit vorkam, bis das helle Geräusch von zersplitterndem Glas dumpf von unten zu uns herauf drang.

Und dann passierte alles gleichzeitig. Ich blieb vor Schreck wie einbetoniert stehen. Beth drehte den Kopf, und ich sah in ihre entsetzten Augen, während Jordan mit ausgestreckten Armen auf sie zu zu schweben schien. Sein Mund war zu einem stillen *Neeeiiin* weit aufgerissen, und in quälender Langsamkeit beugte Beth sich weiter vor, sodass der Schwerpunkt ihres Körpers nun beinahe über der Betonkante lag. Sie verlor den Halt, und schon glaubte ich, sie in die Tiefe stürzen zu sehen.

Doch Jordan war schneller. Mit beiden Armen umklammerte er sie von hinten und zog sie – halb stehend, halb fallend – zurück auf den dreckigen Betonboden der Fabrikhalle, woraufhin sie eng umschlungen auf den Boden fielen.

Eine Staubwolke wirbelte auf und legte sich auf ihnen nieder. Dann, mit einem Mal, war plötzlich alles ruhig, und ich hörte nichts außer meinem schweren Atem. Als wären alle Geräusche dieser Welt verstummt, nahm ich nur noch dröhnende Stille wahr.

Jordan? Beth?, wollte ich rufen, doch just als mein Mund zum Schrei ansetzte, durchbrach ein lautes Klatschen die Ruhe und hallte laut zwischen den Wänden wider. Beth hatte Jordan eine Ohrfeige gegeben. »Wollt ihr mich umbringen?«, keuchte sie atemlos. »Seit ihr noch ganz dicht? Mich so zu erschrecken. Um ein Haar wäre ich runtergefallen.«

»Äh, wir… Ja, wir wollten…«, stammelte Jordan und hielt sich die Wange, auf der sich bereits Beths Handabdruck abzeichnete.

»Wir wollten, also wir …«, versuchte ich, Jordans Worte zu vervollständigen, aber auch ich brachte keinen vernünftigen Satz zustande, während ich sah, wie Beth aufstand und auf mich zu lief. Gleich würde sie auch mir eine runterhauen! Doch als sie schließlich vor mir stand, wurden ihr die Knie weich, und sie setzte sich wieder auf den Boden.

Ich tat es ihr gleich und ließ mich ebenfalls auf dem staubigen Beton nieder.

»Tu das nie wieder! Hörst du, Beth? Ich dachte … Wir dachten …« Jordan setzte neu an: »Warum bist du überhaupt hier? Und wieso bist du nicht ans Handy gegangen?«

Blitzartig sprang Beth auf und wollte sich auf Jordan stürzen. Doch er war schneller, breitete seine Arme aus und umarmte seine Schwester mit festem Griff. Anfänglich wehrte sie sich gegen seine Umarmung, doch dann schloss auch sie ihre Arme um seine Taille und ließ die Nähe zu. Einige Sekunden, vielleicht waren es auch Minuten – mein Zeitgefühl lief noch nicht in Normaltempo –, hielten sie sich in den Armen, dann lösten sie sich voneinander.

»Ich dachte schon, es sei wie früher«, sagte Jordan, und ich sah, dass er nur mühsam die Tränen zurückhalten konnte.

»Quatsch! Nichts ist wie früher. Zum Glück! Aber was macht ihr hier? Weshalb wolltet ihr mich umbringen?«

»Du bist als vermisst gemeldet worden«, sagte ich, denn ich sah, dass Jordan noch nicht sprechen konnte.

»Wie bitte? Warum das denn?«

»Sowbug stand heute Morgen in meinem Zimmer und hat gesagt, dass du gestern die Probe geschmissen hast. Und das so kurz vor dem großen Auftritt! Außerdem hast du nicht in deinem Zimmer geschlafen. Also musste etwas passiert sein. Jordan hat daraufhin vermutet, dass du zu den Docks gefahren bist, weil du früher auch gerne am Wasser warst. Und dass du dann hier … Na ja, du weißt schon.«

»Dass ich dann hier vom Dach springe? Wolltest du das sagen?«

»Ja, so ungefähr«, sagte ich.

»Mal ehrlich, Beth, was hättest du an unserer Stelle gedacht?«, fragte Jordan. »In letzter Zeit sehen wir uns nur noch selten – und das ausgerechnet jetzt, wo du wegen der Karriere so unter Druck stehst und du damit doch noch nie gut umgehen konntest.«

»Hör endlich auf, mir meine Vergangenheit unter die Nase zu reiben«, unterbrach Beth ihn wütend. »Glaubst du etwa, ich habe mich durch die ganzen Therapiesitzungen gequält, ohne dass es mir geholfen hat?«

Jordan blickte auf den Boden und schien mit einem Mal ein großes Interesse an der Staubschicht zu haben, denn er malte Formen hinein und wischte sie wieder weg. »Nie hast du mit mir über damals gesprochen«, sagte er kleinlaut und malte weiter im Staub.

»Du hast mit mir auch nie über deine Gefühle gesprochen, warum also hätte ich das tun sollen?« Sie schnaubte und schaute Jordan energisch an. »Und was die Sache hier angeht: Ich bin nicht sang- und klanglos abgehauen. Ich habe Sowbug doch gestern eine E-Mail geschickt und ihm geschrieben, dass ich die Probe ausfallen lassen und stattdessen zu Kate fahren werde. Du weißt doch – Kate, meine ehemalige Arbeitskollegin aus dem *Hilton*. Der ging es nicht gut, und da wollte ich für sie da sein.«

»Und eure Probe? Du schmeißt die Generalprobe für eine Freundin, zu der du ewig kein Kontakt hattest?«

»Was spielt das denn für eine Rolle, ob wir Kontakt hatten oder nicht? Wie oft man sich sieht, ist doch völlig egal. Hauptsache ist, dass man füreinander da ist. So wie gestern. Und von dem mal ganz abgesehen – ich habe Sowbug doch erklärt, warum ich keine Generalprobe machen wollte. Die letzten Proben waren perfekt. Das Feeling konnte man nicht toppen, höchstens versauen. Und das wollte ich auf keinen Fall riskieren.«

»Ach so«, sagte Jordan, »und dann fährt man mit seiner Freundin, die man eigentlich gar nicht mehr richtig kennt, zu den Docks und besäuft sich bis zum Morgengrauen zwischen Taubenscheiße und Rattenpisse. Schon klar, das ist ja das Natürlichste der Welt.«

»Jetzt halt mal den Ball flach, großer Bruder. Keine der Flaschen hier ist von mir. Und betrunken habe ich mich auch nicht. Schon gar nicht mit Kate. Oder siehst du sie hier irgendwo? Ich bin erst heute Morgen, nachdem ich mit ihr gefrühstückt habe, hierher gekommen. Guckt doch mal, Jungs! Findet ihr den Ort nicht auch wahnsinnig inspirierend und beruhigend? Also wir waren vor ein paar Wochen schon einmal hier in der Fabrik, als wir die Aufnahmen für das neue Plattencover gemacht haben, und alle waren wir begeistert.«

»Das hatte Sowbug erwähnt, und so haben wir dich auch gefunden«, ließ ich einfließen, doch ein böser Blick von Beth brachte mich zum Verstummen.

»Und Sowbug, der Penner, hat wieder mal seine Mails nicht abgerufen und stattdessen alle verrückt gemacht. Oh, Mann! Wäre er nicht so gut am Bass, hätte ich ihn schon längst aus der Band geworfen. Und aus der WG dazu.« Beth kochte. Doch Jordan sah sie liebevoll an und sagte: »Komm schon, Beth, beruhig dich wieder. Sowbug ist, wie er ist. Und ich wollte dich auch nicht wütend machen. Hey, ich bin so froh, dass dir nichts passiert ist«, sagte er.

Beth angespannte Haltung lockerte sich, und sie atmete hörbar aus. »Ihr habt mich jedenfalls zu Tode erschreckt.«

»Und wo hast du dein Telefon?«, fragte ich sie vorsichtig, und versuchte, es nicht wie einen Vorwurf klingen lassen.

»Das Ding ist hier, aber man muss nicht immer und überall erreichbar sein, oder? Ich wollte einfach mal meine Ruhe haben. So kurz vor unserem Auftritt.« Nun grinste sie. »Ihr beiden seid zwar ein echt mieses Rettungskommando, aber ihr passt gut zusammen in eurem Dilettantismus. Was genau läuft denn eigentlich zwischen euch beiden?«

Jordan und ich sahen uns an, und der plötzliche Themenwechsel ließ mich rot werden. Ja, etwas lief zwischen uns, aber was genau, wusste ich selbst nicht so recht.

»Nun ja …«, druckste ich herum.

Jordan sah mich einen Moment lang abschätzend an, und auch er schien erneut um Worte verlegen zu sein. Dann aber grinste er und sagte: »Ben ist ein super Kumpel. Er ist nach London gezogen, um Spaß zu haben. Und genau den haben wir. Stimmt's, Ben?«

Spaß? Ja, der Sex war wirklich gut. Aber wollte ich wirklich nur Spaß haben? Ich nickte zustimmend, doch insgeheim dachte ich, dass diskreter Spaß wohl eher das war, was Jordan bei Männern suchte. Hauptsache, er konnte seine Scheinverlobung mit Melody aufrecht erhalten.

»Ben kommt übrigens mit auf die Malediven«, sagte Jordan. »Ich habe schon alles mit Puppy geklärt. »Oder, Ben? Was hältst du davon?«, fragte er mich.

Bevor ich etwas erwidern konnte, warf Beth ein: »Na, die Frage ist doch eher: Was hält Melody davon? Jordan, hast du ihr schon gesagt, dass du deinen Lover mit in den heiligen Familienurlaub nimmst?«

»Halt Melody da raus!«, sagte Jordan verärgert. »Das geht dich gar nichts an. Ich weiß, dass du sie nicht ausstehen kannst, aber wir haben einen Deal.«

»Klar habt ihr einen Deal«, sagte sie verächtlich. »Aber du merkst gar nicht, wie er dich kaputt macht. Und da willst du, dass ich mit dir über meine Gefühle spreche? Werde dir erst einmal über deine eigenen Gefühle klar, Jordan Evans, und dann sprechen wir über meine.«

Zornig funkelten die beiden sich wieder gegenseitig an.

»Klar, komme ich mit auf die Malediven! Das wird Spaß machen«, sagte ich beschwichtigend. Aber sicher war ich mir da nicht.

Kapitel 15

Während in meiner WG das Konzert von Beth und ihrer Band mittlerweile zum einzigen Gesprächsthema aufgestiegen war – zum Glück fand es heute Abend endlich statt –, sprach Melody zurzeit von nichts anderem als dem bevorstehenden Urlaub auf den Malediven.

»Soll ich dieses oder jenes Kleid mitnehmen?«, »Wie soll ich die Strapazen des Flugs überstehen?«, »Die Beckhams hatten für ihre letzte Karibikreise einen Privatjet!«, »Wenigstens hat unsere Villa einen Privatstrand!«, »Eigentlich haben wir viel zu wenig Zeit für die Malediven, schließlich beginnen in einer Woche die Vorbereitungen für das Madrid-Spiel.«

Malediven hier, Malediven da. Sie sprach zwar nicht mit mir persönlich darüber, natürlich nicht, doch auf ihren Shoppingtouren, auf denen ich sie begleiten musste, endete jedes ihrer Gespräche in einem Monolog über die anstehende Malediven-Reise.

Dass mich Jordan eingeladen hatte, ihn auf die Insel zu begleiten, schien Melody nicht zu wissen. Falls doch, so erwähnte sie es mir gegenüber mit keinem Wort. Und wenn ich es mir recht überlegte – eine richtige Einladung war es auch nicht gewesen. Vielmehr handelte es sich wohl um einen Diensteinsatz, über den mich Puppy heute Morgen noch einmal ausführlich in Kenntnis gesetzt hatte.

»Du fährst mit nach Hulla-Hulla-Island«, waren seine Worte. »Aber denke nicht, dass du dir dort die Sonne auf den Bauch scheinen lassen kannst. Du bist der Fahrer und der Aufpasser.« Dann hatte er mir zugezwinkert und gesagt: »Trotzdem wird es wohl nicht übermäßig stressig werden, denn aus eigener Erfahrung weiß ich, dass Melody sich selten vom Pool wegbewegt. Mix ihr einfach immer einen starken Cocktail, dann hast du deine Ruhe.«

Doch ob es sich nun um eine Dienstanweisung oder eine Einladung handelte – ich freute mich auf die Reise. Zum einen, weil ich bisher noch nie über die spanische Costa Brava hinaus gekommen war. Zum anderen, und das war der viel gewichtigere Grund, weil ich dort viel Zeit mit Jordan verbringen würde. In meiner Fantasie malte ich mir bereits aus, wie wir zusammen an menschenleeren Stränden laufen und uns nackt in die erfrischenden Fluten des Meeres stürzen würden. Und was wir danach noch so alles anstellen würden, wusste ich ebenfalls. Zwischen meinen Beinen kribbelte es, wenn ich nur daran dachte.

Jordans Manager Roy riss mich aus meinen Tagträumen, als er in den Salon der Villa kam und mich fragte: »Wo steckt Melody? Wir haben einen Termin.«

Ich hatte es mir auf einem Stuhl am Esstisch gemütlich gemacht und beeilte mich nun aufzustehen, als ich sagte: »Sie ist oben und zieht sich gerade um. Ich warte hier auf sie, denn sie möchte zum Shopping gefahren werden.«

»Und wo ist Jordan? Er wollte ebenfalls bei dem Meeting dabei sein.«

Ich zuckte mit den Schultern, denn ich hatte keine Ahnung, wo Jordan sich gerade herumtrieb. Nachdem er Beth und mich gestern in der Wohngemeinschaft abgesetzt hatte, wollte er noch etwas erledigen, und seitdem hatte ich ihn nicht mehr gesehen.

Aus der Halle hörte ich, wie das klappernde Geräusch hochhackiger Schuhe langsam lauter wurde, bis Melody im Salon stand. Irritiert setzte sie ihre große Sonnenbrille ab und steckte sie in ihr Haar. »Roy, was machst du denn hier? Hatten wir einen Termin?«

Roy ging auf sie zu und gab ihr links und rechts ein angedeutetes Küsschen auf die Wange, dann sagte er mit entnervter Stimme: »Ja, meine Liebe, wir hatten eine Verabredung.« Er schaute auf seine goldene Uhr, die für das britische Understatement etwas zu klobig war, ehe er antwortete: »Und zwar genau jetzt.«

»Na, dann habe ich es doch noch rechtzeitig geschafft.« Melody warf ihre beige Handtasche auf einen Stuhl neben der Tür und setzte sich auf einen Sessel am Fenster.

»Komm her zu mir, und wir sprechen über alles, was du willst. Aber es darf nicht länger als eine halbe Stunde dauern, denn ich darf Peggy nicht warten lassen. Wir wollen erst im *Diamonds* einen Happen essen und uns dann im Spa verwöhnen lassen.«

Roys Miene verzog sich, und als Melody es nicht sehen konnte, verdrehte er die Augen. Dann aber setzte er wieder ein freundlichen Grinsen auf und ließ sich neben sie auf einem Sessel nieder. »Wo ist Jordan? Er sollte bei diesem Gespräch wirklich dabei sein«, stellte er fest.

»Jordan wird sicherlich jeden Moment kommen. Er wollte noch ein paar Dinge für die Malediven besorgen. Wir fahren morgen zu einer wirklich unchristlich frühen Zeit an den Flughafen. Habe ich dir eigentlich schon die Bilder von der traumhaften Villa gezeigt, die wir dort gemietet haben?« Sie schaute zu mir, als sie sagte: »Ben, bring mir meine Tasche. Ich muss Roy unbedingt die Fotos zeigen.«

Und ta ta ta taaa – da war es wieder, das Thema Nummer eins: die Malediven. Nun war ich derjenige, der die Augen verdrehte, als es Melody nicht mitbekommen konnte. Ich brachte ihr die Tasche und stand dann unschlüssig neben ihr.

»Du kannst in der Halle warten.« Sie wedelte mit der Hand. »Dies hier dauert auf keinen Fall lange. Wir können gleich los.«

Also schlurfte ich hinaus, setzte mich in der Eingangshalle auf einen Stuhl und wartete. Aus dem Salon heraus konnte ich Melody und Roy sprechen hören.

Melody: »Sieh dir das Bild hier an! Die Aussicht von der Terrasse muss ein Traum sein. Und erst der Pool. Es sieht so aus, als würde er mit dem Meer verschmelzen.«

Roy: »Wunderbar, wirklich wunderbar. Aber lass uns jetzt zum Thema kommen. Es gibt Probleme bei den Verhandlungen über Jordans Wechsel nach Madrid.«

Melody: »Wieso das denn? Du hast doch gesagt, dass alles geregelt ist und nur noch unterschrieben werden muss.«

Roy: »Ja, das dachte ich. Doch es sind neue Gerüchte aufgekommen, dass Jordans Knie nun doch nicht hundertprozentig belastbar ist.«

Melody: »Was soll die Scheiße denn? Jordan war bei tausend Ärzten und hat ihnen sämtliche Untersuchungsergebnisse geschickt. Was wollen die gottverdammten Halsabschneider denn noch?

Roy: »Ehrlich gesagt: Ich weiß es nicht. Keine Ahnung, woher die Gerüchte plötzlich stammen. Vielleicht ist es auch nur eine Strategie, um den Preis für Jordan zu drücken. Auf jeden Fall ist es von allerhöchster Wichtigkeit, dass Jordan bei dem Freundschaftsspiel im Sturm spielt und eine hervorragende Leistung zeigt.«

Melody: »Das ist kein Problem. Er ist topfit, und der Trainer hat ihm seinen Stammplatz bereits fest zugesagt. Außerdem werde ich Jordan auf den Malediven nach Strich und Faden verwöhnen. Er wird danach in der Form seines Lebens sein, mein lieber Roy.«

Das Klappern des Schlüssels im Schloss lenkte meine Aufmerksamkeit auf die Eingangstür. Jordan kam hinein, und Nathan folgte dicht hinter ihm.

»Dann hat sie dir allen Ernstes eine geknallt?«, fragte Nathan und lachte dabei schadenfroh. »Die kleine Beth fährt langsam ihre Krallen aus, was?«

»Heute sieht man ihren Handabdruck nicht mehr in meinem Gesicht. Aber gestern konnte ich jeden ihrer Finger auf meiner Wange erkennen. Gut, dass Melody es nicht gesehen hat, sonst hätte sie noch gedacht, ich hätte eine andere.« Beide lachten kumpelhaft.

Angeekelt verzog ich meinen Mund. Ich konnte diese aufgesetzten Männergespräche, bei denen sich nach einem Witz alle Anwesenden mit einem künstlichen Lachen auf die Schulter klopften, nicht ausstehen. Und dass Jordan, der sich gestern noch ernsthafte Sorgen um Beth gemacht hatte, die Geschichte nun wie an einem Stammtisch erzählte, stieß mir sauer auf.

Er verstummte, als er mich in der Ecke sitzen saß.

»Oh, hi Ben«, sagte er. Zu Nathan meinte er: »Das ist Ben, Melodys neuer Bodyguard.«

Nathan nickte flüchtig in meine Richtung, als er sich auch schon wieder an Jordan wandte: »Nein, kein Wort zu Melody. Versprochen.«

»Höre ich meinen Namen?«, flötete Melody aus dem Salon in die Halle.

»Hallo Mel, ich bin wieder zurück. Und ich habe Nathan mitgebracht.«

Melody kam in die Halle, gab Jordan einen flüchtigen Kuss und sah Nathan argwöhnisch an.

»Was machst du denn hier, Nath?«

»Hallo Mel«, antwortete er, grinste höhnisch und gab ihr zwei Küsse auf die Wangen, ohne auch nur im Geringsten auf ihr Make-up zu achten. »Ich habe Jordan meinen neuen Lexus gezeigt. Ist eine echte Granate.«

Er lachte und gab ihr einen Klaps auf den Hintern. »So, wie du!«

Zornig funkelte sie Nathan an, sagte aber zu Jordan: »Du hattest einen Termin mit Roy.«

Kurz überlegte Jordan, dann schlug er sich mit der Hand gegen die Stirn. »Stimmt. Verdammt, den habe ich total verschwitzt. Ist Roy noch da?«

»Ja, er sitzt im Salon. Aber ich glaube nicht, dass ihr noch etwas besprechen müsst.« Sie schaute zu Nathan und dann wieder zu Jordan. »Ich werde dir später berichten, um was es ging. Aber es muss nicht jeder hören.« Wieder ein Blick zu Nathan. Es war offensichtlich, dass sie Jordans bestem Freund nicht traute.

Nathan tat so, als hätte er Melodys Seitenhieb nicht bemerkt. »Na dann, ich muss sowieso wieder los. Ich fahre noch ein bisschen mit dem Flitzer in der Gegend herum. Der Wagen ist eine Wucht, oder?«

Jordan klatschte Nathan ab und bestätigte: »Das Schätzchen ist jeden Penny wert. Ganz großes Kino!«

Roy kam aus dem Salon und sagte: »Hallo Jordan, hallo Nathan.« Dann wandte er sich an Jordan: »Ich muss jetzt zu einem anderen Termin, doch es ist alles mit Melody besprochen. Sie weiß Bescheid. Wenn ich mich also jetzt verabschieden dürfte.«

Melody hielt ihm ihre Wange hin. Wieder Küsschen links, Küsschen rechts. Dann ging er zur Tür, als Nathan ihm nachrief: »Warte Roy, ich komme mit!«

Die Eingangstür fiel hinter den beiden ins Schloss.

»Was gab es denn so Wichtiges, dass Roy es nicht vor Nathan ausplaudern wollte?«, fragte Jordan neugierig. Melody sah mich an und sagte: »Du kannst schon einmal den Wagen vorfahren. Ich komme gleich.«

»Mache ich«, sagte ich. Mittlerweile sparte ich mir sogar im Geiste, Schimpfworte hinten anzufügen. Ich hatte mich mit Melodys eingebildeter Art abgefunden und hielt es für das Beste, sie möglichst zu ignorieren.

»Viel Spaß in der Stadt, Ben«, sagte Jordan ironisch und zwinkerte mir zu. Ich entgegnete nichts, sondern hob verabschiedend eine Hand und verschwand ebenfalls durch die Vordertür.

Bei meiner Ankunft hatte ich die Limousine vor dem Eingang stehen lassen, sodass ich mir das Vorfahren jetzt sparen konnte und nur die Stufen zur Auffahrt hinuntergehen musste.

Ich war bereits fast am Wagen angekommen, als ich Nathan und Roy vor einem nagelneu aussehenden Sportwagen stehen und miteinander sprechen sah. Das musste der Lexus sein, mit dem Nathan gerade so angegeben hatte. Doch so, wie die beiden ihre Köpfe zusammensteckten, schien sich ihr Gespräch nicht um das Auto zu drehen.

Zwar gehörte Neugier gewöhnlich nicht zu meinen Schwächen, aber so wie die beiden dastanden, hätte ich doch zu gerne gewusst, was sie zu besprechen hatten. Betont lässig und desinteressiert schlenderte ich also zur Limousine, öffnete die Fahrertür und setzte mich hinein. Doch ich schloss die Tür nicht ganz, sondern versuchte stattdessen, ihrem Gespräch zu lauschen.

Zum Glück schienen die beiden keine Notiz von mir genommen zu haben. Jedenfalls blickten sie weder zu mir herüber, noch senkten sie ihre Stimmen, sodass ihre Worte deutlich durch die offene Wagentür zu hören waren.

Roy: »Nein, nein und noch mal nein. Ich kann dein Management nicht übernehmen. Das habe ich dir doch schon einmal gesagt. Es gibt einen Interessenkonflikt zwischen dir und Jordan. Ihr wollt schließlich beide dasselbe, und ich kann es nur für einen von euch herausholen.«

Nathan: »Aber du weißt doch, dass mein derzeitiger Manager eine Vollniete ist. Er hat es nicht einmal geschafft, einen Termin bei *Deportivo Madrid* zu bekommen. Mensch Roy, du stehst doch mit denen schon so lange in Verhandlungen. Für dich ist es ein Leichtes, mich ins Gespräch zu bringen. Und was heißt hier überhaupt Interessenskonflikt? Jordan und ich spielen doch bereits im selben Verein. Was macht es denn da für einen Unterschied, ob wir in London oder in Madrid zusammen spielen?«

Roy: »Es macht *den* Unterschied, dass ich Jordans Manager bin und nicht deiner. Ich würde ihn hintergehen, wenn ich hinter seinem Rücken versuche, dich ebenfalls bei *Deportivo Madrid* unterzubringen.«

Nathan: »Du würdest ihn nicht hintergehen. Er ist mein bester Freund. Was ist also dabei, wenn wir uns den Manager teilen?«

Roy: »Warum weiß er dann nicht, dass wir miteinander sprechen?«

Nathan: »Roy, alter Kumpel. Beruhige dich mal wieder, und hör mir zu. Ich verkoppel deinen Anteil, wenn du auch mich bei *Deportivo* unterbringst. Dreißig Prozent! Ich gebe dir dreißig Prozent von allen Erlösen, auch von den Werbeeinnahmen.«

Roy schwieg.

Nathan: »Frag doch wenigstens mal unverbindlich an. Es bleibt ganz unter uns. Es wird niemand erfahren, und es tut niemandem weh. Jordans Verträge sind doch so gut wie unterschrieben, das hat er mir selbst gesagt. Halte einfach die Ohren auf, und strecke die Fühler aus. Wenn sich etwas ergibt, dann haben wir beide etwas davon: Jordan und ich. Wenn nicht, dann werde ich es akzeptieren. Aber versuche es doch wenigstens. Mehr will ich gar nicht.«

Im Rückspiegel sah ich, wie Nathan einen Umschlag aus seiner Tasche zog, vorsichtig zum Haus blickte und ihn dann Roy unter sein Jackett schob. »Nimm das als kleine Aufwandsentschädigung«, sagte er zu ihm. »Wie gesagt: Es tut niemandem weh, wenn du dich ein bisschen umhörst.«

Er klopfte Roy ein letztes Mal auf die Schulter, stieg in seinen Sportwagen und ließ den Motor aufheulen, bevor er davonfuhr. Roy hingegen ging zu Fuß durch das offene Tor. Scheinbar hatte er vor dem Haus geparkt, denn wenige Augenblicke später hörte ich erst eine Wagentür zuschlagen und dann einen Wagen davonfahren.

Verwirrt zog ich die Fahrertür zu und dachte nach. Was hatte ich da denn gerade mitbekommen? Hatte Nathan Roy bestochen? Das schien auf der Hand zu liegen, denn in dem Umschlag war mit Sicherheit Geld gewesen. Dabei hatte Nathan doch eigentlich Recht. Jordan war bei *Deportivo Madrid* bereits so gut wie unter Vertrag. Was sollte es also schaden, wenn auch Nathan, sein bester Freund, in der gleichen Mannschaft spielte? Aber warum sprach er nicht mit Jordan darüber? Und warum diese Geheimniskrämerei?

Kapitel 16

Der erste Schluck des eiskalten Biers war eine Wohltat für meinen Hals, denn die Luft im Club war schon vor dem eigentlichen Beginn des Konzerts ausgesprochen stickig. Mit viel Mühe und unter Drängelei hatte ich mein Getränk an der überfüllten Bar ergattern können und stand nun in einer Ecke, nicht weit von der Bühne entfernt, und wartete darauf, dass es endlich losging. Der Laden füllte sich zusehends. Wie es aussah, hatten sich Beth und ihre *Four Seas* zumindest in der Indie-Szene bereits einen Namen gemacht, denn so langsam stieß das *Sputnik* an seine Kapazitätsgrenzen. Viele weitere Konzertbesucher würde es wohl nicht mehr aufnehmen können. Das freute mich für Beth und ihre Truppe. *Ausverkauft* hieß gute Einnahmen und noch bessere Presse.

Ich stellte mein Bier auf ein altes Ölfass, das als Tisch diente, und schaute mich um, ob ich jemand Bekanntes sah. Im Halbdunkeln konnte ich die Gesichter der Gäste zwar nicht richtig erkennen, doch wenn ich ehrlich war, hielt ich ohnehin nur Ausschau nach Jordan. Laut Beth würde er ganz sicher kommen, doch noch hatte ich ihn nicht entdeckt. Also ließ ich meinen Blick weiter durch die Konzerthalle schweifen.

In der Mitte des Clubs hing unter der Decke die Nachbildung eines Satelliten. Wahrscheinlich sollte er den Namensgeber des Clubs darstellen: die *Sputnik*, den Satelliten, mit dem das Zeitalter der Raumfahrt begonnen hatte. Doch man hatte die Sputnik mit den kleinen Spiegeln einer Diskokugel beklebt, und nun drehte sie sich über den Köpfen der Leute und warf helle Lichtpunkte an die alten Gewölbemauern, die mit Plakaten von Bands tapeziert waren, die hier bereits gespielt hatten und heute zu den Großen der Szene gehörten. Ich hoffte, dass hier später auch einmal das Plakat der *Four Seas* hängen würde, und war bereits ein wenig stolz, die Sängerin der Band zu kennen.

Aus den Boxen dröhnte gerade David Bowies *Space Oddity*, was ich etwas unpassend fand für einen Laden, der sich nach einem russischen Satelliten benannt hatte, aber die Zuschauer hörten ohnehin nicht zu, sondern blickten erwartungsvoll hinüber zur Bühne. Erstes, zögerliches Klatschen war zu hören und sollte die Band zum Konzertanfang drängen. Nur Jordan konnte ich noch immer nirgends ausfindig machen. Wo blieb er nur?

Das Licht ging aus, David Bowie verstummte mitten im Song, und Dampf quoll aus zwei Maschinen, was die Bühne zunehmend in einen geisterhaften Nebel tauchte. Sofort fing die Menge lautstark an zu klatschen, und ich ließ mich von der erwartungsvollen Begeisterung anstecken und applaudierte ausgelassen mit. Beth, gib Gas! Und toi toi toi!, feuerte ich sie im Gedanken an, als ich sah, wie sich die Musiker auf der noch dunklen Bühne hinter ihren Instrumenten in Stellung brachten. Der Drummer zählte »One, two, three«, dann ging es endlich los.

Mit einem Trommelwirbel und einem mitreißenden Intro startete die Show, während das Licht in den wildesten Farben durch den dichten Nebel tanzte. Dann, nach ein paar Takten, schritt Beth in einem großartigen schwarzen Kleid theatralisch auf die Bühne und legte mit ihrer ungewöhnlich tiefen und doch klaren Stimme los. Bereits nach den ersten Tönen zog sie die Menge in ihren Bann. Und auch ich war hin und weg. Beth sang ihre Songs so leidenschaftlich, dass ich nicht mehr meine Mitbewohnerin auf der Bühne stehen sah, sondern eine großartige Künstlerin, die uns mit ihrer Präsenz zum Toben brachte.

Von Jordan war weiter nichts zu sehen. Doch in dem dunklen Zuschauerraum konnte ich ohnehin nur meine unmittelbare Umgebung erkennen, also gab ich meine Suche schnell auf und beschloss, das Konzert zu genießen und ihn später zu suchen.

Beth gab alles und verwandelte das *Sputnik* in einen Hexenkessel. Rockige Songs wechselten sich mit düsteren Gothic-Balladen ab, und egal, was die Band spielte – das Publikum liebte sie dafür.

Die Show verging so schnell wie ein Fiebertraum, und obwohl bereits zwei Stunden verstrichen waren, kam es mir vor, als hätten die *Four Seas* gerade erst angefangen zu spielen. Doch die Akkorde des letzten Liedes verklangen gerade. Die Menge jubelte und rief lautstark nach einer Zugabe, die nicht lange auf sich warten ließ. Beth und ihre Jungs rockten noch drei weitere Songs, bevor sie sich – sichtlich gerührt vom tosenden Applaus – von den Zuschauern verabschiedeten.

Das Licht auf der Bühne verdunkelte sich, während die Lampen im Club wieder nach und nach angingen. David Bowie, dessen Lied vorhin so abrupt unterbrochen wurde, sang nun weiter, als wäre nichts geschehen, und die Menge begann, gemächlich auseinanderzustreben. Einige Besucher verschwanden nach draußen, andere gingen zum Stand mit dem Merchandising oder an die Bar. Ich blieb, wo ich war, und sah mich noch einmal um, aber ich erkannte in keinem Gesicht, welches ich anschaute, das von Jordan. Der Laden war immer noch verdammt voll.

»Hey Ben!« Ich drehte mich zurück zur Bühne und sah Sowbug, der mich rief. Er fing an, Basskabel aufzurollen. Sie würden die Karriereleiter wohl noch weiter hinaufklettern müssen, bis sich Rowdies um den Abbau ihrer Instrumente kümmern würden. Im Moment mussten sie das noch selbst erledigen, und jetzt waren alle, außer Beth, damit beschäftigt, ihr Zeug zusammenzupacken.

»Hi Sowbug«, rief ich, während ich zur Bühne ging. »Die Show war der absolute Wahnsinn. Weltklasse, ehrlich.«

Sowbug grinste und auch Zac, der Gitarrist, hatte mich gehört und hob strahlend den Daumen.

»Komm zu uns rauf, und lass uns feiern. Wir müssen hier zwar noch kurz unseren Kram zusammensuchen, aber Beth ist schon hinten im Backstage und total aus dem Häuschen. Trink ein Bier mit ihr, sonst schwebt sie uns vor Begeisterung noch durch die Decke, und wir sehen sie nie wieder.«

Ich ergriff Sowbugs ausgestreckte Hand und zog mich mit seiner Hilfe hoch auf die Bühne. Als ich oben stand, drehte ich mich kurz um und sah hinunter auf die kleiner werdende Menge. Zwar hatte sie sich bereits gelichtet, doch noch immer war der Blick auf sie beeindruckend. Es musste ein unglaublich berauschendes Gefühl sein, wenn so viele Leute einem zujubelten.

»Komm hier entlang«, rief mich Sowbug und zeigte auf einen Durchgang an der Bühnenseite. »Die Garderobe ist die zweite Tür links. Du kannste sie gar nicht verfehlen. Wir kommen auch gleich, und dann lassen wir es krachen.«

Ich ging das kurze Stück bis zur Garderobe und klopfte vorsichtig an.

»Yeah«, dröhnte Beth Stimme von drinnen, und ich wertete das als Erlaubnis einzutreten.

Ich ging hinein, und noch bevor ich etwas sagen konnte, flog Beth euphorisch in meine Arme und stieß dabei einen animalischen, irgendwie urzeitlich wirkenden Schrei aus.

»Die Show lief richtig gut«, freute sie sich und drückte sich noch einmal fest an mich. »Oder, wie fandest du sie?«

»Ganz ehrlich?« Ich machte eine Kunstpause und sah amüsiert, dass sie innehielt und mich gespannt ansah. »Ihr wart überirdisch gut. Du hattest von Anfang an alle in der Tasche und hast sie bis zum Schluss nicht mehr herausgelassen.«

»Oh, danke! Yeah, yeah, yeah!« Sie sprang in die Luft und ging dann zu einem Tisch, auf dem Bier in Dosen und einige Knabbereien standen. Sie riss zwei Dosen auf und gab mir eine.

»Schwesterchen, du hast den Laden so was von gerockt!« Beth und ich drehten uns gleichzeitig um und sahen Jordan über das ganze Gesicht grinsend in der Tür stehen. Mit ausgebreiteten Armen ging er auf Beth zu, die sich ihm ungestüm entgegenwarf.

Das weiße T-Shirt, das Jordan zu seiner umgeschlagenen blauen Jeans trug, hatte er an den Ärmeln zwei Mal hochgekrempelt, und es ließ ihn wie einen Halbstarken aus den Fünfzigerjahren wirken. Seine Haare hatte er dazu passend mit Pomade nach hinten gekämmt, was ihn verwegen und unverschämt gut aussehen ließ.

Ich merkte, wie ich ins Schwärmen geriet, als hinter Jordan ein weiterer Typ im Rockabilly-Style in die Garderobe kam. Genau wie Jordan trug er Bluejeans. Dazu Hosenträger und ein kurzärmeliges Karo-Hemd, das seine muskulösen, tätowierten Unterarme in Szene setzte. Lässig an den Türrahmen angelehnt, stand er in der Tür und raunte Beth ein cooles »Glückwunsch zum Konzert« zu.

Verwirrende Eifersucht breitete sich in mir aus. Wer war der eingebildete Hosenträger-Lackaffe, und warum hatten Jordan und er sich so albern verkleidet? Ich gestattete mir ein paar innerliche Flüche und spürte, wie sich das Gift der Eifersucht weiter durch meine Eingeweide fraß, als ich mir plötzlich eingestehen musste, dass die beiden überhaupt nicht albern oder verkleidet, sondern cool aussahen. Sie wirkten wie das perfekte Paar und hätten es ohne Weiteres in eine *Levi's*-Werbung geschafft.

Nun sah auch Beth irritiert erst zu Jordan und dann zu seinem Begleiter. »Wie bist du denn zurechtgemacht?«, fragte sie und zog eine Augenbraue hoch. Sie musterte ihn kurz, sagte dann aber zu meinem Leidwesen: »Das steht dir richtig gut. Du siehst total rebellisch aus.« Anschließend wies sie auf mich, und ich kam mir mit einem Mal unbedeutend und hässlich vor in meinem schreiend roten T-Shirt, auf dem eine gelbe Banane abgedruckt war. »Sieh mal! Ben ist auch schon da«, sagte sie und überlegte kurz. »Aber ihr wolltet doch eigentlich zusammen zum Konzert kommen, oder?« Sie blickte kritisch zu dem Hosenträger-Lackaffen.

»Hi, Ben«, begrüßte mich Jordan seltsam kurz und nüchtern. »Kyle«, er deutete nickend zu dem Hosenträger, »und ich sind etwas zu spät gekommen, und da habe ich Ben zwischen all den Leuten nicht mehr ausfindig machen können. Ich wollte dir auch nur kurz zu der super Show gratulieren, und dann sind wir auch schon wieder weg. Kyle hat eine neue Rockabilly-Party aufgetan, und dort schlagen wir gleich auf. Lange werde ich aber nicht bleiben, denn unser Flieger startet morgen richtig früh.« Er schaute mich flüchtig an und sagte: »Wir sehen uns dann morgen in neuer Frische. Feierst du noch mit Beth und den Jungs?«

Zu meiner Eifersucht gesellte sich nun Zorn, und beides drohte, wie die Lava eines Vulkans aus mir herauszubrechen. Ich schluckte schwer, um die Glut am Ausbruch zu hindern. »Na dann, viel Vergnügen mit

Kyle«, brummelte ich und hörte selbst, wie aufgebracht es klang.

Der Hosenträger-Kerl sah mich an und zog eine Augenbraue in die Höhe, verharrte aber ansonsten in seiner schiefen, lässigen Haltung. Ihm reichte ein Blick, um zu erkennen, wie eifersüchtig ich war. Und seine unausgesprochene Antwort darauf war: *Nichts für ungut, Kumpel, aber du kannst mir nicht das Wasser reichen. Du nicht, du Landei!*

Und genauso fühlte ich mich in diesem Augenblick. Wie das hässliche Entlein, das gerade aus dem Landei geschlüpft war und nun naiv durch die Welt watschelte. Dass Jordan die Sache mit Melody nicht beenden würde, hatte ich gewusst, aber wie dumm musste ich gewesen sein, als ich mir eingebildet hatte, dass Jordan und mich etwas verband? Etwas, das über Sex hinausging? Dieser Mistkerl machte nicht einmal Anstalten, mich zu fragen, ob ich zu dieser bescheuerten Rockabilly-Party mitkommen wollte.

»Beth, das war euer Durchbruch«, sagte er stattdessen. »Da bin ich mir sicher. Außerdem habe ich ein paar Kritiker gesehen, und sie sahen schwer begeistert aus.« Er klatschte in die Hände. »So, jetzt müssen Kyle und ich los. Sonst lohnt es sich nicht mehr. Wir sehen uns.«

So schnell die beiden aufgetaucht waren, so schnell verschwanden sie jetzt wieder und ließen Beth und mich zurück.

Meine Stimmung war nicht nur auf einem Tiefpunkt, sie pendelte sich gerade im Bereich arktischer Temperaturen ein, und es tat mir leid, dass ich Beths Hochgefühl merklich trübte. »Ben, mach dir nichts draus«, sagte sie mitfühlend. »Jordan kann manchmal ein echtes Arschloch sein. Aber ich bin mir sicher, dass er dich mag.«

Nun flutete die Lava doch noch die Arktis, als ich hervorstieß: »Er mag mich? Also, wenn er sich so verhält, wenn er jemanden mag, wie ist es dann, wenn er jemanden hasst? Ich glaube, der Einzige, den Jordan wirklich mag, ist er selbst. Er mag weder mich, noch mag er Melody, und den Hosenträger-Kyle wird er auch nicht lange mögen. Er benutzt die Leute nur für seine Bedürfnisse. Männer? Die nimmt er sich, um seinen Trieb zu befriedigen. Melody? Die braucht er für seine Fußballkarriere. Und mich? Keine Ahnung, wofür er mich braucht.«

»Versuche, ihn zu verstehen«, sagte Beth beschwichtigend. »Er steht auf Männer, ja. Aber als Profifußballer kann er das nicht öffentlich leben. Du weißt doch, wie homophob es in diesem Sport zugeht. Die Zeit ist immer noch nicht reif für einen schwulen Fußballstar. Verurteile ihn nicht für ein System, das er nicht zu verantworten hat. Und was Melody betrifft: Du weißt, auch ich mag sie nicht und halte den Deal, den die beiden miteinander geschlossen haben, für falsch. Doch Jordan wird nicht für Madrid spielen können, wenn herauskommt, dass er schwul ist. Dann wäre seine Karriere am Ende.«

»Pah«, schnaubte ich. »Er muss sich zwar nicht gleich outen, aber er muss auch nicht alles kaputt machen. Er zieht immer nur sein Ding durch. Er ist ein Egoist, der die Gefühle anderer mit Füßen tritt.« Ich wollte nichts zu Jordans Verteidigung hören, und so ergoss sich mein Zorn jetzt auch über Beth. Da sie auf Jordans Seite stand, wollte ich etwas sagen, dass auch sie verletzte. »Du bist ihm doch ebenfalls scheißegal. Dass er dich gestern an den Docks gesucht hat, hatte nur den einen Grund: Er wollte sich später keine Vorwürfe machen müssen. Du hast es doch selbst gemerkt – er weiß überhaupt nichts von dir, und es ist ihm auch völlig schnuppe, wie es dir wirklich geht.«

Beth wurde bleich und wollte etwas erwidern, doch ich ließ es nicht zu. »Zum Glück hat er Nathan, seinen besten Freund. Die beiden haben sich mehr als verdient.

Denn Nathan spielt genauso ein beschissenes, egoistisches Spiel wie Jordan, und ich hoffe, dass er damit durchkommt!«

Jetzt schrie Beth mich an. »Nathan? Du weißt gar nichts über Nathan. Verschwinde und erwähne diesen Namen nie wieder in meiner Gegenwart. Raus! Hau ab! Raus!«

Sie schob mich – nun selbst rot vor Wut – aus der Garderobe und warf die Tür hinter mir zu.

»Was ist denn hier los?«, fragte Sowbug, der plötzlich vor mir stand und mich entgeistert ansah.

Ohne ein Wort zu sagen, schob ich ihn zur Seite und floh aus dem Club.

Kapitel 17

Als ich mit Jordan und Melody aus dem vollklimatisierten Flughafengebäude ins Freie trat, war es, als würde ich gegen eine Wand laufen. Eine Wand aus feuchter, tropisch-heißer Luft. Schon nach den wenigen Metern, die wir bis zur der schwarzen Limousine laufen mussten, war ich vollkommen durchgeschwitzt. Der dünne, beige Leinenanzug, den Puppy mir in einigen Ausführungen als Dienstkleidung für die Reise mitgegeben hatte, fühlte sich in dieser Hitze wie ein Pelzmantel an.

»Mrs. Evans, Mr. Evans, willkommen auf Hulhulé! Bitte, nehmen Sie Platz.« Der Fahrer, der neben dem Wagen auf uns wartete, sprach ein beinahe akzentfreies Englisch und strahlte Melody und Jordan an, als er ihnen die Türen öffnete. Die beiden tuschelten etwas und stiegen dann lachend in den hinteren Teil des Wagens, ehe der Fahrer vorsichtig die Türen schloss und schließlich den Kofferraum öffnete. »Das Gepäck kannst du hier hineinwerfen«, sagte er zu mir und stieg dann in den Wagen, ohne auch nur den Anschein zu erwecken, mir beim Einladen behilflich sein zu wollen. Ich schob den übervoll beladenen Gepäckwagen hinter das Auto und machte mich still fluchend daran, die vielen schweren Gepäckstücke in den Kofferraum zu hieven.

Schon in London und auf dem knapp zehnstündigen Flug hatte ich im Stillen Verwünschungen gegen alles und jeden, aber im Besonderen gegen Jordan ausgestoßen. Eigentlich hatte ich nämlich gar nicht mitfliegen wollen und dies Puppy, nachdem ich wutentbrannt aus dem *Sputnik* geflohen war, auch lautstark kundgetan. Noch auf dem Weg zurück zu meiner WG hatte ich ihn, ungeachtet der späten Stunde, auf seinem Notfallhandy angerufen.

»Ja?«, hatte Puppy nach dem dritten Klingeln verärgert gefragt.

»Ich fliege morgen nicht mit auf die Malediven. Du musst jemand anderen einsetzen. Tom vielleicht oder wen auch immer«, hatte ich ohne Begrüßung losgepoltert.

»Ah, ja. Und warum sollte ich das tun?« Seine Stimme hatte bereits zu diesem Zeitpunkt gefährlich zischend geklungen, aber das hatte ich kaum wahrgenommen, denn die Wut hatte immer noch heiß in mir gebrodelt.

»Weil ich … na, weil ich …« In meinem Eifer hatte ich mir keinen plausiblen Grund für meine Absage überlegt, und die Wahrheit hätte ich ihm schlecht sagen können: *Weil Jordan mit dem Hosenträger-Lackaffen auf eine motherfucking Rockabilly-Party gegangen ist, auf der sie im Moment wahrscheinlich wild rummachen!* »Weil ich krank bin«, sagte ich.

»Alles klar, du bist also krank.« Seine Stimme hatte nun noch verärgerter geklungen. »Was hat der werte Herr denn für ein Leiden?«

»Äh … Grippe!« Etwas anderes war mir auf die Schnelle nicht eingefallen.

»Hör mir jetzt genau zu, denn ich werde mich nicht wiederholen«, schrie Puppy, sodass ich den Hörer ein Stück vom Ohr weghalten musste. »Du schwingst deinen Arsch genau zur vereinbarten Zeit an den Flughafen und ziehst deinen Job wie ein Profi durch. Denn wenn ich morgen höre, dass du auch nur eine Sekunde zu spät gekommen bist, wirst du dir wünschen, mir nie begegnet zu sein. Nur eine verfluchte Sekunde, und ich werde dich so fertig machen, dass du es bereuen wirst, je einen Fuß in diese gottverdammte Stadt gesetzt zu haben. Und wenn du dann denkst, dass ich mit dir fertig bin, dann hole ich unseren Vertrag aus der Schublade – den du dir damals besser durchgelesen hättest! Denn hättest du das getan, wüsstest du jetzt, dass du bei Vertragsbruch in diesem Leben kein Geld mehr verdienen wirst, das nicht umgehend in meine Tasche wandert.« Er hatte kurz Luft geholt, bevor er mit seinem Monolog endete. »Nur eine verdammte Sekunde zu spät, hörst du, nur eine Sekunde, und dir wird der Arsch auf Grundeis gehen!« Ein Knacken in der Leitung hatte das Ende des Gesprächs und damit mein Schicksal besiegelt.

In meinem Zimmer angekommen, hatte ich dann einen eingeschüchterten Blick in den Vertrag geworfen und festgestellt, dass Puppy richtig lag. Die Vertragsstrafe für eine grobe Verletzung würde gewaltig ausfallen. Also war ich notgedrungen mit auf die Malediven geflogen und stopfte nun bei dieser Affenhitze die letzte Tasche in den Kofferraum.

Als ich fertig war, schlug ich die Klappe zu, gab dem Gepäckwagen einen Stoß, sodass er zurück auf den Gehweg sauste und kurz vor dem Flughafengebäude zum Stehen kam. Die Mühe, ihn ordentlich in die Reihe zu den übrigen Gebäckwagen zu stellen, sparte ich mir. Antriebslos ging ich zur Beifahrerseite und setzte mich in den Wagen.

»Wir können los«, sagte ich und ignorierte den vorwurfsvollen Blick unseres Fahrers, der nach einigen schnellen Handgriffen schließlich losfuhr.

Zu meiner Erleichterung befand sich in der Limousine eine Trennscheibe zwischen den vorderen Plätzen und den Gästen, sodass ich Melody und Jordan weder sah, noch mit ihnen sprechen musste.

Okay, ich hatte mitfliegen müssen, aber ein Unterhaltungszwang war nicht Bestandteil des Vertrags.

Genervt sah ich zum Fenster hinaus und rief mir noch einmal meine Entscheidung ins Gedächtnis: Ich würde den Einsatz auf den Malediven durchziehen. Doch nach meiner Rückkehr würde Puppy meine Kündigung schneller auf seinem Schreibtisch haben, als Melody *Cocktail* rufen konnte. Und dann hieß es endlich: Bye, bye Jordan! Der Gedanke hielt mich aufrecht.

Wir fuhren eine Küstenstraße entlang, und ich blickte auf das türkisblaue Wasser, das am Horizont zu einem dunkelblauen Ozean wurde und mit dem Himmel verschmolz. Die Sonne stand hoch und beschien einige kleine Schäfchenwolken, die träge am Himmel standen, ohne ihre Form zu ändern. Ich entdeckte den herrlich weißen Sandstrand, nahm auch die Palmen wahr, deren Wedel sich leicht im Wind bewegten, aber meine Gedanken kreisten unablässig um Jordan, der hinter mir mit seiner Verlobten saß und sicherlich gerade die paradiesische Aussicht genoss.

Vergiss ihn, und mache einfach deinen Job, betete ich mir vor, doch es half nichts. Jordan hatte sich in meine Gedanken und in mein Herz gebrannt, und ich wusste nicht, wie ich ihn je wieder daraus verbannen sollte.

Die Fahrt dauerte nicht lange und führte uns an einen kleinen Hafen, von dem aus die Wassertaxis, Fähren und Privatboote ihre Passagiere zu einer der unzähligen Inseln brachten, auf der sich ihr jeweiliges Domizil befand. Unser Fahrer hielt, ließ die Trennscheibe hinuntergleiten und sagte: »Mrs. und Mr. Evans, wir sind am Hafen. Kommen Sie bitte mit, dann bringe ich Sie zu Ihrem Boot, das Sie zu Ihrer Villa fährt.«

»Danke«, sagte Jordan und kletterte aus dem Wagen, während Melody sitzen blieb, bis der Fahrer ihr die Tür aufhielt. Auch ich stieg aus und stellte erleichtert fest, dass es hier am Wasser nicht mehr so heiß wie am Flughafen war. Oder zumindest fühlte es sich nicht mehr ganz so tropisch an, denn eine leichte Briste wehte vom Meer herüber und ließ die Temperaturen etwas erträglicher erscheinen. Trotzdem fing ich wieder zu schwitzen an, als ich zum Kofferraum ging. Erstaunt sah ich, dass dieser bereits geöffnet worden war und sich Jordan daran machte, das Gepäck neben das Auto zu stellen.

»Oh, gnädiger Herr, Ihr müsst Euch doch nicht mit solch niederen Arbeiten abgeben. Lasst das doch Euer Personal machen! Wozu habt Ihr denn Leibeigene? Ich übernehme diese Aufgabe mit der allerhöchsten Hingabe für Sie«, raunte ich ihm giftig zu, ohne dass es Melody oder unser Fahrer hätte hören können. Ruckartig versuchte ich, ihm einen Koffer aus der Hand zu reißen, doch er ließ nur wiederwillig los und raunte mir dann ebenso leise zu: »Was ist denn jetzt schon wieder mit dir los, Ben? Du hast mehr Stimmungsschwankungen als Melody, das muss ich dir echt mal sagen. Den ganzen Flug über hast du dich schon verhalten wie eine Zicke.«

»Dann hättest du besser Kyle mit auf die Malediven genommen. Ich wollte den Job ohnehin an den Nagel hängen. Hätte Puppy mir nicht die Pistole auf die Brust gesetzt, dann wäre ich …«

»Was tuschelt ihr denn da hinten?«, fragte Melody und kam auf uns zu.

»Nichts«, sagten wir im Chor, sahen uns an und mussten grinsen. Sofort ärgerte ich mich über mein Schmunzeln, aber in diesem einen kurzen Moment hatte ich mich wieder mit Jordan verbunden gefühlt.

Melody lachte nicht. Im Gegenteil. Selbst durch ihre dunkle Sonnenbrille, die ihre Augen völlig verdeckte, konnte ich den tödlichen Blick spüren, mit dem sie erst

Jordan und dann mich ansah, bevor sie wortlos verschwand.

»Hör zu, Ben«, flüsterte Jordan jetzt. »Ich habe keine Lust, dir ständig Rechenschaft abzulegen, als wärst du meine Mutter.« Er stockte. »Okay, der Vergleich mit meiner Mutter hinkt, denn ihr war egal, was ich gemacht habe. Aber du weißt, was ich meine. Also im Klartext: Zwischen Kyle und mir läuft nichts, klar? Er ist ein sexy Typ, zugegeben, aber es ist nichts gelaufen. Null, niente, nada. Und jetzt mach dich locker und genieß den Urlaub. Hör auf, so eine Fresse zu ziehen und habe Spaß. Mach von mir aus Party oder was immer du willst. Hier ist das Paradies, Mann.« Er strahlte mich an und schleppte dann zwei Koffer zu einem Gepäckwagen, neben dem ein Junge stand und ihm die Koffer abnahm.

Meine Wut verflüchtigte sich nicht vollständig, doch zumindest zog sie den Rückzug an. Jordan hatte nichts mit Kyle gehabt. Ich konnte nicht umhin, festzustellen, dass mich das ein wenig mit Stolz erfüllte. *Im Gegensatz zu dir, du Lackaffe, hatte ich etwas mit Jordan,* rief ich ihm im Stillen über den Indischen Ozean zu. *Du kannst also deine Pomade nehmen und dir damit von mir aus deinen Hintern einfetten. Es wird dir nichts nützen! Ich bin derjenige, der zuletzt lacht.*

Trotzdem blieb Jordan ein unverbesserlicher Egoist, und ich tat besser daran, ihn möglichst schnell zu vergessen. Und, wenn ich es mir recht überlegte, gab es für das Vergessen schlechtere Orte als eine Insel im Paradies.

»Ben, mach schon, wir legen ab«, rief Melody mir zu. Sie saß bereits an Deck einer schicken, hellen Motorjacht, hielt ihren Hut fest, damit er nicht vom Wind ins Meer geweht wurde, und winkte mich zu sich heran. Jordan stand am Bug des Schiffes und sah zu dem Wasser hinunter. »Mel, hier wimmelt es von Fischen. Komm her, das musst du dir anschauen«, rief er begeistert.

Melody rührte sich nicht von der Stelle. »Dazu haben wir noch den ganzen Urlaub Zeit. Ich bin von dem Flug völlig erschlagen und möchte jetzt so schnell wie möglich die Villa erreichen.«

Ich kletterte auf das Boot, und Melody rief: »Es kann losgehen.« Und das tat es dann auch. Die kleine Yacht legte langsam tuckernd ab, doch als sie einen gewissen Abstand zur Küste gewonnen hatte, zeigte sie laut dröhnend, welche Kraft in ihr steckte und nahm gehörig an Fahrt auf.

Mochte ich gerade auch noch so schlecht gelaunt gewesen sein, und hatte ich diese Reise bis soeben auch verflucht – allein für diese wilde Fahrt über das kristallklare Wasser hatte sich mein ganzes bisheriges London-Abenteuer gelohnt. Als hätte der Fahrtwind, zusammen mit der milden Meeresbrise, alle negativen Gedanken aus mir herausgeblasen, starrte ich begeistert die Umgebung an und ließ sie auf mich wirken.

Um uns herum reihte sich eine Insel an die andere. Neben uns lieferten sich ein halbes Dutzend Delfine freudig springend und in einem irren Tempo ein Wettrennen mit unserem Boot. Auf der anderen Seite schaukelte ein Fischerboot idyllisch auf den sanften Wellen, während die Männer ihre Netze einholten. Und dort hinten! Falls mir meine Augen, geblendet von der gleißend hellen Sonne, keinen Streich spielten, sah ich in einiger Entfernung tatsächlich Orcas aus dem Meer springen und nach einem kleinen Tänzchen in der Luft wieder ins Wasser eintauchen.

Jordan hatte vollkommen Recht gehabt. Dies war das Paradis.

»Wir legen jeden Moment an«, rief uns unser Führer zu, der sich uns als Ayham vorgestellt hatte.

»Na endlich«, sagte Melody schmollend, aber ich beachtete sie nicht. Auch Jordan schien sie nicht wahrzunehmen. Er schaute gedankenverloren aufs Meer hinaus, das jetzt in allen erdenklichen Blautönen schimmerte: Azur, Indigo, Himmelblau und Türkis.

Kurz darauf legte die Yacht an einem schmalen Steg an, der über einen weißen Strand zu einem wunderschönen, mit Palmzweigen gedeckten Haus führte.

»Dieser Steg ist Ihr Privatsteg«, sagte unser Führer. »Sollten Sie eine der anderen Inseln besuchen wollen, so steht Ihnen jederzeit dieses Motorboot zur Verfügung.« Ayham zeigte auf ein Luxusgeschoss mit Sonnendeck, klatschte kurz und rief dann dem Jungen, der vorhin das Gepäck auf die Yacht gebracht hatte, etwas in der Landessprache Dhivehi zu, das ich nicht verstand. Daraufhin sprang der Junge auf den Steg und befestigte die Yacht an einem Pfosten, bevor er anfing, die Koffer und Taschen auf den Bootsanleger zu verfrachten.

»Folgen Sie mir bitte«, sagte Ayham, nachdem er auf den Holzsteg gesprungen war. Der Guide half Melody und Jordan von Bord, wartete, bis auch ich festen Boden unter den Füßen hatte und lief dann in Richtung des Strandhauses.

Schon von weitem sah die Villa malerisch aus. Sie fügte sich durch ihre niedrige Bauweise harmonisch in die Umgebung ein und war an den Seiten und nach hinten hin von hohen Palmen umgeben. Die Frontseite des Hauses hatte man vollkommen verglast, und so bot sich einem aus seinem Inneren heraus sicherlich ein atemberaubender Blick auf den Strand und den Ozean. Am beeindruckendsten aber sah der Pool aus, der geradezu aus der Villa herauszufließen schien.

Als wir näher kamen, sah ich, dass das tatsächlich der Fall war. Denn die großzügige Badewanne des halb offenen Badezimmers ging direkt in den Pool über.

»Dies ist Ihr Domizil«, sagte der Führer und öffnete die Haustür. »Bitte schön, treten Sie ein. Ich werde mich dann verabschieden. Wenn Sie etwas brauchen, melden Sie sich. Ich stehe stets zu Ihren Diensten.«

Er war bereits im Begriff, zu verschwinden, als Melody fragte: »Es gibt doch noch eine Hütte für das Personal, oder?«

Jordan sah sie irritiert an, und erst nach einem langen Moment kam die Information auch bei mir an. *Das Personal*, damit hatte sie mich gemeint.

»Ja, selbstverständlich. Die Hütte liegt etwas weiter hinten und ist von hieraus nicht zu sehen. Ich kann Ihrem ...«, Ayham suchte nach dem richtigen englischen Wort, »... Diener seine Räumlichkeiten gleich zeigen.«

»Machen Sie das«, sagte Melody trocken. Und an Jordan gewandt, piepste sie mit kindlich hoher Stimme: »Komm Schatz, lass uns das Haus erkunden. Es ist noch viel schöner als in den Prospekten. Wir müssen unbedingt schwimmen gehen. Nein, wir müssen an den Strand. Oder doch besser erst in den Pool.«

Jordan schien etwas sagen zu wollen, doch er kam nicht dazu, denn sie zog ihn mit sich ins Haus.

Der Führer wandte sich nun an mich. »Deine Hütte ist dort hinten. Komm, ich zeige sie dir.«

Ayham und ich gingen den Bootssteg ein Stück zurück zum Meer, doch nach ein paar Metern nahmen wir eine Treppe, die hinunter auf den weißen Sandstrand führte.

»Gleich dort drüben ist es.« Er zeigte auf eine kleine Hütte, die leicht versetzt hinter dem Haupthaus unter Palmen stand. »Sie ist längst nicht so schön wie die Villa, aber ich wäre froh, wenn ich für mich und meine Familie ein solches Haus hätte.«

»Lebst du nicht hier?«, fragte ich ihn.

Er lachte trocken. »Nein, wo denkst du hin? Diese Insel gehört zu den Urlaubsinseln. Hier darf niemand von uns wohnen. Wir wohnen auf den Inseln, die für die Einheimischen bestimmt sind.«

»Hier gibt es Inseln, die für die Einheimischen tabu sind?«, fragte ich erstaunt.

»Ja. Bis vor einigen Jahren war es sogar so, dass auch die Urlauber nicht unsere Inseln besuchen durften. Es gab zwei streng voneinander getrennte Inselsysteme, und nur das Hotelpersonal durfte sich auf beiden aufhalten. Erst letztes Jahr hat die erste Urlauber-Lodge auf einer Einheimischen-Insel eröffnet – eine echte Sensation war das. Jedenfalls ist es den Feriengästen seitdem auch erlaubt, unsere Inseln zu besuchen.«

Ich war irritiert. »Das verstehe ich nicht. Wieso denn diese Trennung?«

Nun sprach Ayham nicht mehr, er flüsterte: »Du musst wissen: Die Malediven sind muslimisch geprägt, und unsere Regierung setzt alles daran, dass das auch durch und durch so bleibt. Kirchen sind verboten, Religionsfreiheit gibt es nicht. Jedem, der nicht Muslim ist, wird die Staatsbürgerschaft entzogen. Doch das soll natürlich nicht nach außen dringen, und so versucht der Staat, uns so gut es geht von den Touristen abzuschotten.« Verstohlen sah er sich um. »Aber ich sollte besser nicht darüber sprechen, also Schluss mit dem Thema! Wir sind jetzt ohnehin an deiner Hütte angelangt.« Er öffnete die Tür, und wir traten ein.

»Schön«, sagte ich sofort und meinte es auch so. Natürlich konnte man die Holz-Stroh-Hütte in keinem Punkt mit der Strandvilla vergleichen. Hier war alles einfach und auf das Nötigste beschränkt. Doch genau das machte den Charme aus. Der Raum, in dem wir uns gerade befanden, umfasste ein Bett, einen Tisch mit Stühlen sowie eine kleine Küche, die zwar einfach ausgestattet war, aber sauber und gemütlich wirkte. »Das Badezimmer ist dort drüben.« Ayham deutete auf einen Vorhang, hinter dem es wohl noch einen Raum gab. »Aber du kannst genauso gut ins Meer gehen«, sagte er.

Ich setzte mich an den Tisch, und auf der Stelle legte sich ein Lächeln auf mein Gesicht. Denn die Aussicht war ein Traum. Wohin ich auch sah, überall war ich von weißem Puderzuckersand und kristallklarem Meereswasser umgeben. »Wahnsinn, diese Farben«, sagte ich. »Wie aus einem Bilderbuch.«

»Ja, es ist wunderschön hier. Wusstest du, dass es der Legende nach ein Maler gewesen sein soll, der die Malediven erschaffen hat?«

Ich schüttelte mit dem Kopf, doch Ayham beachtete mich nicht, sondern sah mit einem melancholischen Blick ebenfalls aus dem Fenster. »Mit dem Weiß des Korallensands begann der Maler, unser Insel-Paradies zu schaffen. Du musst wissen: Weiß steht für den Anfang«, sagte er und nickte leicht. »Dann nahm der Maler das Türkis des Meereswasser und platzierte es als Kontrast vor dem weißen Sand. Denn Türkis stimmt nicht nur fröhlich, sondern auch nachdenklich, genau wie wir Malediver es heute sind. Und zu guter Letzt setzte er die Farbe der Sehnsucht, der Stille und der Ruhe – das Blau der Atolle – dazu. So zumindest erzählt man es sich«, sagte Ayham noch immer in die Ferne blickend.

»Die Vorstellung, dass hier ein Künstler am Werk war, gefällt mir«, sagte ich. »Es muss toll sein, wenn man das ganze Jahr auf den Malediven verbringen kann. Wie viele Menschen leben denn hier im Paradies?«, fragte ich.

»Keine Ahnung«, Ayham zuckte mit den Achseln, »es sind so unglaublich viele Inseln, dass ich das nicht weiß.«

»Und auf welcher Insel lebst du mit deiner Familie?«

»Wir wohnen, wie fast alle vom Personal, auf der Hauptstadt-Insel Malé. Aber das kannst du nicht mit dem Leben in den Urlaubsresorts vergleichen.« Ayhams Gesichtsausdruck verfinsterte sich, und er sprach nicht weiter.

Bisher hatte ich mir keine Gedanken über die Situation der Einheimischen gemacht, aber wie es sich anhörte, klaffte auf den Malediven wohl eine gewaltige Lücke zwischen dem, was die Touristen zu sehen bekamen und dem Leben der einfachen Leute.

»Immerhin lebst du auf einer Insel, und ihr habt das Meer, die Sonne und den Strand«, warf ich ein, denn ich wollte Ayham etwas aufmuntern.

»Pah«, sagte er nur, und sein Gesicht wurde noch ernster. »Malé platzt aus allen Nähten. Der Dreck und der Müll machen vor dem Strand nicht halt. Manchmal habe ich das Gefühl, als würde Malé vor lauter Menschen einfach untergehen. Wie ein Boot, das zu viele Passagiere an Bord hat. Aber ich will mich gar nicht beklagen. Immerhin habe ich den Job hier, und der wird weit besser bezahlt als die meisten anderen. Mit meinem Gehalt kann ich sogar noch die Familie meiner Frau unterstützen. Ohne mich hätten sie nicht einmal einen Dollar am Tag. Kannst du dir das vorstellen?«

Ehrlich gesagt, konnte ich mir das ganz und gar nicht vorstellen. Zwar hatte auch ich nie zur englischen Oberschicht gehört, nicht eimal zur gehobenen Mittelschicht, aber von Armut hatte ich keine Ahnung. Ein bisschen verlegen überlegte ich, ob ich Ayham den Zehn-Pfund-Schein zustecken sollte, den ich noch aus London in meiner Hosentasche hatte. Doch wahrscheinlich hätte ihn das in Verlegenheit gebracht, also ließ ich das Geld, wo es war.

»Ich weiß gar nicht, warum ich dir das alles erzählt habe.« Ayham sah mich ängstlich an. »Sag niemandem etwas davon, okay? Ich komme sonst in große Schwierigkeiten, und ich brauche meinen Job.«

»Keine Angst, wir vom Personal halten zusammen«, sagte ich und klopfte ihm verständnisvoll auf die Schulter.

»Ich muss jetzt auch dringend weiter.« Ayham wirkte nun nervös. »Das nächste Flugzeug landet in einer Stunde mit neuen Gästen. Also bis dann.«

Zum Abschied gab er mir kurz die Hand, und schon sah ich ihn den weißen Sandstrand entlanglaufen.

Ich nahm meine Reisetasche, stellte sie in eine Ecke und war mit einem Mal ganz nachdenklich. Was mir Ayham erzählt hatte, war deprimierend. Noch einmal würde ich sicher nicht hierher reisen. Doch ich hatte es mir nicht ausgesucht. Also würde ich jetzt einfach das Beste daraus machen und versuchen, die schönen Seiten zu genießen. Und schön war es hier in der Tat. Traumhaft schön sogar. Wie herrlich musste es beispielsweise sein, am Strand unter einer Palme ein Nickerchen zu machen? Die Vorstellung ließ mich glücklich schmunzeln. Doch ich musste zurück zur Strandvilla, denn mein Arbeitstag würde erst mit dem Sonnenuntergang enden, und das würde noch ein paar Stunden dauern.

Also zog ich das Sakko und mein T-Shirt aus, machte mich frisch und schlüpfte in ein schwarzes Hemd, das gut zu meiner beigen Leinenhose passte. Genau das richtige Outfit für meinen Einsatz als Cocktailmixer, Bodyguard, Dienstboten, Mädchen für alles, dachte ich und machte mich auf den Weg zurück zum Haupthaus.

Noch bevor ich die Strandvilla erreicht hatte, hörte ich Melody und Jordan ausgelassen im Pool herumalbern. Ich bog um die Ecke und sah, wie sie ihm Wasser ins Gesicht spritzte, woraufhin er ihren Kopf untertauchte.

Schön, dass das Traumpaar Spaß hatte. Genervt atmete ich aus, als mein Blick auf die Pool-Bar fiel, hinter der ein hübscher, einheimischer Barkeeper stand und mit ausholenden Bewegungen einen Cocktail mixte. Hatte Puppy nicht gesagt, dass das in meinen Aufgabenbereich fallen würde? Dass sich nun ein anderer Typ darum kümmerte, konnte nichts Gutes bedeuten. Sicher hatte sich Melody eine andere Aufgabe für mich ausgedacht, mit der sie mich drangsalieren konnte.

Missmutig trat ich an den Pool, doch dann geschah etwas, mit dem ich nicht gerechnet hatte. Melody rief mir, für ihre Verhältnisse erstaunlich freundlich, zu:

»Ben, mein Lieber! Du kannst dir den Rest des Tages frei nehmen. Und morgen reicht es, wenn du gegen Mittag oder sagen wir gegen Nachmittag mit der Arbeit beginnst.«

Ich schaute sie erstaunt an. Jordan tauchte gerade neben ihr auf, spuckte eine Fontäne Poolwasser in meine Richtung und rief mir zu: »Mach dir einen schönen Abend, Ben.«

Das ließ ich mir nicht zwei Mal sagen. Zwar wusste ich nicht, mit was ich mir so viel Freizeit verdient hatte, doch was spielte das für eine Rolle? Malediven, ich komme, dachte ich und machte, dass ich weg kam, bevor Melody es sich doch noch einmal anders überlegen konnte.

Kapitel 18

Die wenigen Stunden, bis die Sonne untergehen würde, wollte ich unbedingt am Strand verbringen. Ich beeilte mich, in meine Hütte zu kommen, denn ich konnte es kaum erwarten, mich meiner Dienstklamotten zu entledigen. In Rekordzeit kam ich an, warf meine Hose in eine Ecke, ließ das schwarze Hemd und den gesamten Rest hinterherfliegen und zog mir geschwind meine Badeshorts an. Dann schnappte ich mir ein Handtuch und rannte aus meinem Strandhäuschen über den heißen Sand direkt ins Meer.

Das Wasser war herrlich warm, bot bei den tropischen Temperaturen aber trotzdem eine angenehme Abkühlung. Vergnügt schwamm ich mit kräftigen Zügen los. Und bereits nach wenigen Augenblicken bereute ich es, keine Taucherbrille mitgenommen zu haben, denn um mich herum schwammen kleine Fische in den schillerndsten Farben. Hier zu schnorcheln, musste beeindruckend sein. Doch auch das Schwimmen war ein Erlebnis. Kraulend zog ich durch das stille, kristallklare Wasser und spürte die wärmenden Strahlen der Abendsonne.

Nach einiger Zeit ließ ich mich zurück an den Strand treiben und blieb plantschend im seichten Wasser sitzen. Keine Ahnung, wie lange ich mir im Meer die Zeit vertrieben hatte, doch es musste mindestens eine Stunde

gewesen sein, denn die Sonne begann allmählich unter-
zugehen. Also ging ich zurück an den Strand, setzte
mich auf mein Handtuch und sah der Sonne dabei zu,
wie sie nach und nach im Meer versank.

»Das ist wundervoll, oder?«, hörte ich eine Stimme
hinter mir.

Erschrocken fuhr ich herum, denn ich hatte niemanden kommen gehört. Hinter mir stand ein junger Mann
und schaute erst in die untergehende Sonne und dann
zu mir herab. Seine Augen waren so dunkel, dass sie im
Licht des Abendrots fast schwarz wirkten, doch sie
strahlen dennoch eine freundliche Wärme aus. Die
weißen Zähne, die sein Grinsen entblößte, zeichneten
sich deutlich in seinem dunklen Gesicht ab.

Jetzt erkannte ich ihn. Er war der Typ, der vorhin
hinter der Bar gestanden und Cocktails gemixt hatte.

»Ja, wirklich wunderschön«, sagte ich und meinte den
Sonnenuntergang. Aber ich hätte auch ihn meinen können, dachte ich, denn so wie der Typ aussah, hätte er
sich perfekt für die Rolle des schönen Hauptdarstellers
in einem Bollywood-Film geeignet.

»Darf ich mich setzen?«, fragte er höflich. Sein Englisch war nicht perfekt, aber ich verstand ihn dennoch
sehr gut.

»Klar doch. Der Strand ist groß genug, da haben wir
beide Platz.«

»Danke« Er ließ sich neben mir in den Sand fallen
und sagte: »Ich heiße Saj.«

»Hallo Saj. Ich heiße Ben.«

»Guten Tag, Ben.« Erneut grinste er mich an und sah
mir tief in die Augen. Wow, das waren Augen, in denen
sich sicherlich schon das ein oder andere Mädchen verloren hatte. Oder die ein oder andere Urlauberin, dachte
ich und musste lachen.

»Was ist lustig?«, fragte er und lachte mit.

»Ach, gar nichts.« Schnell wechselte ich das Thema.

»Machst du gerade eine Pause, oder hast du bereits frei bekommen?«

»Nein, keine Pause. Feierabend. Das ist eigentlich viel zu früh, aber die Herrschaften haben sich bereits in die Gemächer zurückgezogen.« Er zwinkerte mir vielsagend zu, doch ich dachte nur: *Das, was du denkst, werden Melody und Jordan ganz bestimmt nicht miteinander in den Gemächern machen.*

»Wohnst du hier auf der Insel?«, fragte ich, doch bereits im nächsten Moment fiel mir ein, was mir Ayham über die Urlauber-Inseln verraten hatte.

»Nein, nein«, antwortete Saj dann auch erwartungsgemäß. »Ich werde später zurück zur Hauptstadt gebracht. Aber bis dahin ist noch Zeit. Also kann ich ein bisschen hier sitzen und das Meer ansehen.«

Doch anstatt zum Ozean zu schauen, sah er mir weiter tief in die Augen. Bildete ich mir es ein, oder flirtete Saj mit mir? Unsinn, dachte ich. Wie wahrscheinlich war es, dass der einheimische Barmann, der gerade Melody einen Cocktail gemixt hatte, Interesse an Männern hatte?

Ich löste meinen Blick von seinen Augen und sah aufs Meer hinaus. Die Hälfte der Sonne war bereits im Ozean versunken, und es würde nicht mehr lange dauern, bis auch der Rest von ihr verschwand und Platz für die Nacht machte.

»Ist es okay, wenn ich kurz ins Meer springe?«, fragte mich Saj vorsichtig. »Eigentlich dürfen wir hier nicht schwimmen, aber wenn du nichts sagst …«

»Von mir wird niemand etwas erfahren«, sagte ich.

Saj sprang auf, zog Hose, Shirt und Schuhe aus und warf zum Schluss auch seine Unterhose in den Sand. Taktvoll blickte ich weiter aufs Meer, aber als er mit übermütigen Bewegungen in die Wellen rannte, schaute ich ihm doch nach. Sein dunkelbrauner Rücken war wie gemeißelt, und sein kleiner Apfelhintern schaukelte reizvoll, als er durch das seichte Wasser trabte. Ich war wie verzaubert und konnte meinen Blick nicht von seinem knackigen Po lösen. Erst als er mit einem Kopfsprung ins Meer sprang und in den Fluten verschwand, konnten sich meine Augen lösen.

Saj sah wirklich sexy aus, befand ich und fragte mich, ob er in Jordans Beuteraster fiel.

Verärgert über mich selbst, schüttelte ich den Kopf, denn da bot sich mir ein sexy Anblick, und was tat ich? Ich dachte über Jordan nach.

Wenige Minuten später sah ich eine Silhouette vor dem glühend roten Abendhimmel aus dem Wasser auf-tauchen. Saj kam langsam auf mich zu, doch ich konnte nur seine Umrisse – breite Schultern, schmale Taille, kräftige Beine – vor dem letzten Rest der Sonne erkennen.

»Das hat gut getan«, sagte er, als er schließlich neben mir stand. Die Wassertropfen funkelten auf seinem schokobraunen Körper, und mit einer Hand wuschelte er sich durch die nassen, kurzen Haare. »Willst du nicht noch mal mit ins Wasser?« Seine Augen funkelten mich an.

»Nein, ich glaube nicht«, sagte ich, während mein Blick flüchtig von seiner Brust über den flachen Bauch bis zu seinem Penis glitt, ohne dass ich es hätte verhin-dern können.

Sajs Augen verrieten mir, dass es ihm nicht ent-gangen war, doch ich konnte keinen Widerwillen in ih-nen erkennen. Im Gegenteil. Er sah erfreut aus und ließ nun seinen Blick über meinen Körper wandern.

Trotz der tropischen Temperaturen durchfuhr mich ein wohliger Schauer, während er mich ansah.

»Kann ich dein Handtuch haben, um mich …« Er suchte nach dem richtigen Wort.

»Abzutrocknen?«, half ich ihm.

»Ja, genau. Um mich abzutrocknen?«

»Klar«, sagte ich und beeilte mich aufzustehen, um ihm das Handtuch reichen zu können, auf dem ich saß.

»Danke«, sagte er und begann sich langsam abzutrocknen, ohne mich dabei aus den Augen zu lassen. »Wohnst du in der Villa?«, fragte er mich.

»Nein, ich gehöre wie du zum Personal. Ich schlafe in einer Hüte dort drüben.«

Nun trocknete er seinen Penis ab, doch das tat er so langsam, dass es aussah, als würde er ihn massieren, statt nur abzureiben. Unwillkürlich regte sich etwas zwischen meinen Beinen, als ich ihm verstohlen dabei zusah. Zum Glück hatte ich meine Badeshorts an, ansonsten hätte es peinlich werden können. Doch als Saj mir das Handtuch zurückreichte, bemerkte ich, dass sich auch zwischen seinen Beinen etwas getan hatte. Gut durchblutet hing sein Penis prall zwischen seinen Schenkeln.

Mein Herzschlag beschleunigte sich, denn jetzt war es offensichtlich: Saj flirtete mit mir. Und mehr noch. Ganz offensichtlich war er scharf auf mich.

Mach dich locker und hab Spaß, hallten Jordans Worte durch meinen Kopf, als ich spürte, dass meine Gefühle die Kontrolle über mich übernahmen.

»Willst du meine Hütte sehen?«, fragte ich Saj unverblümt, und mein Herz hämmerte in meiner Brust, als wollte es herausspringen. Das war sicher nicht die originellste Art, einen schönen, jungen Burschen anzumachen, aber etwas Besseres hatte mir partout nicht einfallen wollen.

»Klar, zeig sie mir.«

Ich stand auf und hoffte, dass mein bestes Stück in meiner Shorts kein verräterisches Zeichen von sich geben würde. Doch selbst wenn. Wäre das so schlimm? Ich bezweifelte es, denn Saj ließ mich nicht mehr aus den Augen und warf mir einen eindeutigen Blick zu.

Zusammen gingen wir den Strand hinauf, und beide wussten wir, was folgen würde.

Kapitel 19

Nachdem wir die Hütte betreten hatten, gab es keine Unsicherheiten mehr. Sowie die Tür sich hinter uns geschlossen hatte, begann Saj, mich ungestüm zu küssen. Und da er immer noch vollkommen nackt war, sah ich, dass sich sein zuvor halb erigierter Penis nun zur vollen Größe aufgestellt hatte und sich seine helle Eichel deutlich von der dunklen Haut abhob.

Ich erwiderte seinen Kuss, etwas in mir sträubte sich jedoch. Saj aber ließ sich nicht bremsen. Wild küssend, zog er mich fester an sich, und ich spürte seinen harten Schwanz an meiner Badeshorts. Auch mein Penis zuckte erwartungsvoll zwischen meinen Beinen. Gegen die Biologie war man als schwuler Mann wohl doch machtlos, stellte ich fest. Dennoch stieg mein Widerwille mit jeder Sekunde, die verstrich.

Dass ich plötzlich nicht mehr wollte, lag nicht an Saj. Er war jung, begehrenswert und definitiv nicht der Typ, den man von der Bettkante stieß. Es lag an Jordan. So sehr ich mich auch dagegen sträubte, immer wieder tauchte er als Bild in meinem Kopf auf.

Gerade, als ich Saj vorsichtig von mir wegdrücken wollte, flog mit einem lauten Krachen die Tür auf und knallte gegen die Wand. Ein knirschendes Splittern drang durch den Raum, und für den Bruchteil einer Sekunde glaubte ich, Jordan käme zu mir und würde Saj packen und von mir wegzerren. Doch stattdessen legte sich ein brauner Männerarm um meinen Hals und riss mich brutal von Saj fort. Ich bekam keine Luft mehr, und schon begannen dunkle Sterne, vor meinen Augen zu tanzen. Mir schwanden die Sinne, aber ich sah noch, dass Saj ebenfalls gepackt worden war. Zwei Kerle in grauen Uniformen hielten ihn fest.

Panik stieg in mir hoch, denn noch immer hielt der Arm des Typen meinen Hals wie einen Schraubstock umklammert und ließ mich nicht atmen. Instinktiv schaltete mein Körper auf *Überleben* um. Ich stieß meinen Ellenbogen mit der letzten Kraft, die mir noch geblieben war, zurück und hörte ein leises Knacken, als ich meinen Angreifer in der Mitte des Brustkorbs traf. Der Würgegriff lockerte sich, und meine Lungen schrien auf, als ich sie heftig einatmend mit Sauerstoff füllte. Ganz von meinen Reflexen geleitet, ballte ich die Hand des Arms, dessen Ellenbogen gerade noch den Solarplexus meines Peinigers gerammt hatte, zur Faust und stieß sie ihm zwischen die Beine. Er stöhnte auf und krümmte sich, sodass ich mich seitlich unter seinem Würgegriff herauswinden konnte.

Helle Lichtblitze durchzuckten die Hütte, doch ich achtete nicht auf sie, sondern griff meinem Gegner ins Gesicht, drückte seinen Kopf nach hinten und brachte ihn über mein ausgestrecktes Bein zu Fall. Im nächsten Moment war es, als explodierte etwas auf meinem nackten Rücken, und ich brach zur Seite hin weg. Bei dem Versuch, mich auf den Beinen zu halten, sah ich, dass es ein Gummiknüppel gewesen war, der mich mit voller Wucht in die Seite getroffen hatte. Ich taumelte, doch ich fiel nicht. Der Knüppel wurde ein zweites Mal gehoben und sauste mit einem leisen Wusch erneut auf mich zu, nur dass er jetzt nicht auf meinen Rücken, sondern auf meinen Hals zielte. Intuitiv wusste ich, dass ich seiner Reichweite entkommen musste. Ich zog den Kopf ein und versuchte, mich über den Boden abzurollen. Fast glaubte ich, es geschafft zu haben, als mich der Schlagstock statt im Nacken am Hinterkopf traf.

Für einen Augenblick schien alles zu erstarren. Die wutentbrannten Gesichter der Uniformierten verharrten in ihren Grimassen. Der nackte Saj, mit seinen vor Angst geweiteten Augen, wand sich nicht länger zwischen seinen zwei Aggressoren. Und selbst die Lichtblitze blieben in der Hütte stehen und füllten sie mit gleißender Helligkeit.

Davon geblendet, schloss ich meine Augen. Als ich sie wieder öffnete und die Welt wieder begann, ihr normales Tempo aufzunehmen, sah ich, dass es sich bei dem hellen Licht um den Blitz einer Fotokamera handelte, mit der ein weiterer Uniformträger unentwegt Bilder schoss. Ich versuchte, mich abzuwenden. Doch vergebens.

Das Nächste, das ich wahrnahm, war, dass ich hart auf dem Flickenteppich aufschlug, dessen grelle Farben sich mit den hellen Sternen mischten, die vor meinen Augen tanzten.

»Polizei! Hier Polizei!«, hörte ich einen der uniformierten Männer wie aus weiter Ferne und in gebrochenem Englisch rufen. Dann wurde es schwarz um mich herum.

Kapitel 20

Einen solch starken Regen hatte ich schon lange nicht mehr erlebt. Nass und kalt klatschten mir wahre Fluten von Wasser ins Gesicht, und ich hatte Mühe, mit dem Fahrrad voranzukommen. Der für Englands Küsten typische Wind wehte mir entgegen, sodass es sich anfühlte, als würde ich auf der Stelle fahren. So sehr ich auch in die Pedale trat – das alte, schwarze Fahrrad meiner Mutter, auf dem ich fuhr, bewegte sich keinen Millimeter von der Stelle. Trotzdem fiel ich nicht herunter.

Hinter mir, auf dem Gepäckträger, saß Jordan und feuerte mich an, doch ich verstand ihn nicht richtig. Zwar war seine Stimme lauter und tiefer, als ich sie in Erinnerung hatte, doch ich konnte keinem seiner Worte einen Sinn zuschreiben. »Was meinst du?«, rief ich ihm über die Schulter zu, aber er antwortete nicht, sondern brüllte immer weiter.

Klatsch. Der Sturm trieb mir mit einer kräftigen Böe einen weiteren Regenguss ins Gesicht, und Jordan brüllte ohne Unterlass.

»Was willst du mir sagen?«, rief ich ihm zunehmend verzweifelt zu. Klatsch. Wieder Wasser.

Dann sah ich etwas Gelbes auf mich zufliegen, und erneut schwappte mir Wasser entgegen. Ein Schwamm, dachte mein Gehirn träge, ohne den Sinn dahinter zu verstehen. Nur langsam verstand ich, was gerade geschah, und ebenso langsam begann der Raum um mich herum Formen anzunehmen.

Dies hier war nicht England, und ich saß auch nicht auf einem Fahrrad. Nein, ich saß, oder besser gesagt, ich kauerte auf einem harten Holzstuhl, von dem ich nur deshalb nicht herunterfiel, weil meine Hände auf dem Rücken an den Stuhl gefesselt waren. Und es war auch nicht Jordan, der mich anbrüllte, sondern ein dicker Uniformierter, der mir auf einem Bürostuhl gegenübersaß, einen gelben Schwamm in einen Plastikeimer tauchte und mir erneut einen Schwall Wasser ins Gesicht klatschte. Als er sah, dass ich wieder zu Bewusstsein kam, verstummte sein Brüllen, und er winkte einem zweiten Mann zu, der im Zwielicht des fensterlosen Raums patrouillierte. Dieser Mann trug keine Uniform, sondern einen grauen Anzug, der für seine hagere Gestalt zu weit war, und in seiner Hand hielt er eine abgewetzte, braune Ledertasche. Zu mir kommend öffnete er sie und holte eine Taschenlampe heraus.

Mir stockte der Atem. Wo war ich? Und was sollte das alles? Doch noch sollte ich keine Antworten bekommen. Stattdessen beugte er sich der Anzugträger so weit zu mir herunter, dass sein Gesicht dicht vor meinem schwebte und ich seinen fauligen Atem riechen konnte. Der Geruch von ranzigem Fisch und billigem Rotwein ließ Übelkeit in mir aufsteigen, und ich versuchte, mich von ihm wegzudrehen, was mein Kopf mit einem höllischen Schmerz quittierte. Der Mann zog grob an meinem Kinn und schob damit meinen Kopf zurück in seine Ausgangsposition, was die Schmerzen erneut befeuerte und mich aufstöhnen ließ. Dann riss er abwechselnd mein linkes und mein rechtes Augenlid auf und leuchtete dabei mit der Taschenlampe in die Pupille.

Als ich aufschrie, ließ er von mir ab, sah den Uniformierten an und sagte etwas in der Landessprache Dhivehi, woraufhin der Typ in Uniform zufrieden nickte.

Einige Sekunden geschah nichts. Dann steckte der Anzugträger seine Taschenlampe zurück in die Ledertasche, gab dem anderen Mann die Hand und verabschiedete sich.

»Weißt du, wo du bist?«, fragte der Uniformierte in kaum verständlichem Englisch, als wir zu zweit waren.

»Nein«, wollte ich antworten, doch es kam nur ein Krächzen aus meinem Mund, und mein Kopf sank erneut zurück auf meine Brust. Dabei stellte fest ich, dass ich ein grobes, dunkelgraues Hemd trug, aber noch immer meine bunten Badeshorts anhatte.

Wieder spritzte mir eine Ladung Wasser ins Gesicht, und ich hob schmerzhaft meinen Kopf.

»Rede endlich!«, schrie der Typ mich an.

Jetzt kam die Angst aus ihrem Versteck und begann sich in mir auszubreiten. Hatte ich bis soeben noch versucht, irgendwie bei Bewusstsein zu bleiben, begann ich nun, meine ausweglose Lage zu begreifen. Männer in Uniform hatten meine Hütte am Strand gestürmt, und sie hatten den Barkeeper und mich brutal zusammengeschlagen. Uniformierte. Polizei. Sie hatten »Polizei!« geschrien, wenn ich mich recht erinnerte. Aber wieso sollte mich die Polizei verhaften? Warum war ich plötzlich nicht mehr im Paradies, sondern in der Hölle an einen Stuhl gefesselt?

»Nein, ich weiß nicht, wo ich bin«, sagte ich, und meine Worte wurden langsam verständlicher.

»In der Polizeiwache in Malé.«

Malé? Fieberhaft versuchte ich mich zu erinnern, und dann begriff ich. Wir befanden uns in der Hauptstadt der Malediven auf einem Polizeirevier.

Der Polizist spuckte mir ins Gesicht. Angewidert wollte ich mich abwenden und zerrte an meinen Fesseln, doch ich konnte mich nicht bewegen, und so lief mir sein Speichel die Wange hinunter. Scham und Angst wechselten sich in mir ab, als rangen sie miteinander um die besten Plätze.

»Du Abschaum! Wir werden dich zur Rechenschaft ziehen, aber Allah wird die größte Strafe über dich bringen.«

Er rief etwas, das ich nicht verstand, und zeitgleich kamen zwei junge Polizisten auf mich zu. Der eine hielt mich fest, während der andere die Fesseln löste, die mich an den Stuhl ketteten. Gemeinsam zogen sie mich hoch und schoben mich durch den Raum zur Tür. Wie ein Betrunkener schwankte ich beim Laufen und wäre sicher gestürzt, wenn die beiden mich nicht unsanft gehalten hätten.

»Wo bringt ihr mich hin?«, fragte ich keuchend.

»Ruhe!«, dröhnte die Stimme des dicken Bullen hinter mir, und ich verstummte.

Die beiden jungen Cops brachten mich durch weit verzweigte, aber ausnahmslos fensterlose Gänge. Das kalte Licht der Neonröhren ließen das Grau der Betonwände heller strahlen, als es in Wirklichkeit war, doch viele der Röhren flackerten bereits und machten damit auf ihr nahes Ende aufmerksam.

Als wir um eine weitere Ecke bogen, kamen wir in den Gefängnistrakt, wo die Türen nur noch aus Gittern bestanden. Dahinter erblickte ich die Körper von Menschen. Sitzend, kauernd oder liegend. Mal befand sich nur ein einzelner Mann in einer Zelle, ein anderes Mal waren ein Duzend oder noch mehr darin eingeschlossen. Doch allen Zellen gemeinsam war, dass keiner der Gefangenen etwas sagte, als wir den Gang entlangliefen. Überall herrschte eine gespenstische, angsterfüllte Stille.

Vor einer der hinteren Zellen blieben wir stehen, und ich nahm den Kopf hoch, um hineinzusehen. Mit flüchtigem Blick erkannte ich drei Männer, und hier hatten sie zudem eine Frau eingesperrt. Sie kauerte in einer Ecke und hatte den Kopf zwischen ihren Knien in ihr Kleid gelegt. Niemand der Gefangenen schaute zu uns auf, als einer der jungen Polizisten die Gittertür aufschloss, die Frau etwas zur Seite schob, mich mit einem brutalen Stoß hineinwarf und sie wieder schloss.

Ich hörte die Wärter wortlos den Gang zurücklaufen und versuchte mich aufzurappeln. Es gelang mir nicht. Dann, nach einigen schmerzhaften Versuchen, schaffte ich es aber doch. Gekrümmt zog ich mich bis zur Wand, wo ich mich neben die Frau setzte und meinen dröhnenden Kopf, genau wie sie es tat, in die Knie legte.

Verdammte Scheiße, was war nur geschehen? Wie hatte ich hier hineingeraten können und vor allem warum? Wo war er geblieben, der Garten Eden mit seinem weißen Strand, seinen vielen Palmen und dem türkisblauen Wasser? Nichts war davon geblieben. Stattdessen war es, als wäre ich Teil einer Reportage der *BBC Documentary* über eine Diktatur im Nahen Osten. Doch ich saß nicht vor dem Fernseher. Nein, ich war einer der armen Tölpel, den sie, aus welchen Gründen auch immer verschleppt und in irgendein Loch gesteckt hatten, um ihn dort zu verrecken lassen. Den letzten Gedanken verdrängte ich so schnell, wie er gekommen war. »Fuck«, fluchte ich leise und versuchte, den Kloß hinunterzuschlucken, der sich in meinem Hals bildet hatte. Ich schluckte und schluckte, doch er blieb und verstärkte meine Angst.

»Du bist Engländer, oder?«, flüsterte mir die Frau, die neben mir saß, kaum hörbar, aber in sehr gutem Englisch ins Ohr.

Ich war erleichtert, meine Sprache zu hören und blickte auf, worauf mein hämmernder Kopf mit einigen schmerzhaften Extraschlägen reagierte. Dann der nächste Schock. Das Gesicht der Frau sah schwer entstellt aus. Sie war misshandelt worden. Eine Seite ihres Gesichts war stark angeschwollen. Blutergüsse leuchteten in Rot, Blau, Grün und Gelb. Außerdem konnte die Frau nur noch ein Auge öffnen, das andere war wie bei einem Profiboxer, der sich durch die letzte Runde quälte, komplett zugeschwollen. Über der Augenbraue sickerte ein dünner Faden Blut an ihrem Gesicht herab, den sie allerdings nicht zu bemerken schien. Ich hingegen konnte meinen Blick vor Entsetzen kam davon lösen. Dann aber sah ich noch etwas: Es war keine Frau, die neben mir saß. Es war ein Mann. Ein junger Mann in einem Frauenkleid.

»Ja, ich komme aus England«, sagte ich zu ihm. Oder besser gesagt, zu ihr. Denn allem Anschein nach wollte der junge Mann lieber eine Frau sein.

»Woher kannst du so gut Englisch?«, hakte ich nach.

»Mein Vater war Amerikaner«, sagte sie. »Ich bin Shiya. Und wie heißt du?«

»Ben«, antwortete ich knapp.

»Warum bist du nur in diesen gottverdammten Staat gekommen, Ben?«, fragte sie, und ich konnte ihr keine Antwort darauf geben. Zumindest keine, die erklärt hätte, warum ich hier im Knast gelandet war.

»Keine Ahnung, wie ich hier hineingekommen bin«, sagte ich und sprach damit aus, was ich dachte. »Warum haben sie dich hierher gebracht?«

Sie seufzte. »Siehst du das nicht?«

Nein, ich sah es nicht. Oder vielleicht doch. »Weil du in Frauensachen herumläufst?«

Anstatt mir zu antworten, schnaubte sie und sagte: »Ihr Urlauber seid so blind. Ihr wollt nur die Strände, das Meer und die Luxushotels sehen. Vor dem, was wirklich hier abgeht, verschließt ihr die Augen.« Ich hörte sie schwer schlucken, und ich meinte, Tränen in ihren Augen zu sehen. Keine Ahnung, ob sie aus Verzweiflung weinte, oder ob es Tränen der Wut waren.

»Würdet ihr genauer hinsehen, dann würden eure Urlaubsträume platzen. Aber wem sage ich das? Du kennst ja jetzt die ungeschminkte Seite unserer Inseln. Die Malediven sind kein Paradies. Jedenfalls nicht, wenn du nicht ins Weltbild der Regierung passt. Zurzeit läuft eine große Säuberungsaktion gegen Schwule und Transen, aber auch die Christen werden in letzter Zeit wieder verstärkt gejagt. Es ist zum Kotzen!«

»Schwule werden diskriminiert?«, fragte ich ängstlich.

Shiya lachte verbittert auf. »Diskriminiert? Dass ich nicht lache. Schwule werden verfolgt und wandern jahrelang in den Knast. Sex zwischen Männern ist illegal und laut Gesetz so ziemlich das Schlimmste, was es gibt. Und weißt du was? Selbst für außereheliche Sex und für Diebstahl kann die Todesstrafe verhängt werden. Neulich musste sogar ein Siebenjähriger dran glauben.« Sie machte eine Pause. »Paradies? Also wenn das das Paradies ist, wäre ich lieber in der Hölle.«

Panik begann sich in mir breit zu machen. Das war also der Grund, weshalb ich hier saß. Ich war verhaftet worden, weil ich schwul war. Oh, mein Gott! Entsetzt hielt ich mir die Hände vors Gesicht, während sich meine Gedanken überschlugen. Wer würde mich jetzt retten können? Das Auswärtige Amt? Die englische Botschaft? Amnesty international?

»Hast du einen Anwalt, der uns helfen kann?«, fragte ich sie schließlich.

»Machst du Witze? Wenn ich etwas habe, dann ist es eine Heidenangst.«

»Und das mit den Haftstrafen stimmt wirklich?«

»Glaubst du, ich bin zu Scherzen aufgelegt? Natürlich stimmt das. Geh mit einem Mann ins Bett, und du wanderst locker für zehn Jahre in den Knast, wenn sie dich erwischen und du keine Beziehungen hast. Oder keine Kohle, um dich freizukaufen.«

Mein ohnehin schon schwirrender Kopf begann sich zu drehen. Wie sollte ich hier wieder herauskommen? Ich hatte keinen Anwalt und kein Geld, kannte niemanden und sprach nicht einmal die Sprache. Kurz: Ich war geliefert.

»Verdammt, verdammt«, sagte ich laut, doch meine Mitgefangene legte mir hastig die Hand auf den Mund.

»Psst, leise! Du machst sonst alles noch viel schlimmer. Sei ruhig!«

Die anderen Insassen sahen mich nun ebenfalls besorgt an, denn ein Gefangener, der durchdrehte, bedeutete Gefahr für alle anderen in der Zelle. Das wurde nun auch mir schlagartig bewusst. Wie schnell man doch anfing, sich einer neuen Situation anzupassen, wenn nur die Strafmaßnahmen drakonisch genug ausfielen, dachte ich und legte meinen schmerzenden Kopf zurück auf die Knie.

Ich weiß nicht, wie lange ich so dagesessen und verzweifelt in mich hinein geschrien hatte. Eine Stunde? Drei oder fünf Stunden? Manchmal schwanden mir die Sinne, und ich fiel in einen Dämmerzustand zwischen Wachen und Schlafen, Traum und Wirklichkeit, als plötzlich ein Polizist vor unserer Zellentür auftauchte. Ich schrak aus meinem Delirium hoch, und in unserer ohnehin schon ruhigen Zelle herrschte plötzlich eine Totenstille. Kein Laut und kein Atmen war zu hören, sogar die Neonröhren schienen ihr leises Summen aus Angst eingestellt zu haben.

Der Cop rief etwas in der Landessprache in die Zelle und wartete, aber nichts geschah. Er rief noch einmal, und wieder passierte nichts. Dann spürte ich ein leichtes Stupsen an meinem Oberschenkel. Nur ganz leicht. *Er meint dich!*, sagte dieses Stupsen.

Mein Herz fing so wild an zu hämmern, dass ich fürchtete, es könnte vor Entsetzen stehen bleiben. Aber es blieb nicht stehen. Stattdessen stand ich langsam auf und versuchte, mich auf den Beinen zu halten. Das gelang mir auch erstaunlich gut, aber nur, weil mir die Wand hinter mir Halt bot. Nach einem Augenblick – es fühlte sich jedoch wie eine Ewigkeit an – schaffte ich es, mich mit schlurfenden Schritten zur Zellentür zu bewegen.

Der Polizist schloss die Tür auf, packte mich und zerrte mich zu sich in den Gang. Was würde jetzt mit

mir geschehen? Wohin würde er mich bringen? An-
fühlen tat es sich wie der Gang zum Schafott. Kurz
überlegte ich, ob ich den Polizisten angreifen sollte. Ein
gezielter Schlag gegen den Kehlkopf würde ihn ausschalten, das wusste ich, und im Karate-Training hatten
wir den Schlag oft trainiert. Nur ein einziger Schlag.
Doch ich verwarf die Idee sogleich wieder, denn in
meinem Zustand – da machte ich mir nichts vor – hätte
ich nicht einmal eine Stubenfliege ausschalten können.
Selbst dann nicht, wenn ich eine Fliegenklatsche gehabt hätte.

Der Polizist stieß mich grob vor sich her, sodass ich
taumelte und hinzufallen drohte, aber ich konnte mich
mühevoll auf den Beinen halten. Wir liefen erneut
durch, wie es mir schien, endlose Gänge, bis wir letztendlich an eine Treppe kamen, die nach oben führte. Sie
war lang und steil, aber als ich an ihr hinaufblickte, sah
ich, dass uns an ihrem Ende Tageslicht erwartete. Allein
die Aussicht auf Sonnenschein ließ mein Herz weniger
schnell schlagen und Hoffnung in mir aufkeimen.

Wie genau ich es hinbekam, die Treppe hinaufzu-
gehen, kann ich nicht sagen, aber ich schaffte es.

Oben angekommen, empfing uns die muffige, ange-
staubte und behäbige Geschäftigkeit, die Amtsstuben zu
eigen war. An diversen Schreibtischen klapperten uniformierte Beamte auf Tastaturen herum, stempelten
Dokumente ab oder tranken Kaffee aus großen Tassen.
Auf fast allen Tischen standen Ventilatoren und schich-
teten, sich von links nach rechts und zurück drehend,
den Mief um. Doch für meine Lungen war es, als würden sie die kühlste und frischeste Luft atmen, die sie jemals bekommen hatten.

Am gegenüberliegenden Ende des Büros trennte
eine Holztheke die Besucher von den Beamten ab, und
ich sah dort Frauen und Männer, die mutlos und
still hinter der Theke warteten, um endlich von einem

Polizisten gehört oder vernommen zu werden. Einer alten Frau liefen stumme Tränen über das faltige Gesicht, doch ich konnte keinen Laut von ihr hören. Sogar das Kleinkind, das auf dem Arm seiner Mutter über die Theke in das Polizeirevier schaute, machte kein Geräusch, sondern behielt seinen Daumen wie einen Korken im Mund. Und dann, unter all diesen Menschen, entdeckte ich ihn: Jordan.

Fast wäre ich vor Erleichterung doch noch zusammengesackt. Jordan war hier. Er war hier und würde mich retten, sagte ich mir, und es klang wie ein stilles Gebet.

Er stand ganz am Ende der Holztheke, doch selbst von hier hinten bemerkte ich die dunkle Ringe, die unter seinen Augen lagen. Dann sah er auch mich, und ein erlösendes Lächeln legte sich auf seine Lippen. Bis die Freude auf seinem Gesicht in Windeseile in einen Ausdruck blanken Entsetzens umschlug. *Ben, du siehst schrecklich aus,* war die unmissverständliche Botschaft.

Kapitel 21

Die Sonne schien durch die Vorhänge, die ein Wind-
hauch sanft ins Zimmer wehen ließ, und das leise
Rauschen des Meeres klang in meinen Ohren wie eine
schöne Melodie. Eine Schrecksekunde lang dachte ich,
es sei wieder nur ein Traum, und nach dem Aufwachen
würde ich erneut in der fensterlosen Zelle von Malé aufwachen. Dann aber erinnerte ich mich daran, wie Jordan
mich herausgeholt und zurück auf die Urlaubsinsel gebracht hatte. Ich lag also nicht auf einer verdreckten
Gefängnispritsche, sondern noch immer in meinem weichen Bett im Haupthaus, und das hatte ich schon wieder
Jordan zu verdanken. Er hatte, als wir von Malé zurück-
gekommen waren, darauf bestanden, dass ich ein Gästezimmer in der Villa bekam.

Vorsichtig drehte ich meinen Kopf, und sah Jordan,
der neben meinem Bett auf einem Korbstuhl saß und
mich anblickte.

Gerade wollte ich etwas sagen, doch da sprang er vom
Stuhl auf, warf sich auf das Bett und drückte seine Lippen
auf meine. Dann küsste er überschwänglich meine Wangen,
meine Augen, meine Stirn, einfach jede freie Stelle auf meinem Gesicht, um dann zurück zu meinen Lippen zu kommen und sie noch einmal fest auf die seinen zu drücken.

»Ich bin so froh, dass dir nichts Schlimmeres passiert
ist«, sagte er und küsste mich noch ein weiteres Mal.

»Wow, wofür was das denn? Wenn ich danach so empfangen werde, sollte ich mich öfter verschleppen lassen«, sagte ich scherzhaft und musste lachen, was meinen Rücken an der Stelle schmerzen ließ, an der mich der Gummiknüppel getroffen hatte.

»Bitte mach darüber keine Witze.« Jordan sah mich ernst an. »Das war alles andere als zum Lachen und hätte böse enden können, wenn ich meinen Promibonus nicht hätte ausspielen können. Scheiß korrupter Staat. Ich weiß nicht, was ich gemacht hätte, wenn sie dich …« Tränen traten ihm in die Augen, und er wischte sie ärgerlich fort.

»Ist doch alles gut gegangen«, wiegelte ich ab, aber er unterbrach mich.

»Nein, hör mir zu. Ich bin nicht gut darin, einem Mann meine Gefühle zu offenbaren. Wirklich nicht. Daher darfst du mich jetzt nicht unterbrechen. Mit einem Typen Sex zu haben, das ist einfach. Das macht Spaß und ist keine große Sache. Aber sobald Gefühle mit ins Spiel kommen, ist Schluss mit lustig. Bisher war das jedenfalls immer so. Nie habe ich Gefühle an mich herangelassen. Bis ich dich getroffen habe.«

Seine Worte trafen mich völlig unvorbereitet, und ich schluckte schwer, bevor er fortfuhr: »Klar, ich habe versucht, auch dich auf Distanz zu halten, ich weiß. Aber es hat nicht funktioniert. Seit ich dich kenne, gehst du mir nicht mehr aus dem Kopf. Und als sie dich dann gestern mitgenommen haben … Verdammte Scheiße, ich darf gar nicht daran denken. Glaub mir, das war für mich die Hölle.«

Jetzt merkte ich, wie auch meine Augen feucht wurden. »Ich habe mich auch in dich verliebt«, sagte ich, und eine Träne rann mir über die Wange.

Jordan sah mich lange an, bevor er sich erneut zu mir vorbeugte und seine Lippen an meinen Mund legte. Wir küssten uns lange, küssten uns zärtlich, und es war mehr als eine einfache Liebkosung. Es war ein Kuss, der unseren neuen Bund besiegelte. Zwar wusste ich noch nicht genau, was dieser Bund bedeutete, aber ich fühlte, dass wir es gemeinsam herausfinden würden.

»Ich bin in dich verknallt, Benjamin Taylor, sehr sogar«, sagte Jordan, nachdem wir beide wieder zu Atem gekommen waren.

»Ich finde dich auch ganz okay, Jordan Evans«, scherzte ich und hing zwinkernd ein »Fußballstar« an.

Er boxte mir spielerisch in die Seite, traf aber leider genau ins Schwarze oder, um genau zu sein, ins Blaue. Denn er erwischte exakt den Bluterguss auf meinem geschundenen Rücken, und der hatte bereits gestern auf der Fahrt zurück zur Insel in den schillerndsten Farben zu leuchten begonnen. Ich stöhnte auf, und Jordan wich erschrocken zurück.

»Oh, tut mir leid, Mann. Das wollte ich nicht.«

»Nichts passiert, alles okay«, stöhnte ich, nachdem der Schmerz abgeebbt war. »Aber jetzt sag mal, wie du mich überhaupt aus diesem Loch herausbekommen hast.« Ich wusste bereits, dass Jordan einen einheimischen Anwalt angeheuert hatte und mich mit ihm zusammen aus dem Knast befreit hatte, doch die Einzelheiten kannte ich bisher noch nicht. Denn in dem Wagen, der vor dem Polizeirevier auf uns gewartet hatte, hatte auch ein Arzt gesessen, der mir ein starkes Schmerzmittel gespritzt hatte, sodass ich danach kaum noch etwas hatte aufnehmen können.

»Ich fasse es immer noch nicht«, sagte Jordan. »Ein Polizeieinsatz, der die reinste Schikane war. Aber lass mich vorne anfangen. Mel hatte dem Cocktailmixer frei gegeben, weil ihr nach Weißwein gewesen war. Also habe ich mir ein Bier geschnappt und den Sonnenuntergang angeschaut. Später habe ich dich dann mit diesem Barmann in deiner Hütte verschwinden sehen.«

Ich fühlte, wie Hitze in mir aufstieg und in Rekordzeit bis an meinen Haaransatz hinaufkletterte.

»Äh, ja. Du hattest gesagt, ich solle Spaß haben. Aber es ist nichts gelaufen. Fast nichts. Ich meine …« Stammelnd versuchte ich, ihm zu erklären, dass ich mit dem Typen zwar etwas anfangen wollte, aber nur, um ihn aus dem Kopf zu bekommen. Doch das ließ sich nicht so einfach in Worte fassen.

»Hey, vergiss es. Als ich mit Kyle auf die Party gegangen bin, wollte ich dich auch aus dem Kopf kriegen. Hat aber nicht funktioniert. Unentschieden würde ich also sagen.« Er grinste, und ich war erleichtert. »Auf jeden Fall war ich eifersüchtig, als du mit dem nackten Bollywood-Kerl verschwunden bist. Und gerade, als ich mir überlegt hatte, euch zu stören, kamen vom Strand her Polizisten angelaufen. Sie sind dann zu euch hineingestürmt, und es gab einen Tumult, bis sie euch schließlich aus der Hütte gezerrt und über den Strand zu ihrem Motorboot geschleppt haben, woraufhin selbst Melody ganz hysterisch geworden ist und ständig ›Oh mein Gott‹ gerufen hat.«

Skeptisch schaute ich Jordan an, denn so viel Mitgefühl hatte ich Melody nicht zugetraut. Aber ich unterbrach ihn nicht.

»Das Erschreckende daran war, dass alles so wahnsinnig schnell gegangen ist. Kaum waren die Typen aufgetaucht, waren sie auch schon wieder weg – mit dir.« Jordan schüttelte ungläubig den Kopf. »Im ersten Moment wusste ich nicht, was ich machen sollte, aber dann habe ich kurzerhand die Englische Botschaft angerufen und ihr den Fall geschildert. Der Botschafter sagte, dass das ein ungewöhnlicher Fall sei, da Urlauber nur selten Repressalien zu fürchten hätten. Aber er hat darauf hingewiesen, dass Sex zwischen Männern strikt verboten ist. Jedenfalls hat er dann umgehend einen angesehenen Anwalt und einen Arzt besorgt, und so konnten wir dich – gegen ein kleines Entgelt, versteht sich – aus dem Knast holen.«

»Was ist mit Saj passiert? Er war nicht in meiner Zelle. Konntet ihr ihn ebenfalls rausholen?«

»Den Barmann? Ihn hatten sie wegen schnell wieder freigelassen, hat der Anwalt mir gesagt. Er hatte offensichtlich das nötige Kleingeld.«

»Und die Shiya, meine Mitgefangene? Die Polizisten haben sie übel zugerichtet. Ich weiß nicht, ob sie im Knast lange überlebt.«

»Sie frei zu bekommen, wird schwierig. Aber ich habe dem Anwalt gesagt, dass er alles versuchen soll, sie herauszuholen. Vielleicht kann sie politisches Asyl in England bekommen, hat der Botschafter gemeint. Er ist bereits dabei, sich darum zu kümmern.«

»Danke.«

»Ach, ich hätte gern noch mehr geholfen. Doch leider konnte ich nicht den ganzen Knast leer kaufen.«

»Schon krass, oder?«, sagte ich.

»Ja, furchtbar. Ich habe dich quasi dem korrupten Staat abgekauft, und ich möchte nicht wissen, wie die Sache ohne Kohle und Beziehungen geendet hätte.« Jetzt legte sich wieder das freche Grinsen auf Jordans Gesicht, das mir so an ihm gefiel. »Du gehörst jetzt also offiziell mir, und ich kann mit dir anstellen, was immer ich will.«

Ich musste lachen, was meinen Rücken wieder zum Ächzen brachte. »Wenn ich es mir recht überlege, kannst du das gerne tun. Aber viel wird es nicht sein, was du in meinem desolaten Zustand mit mir wirst anstellen können.«

»Das können Sie nicht beurteilen, Sie sind nur der Patient«, ulkte Jordan mit verstellter Stimme. »Warten Sie das Urteil von Dr. Evans ab, er hat noch immer die richtige Therapie für schwierige Fälle, wie Sie einer sind, gefunden.« Mit einer schwungvollen Bewegung zog er sein T-Shirt aus, und ich kam nicht umhin, erneut seinen muskulösen Oberkörper zu betrachten.

»Aber Herr Doktor«, spielte ich das Spiel mit, »so lassen Sie doch das T-Shirt an. Wozu müssen Sie halbnackt sein, wenn Sie mich lediglich untersuchen wollen?«

Jordan stand nun am Fußende des Bettes, als er sagte: »Bitte keine unqualifizierten Nachfragen zu meinen Untersuchungsmethoden.« Mit einem Ruck zog er das dünne Seidenlaken, unter dem ich lag, vom Bett. »Um die richtige Diagnose stellen zu können, muss ich zunächst alles von Ihnen sehen.«

Die Zugluft des davonfliegenden Lakens wurde von der tropischen Brise, die durch die offenen Fenster wehte, verstärkt und ließ mich angenehm schaudern. Ich bekam eine Gänsehaut auf meinem Körper, der bis auf eine Boxershorts nackt war. »Ach, habe ich es mir doch gedacht.« Jordan hob einen Zeigefinger und tat so, als schöbe er eine unsichtbare Brille zurück auf seine Nase. »Sie haben Schüttelfrost. Dagegen hilft nur eine Wärmetherapie«, beschloss er und krabbelte zu mir aufs Bett. Seine Hände begannen, sanft über meine Fußrücken zu fahren und glitten langsam höher über die Schienbeine, bis sie meine Oberschenkel streichelten. Die angenehme Gänsehaut verstärkte sich zu einem wohligen Schauder, und ich spürte, wie ich begann, zwischen den Beinen hart zu werden.

Jordan verstärkte den Druck auf seinen Fingern, während er höher und höher an meinen Oberschenkeln hinaufglitt und meinen Schwanz damit zur vollen Größe aufrichtete. Doch noch kümmerte er sich nicht um ihn, sondern ließ die Boxershorts, samt hartem Inhalt, unberührt. Stattdessen streichelte er über meinen Bauch, wobei er spürbar darauf achtete, nicht versehentlich den Bluterguss an meiner Taille zu berühren. Mich rührte seine Vorsicht, aber gleichzeitig wollte ich mehr von ihm. Mehr von seinen Berührungen und mehr von seinen Küssen.

»Herr Doktor, machen Sie schon! Küssen Sie den Patienten, sonst stirbt er Ihnen buchstäblich unter den geschickten Fingern weg«, sagte ich, vergrub meine Hände in seinen Haaren und zog sein Gesicht an meins heran. Einen Augenblick hielten wir inne, sahen uns an, und ich dachte: Jordan, ich liebe dich, seit du mich das erste Mal mit diesen Augen angesehen hast. Doch sagen konnte ich nichts, da sich in diesem Moment unsere Lippen trafen und jede Zurückhaltung von uns wich. Wild küssten wir uns, ehe ich mich im Bett aufrichtete.

Meinen schmerzenden Rücken bemerkte ich kaum, zu stark war mein Verlangen, Jordan überall zu berühren, zu erfühlen und zu schmecken. Suchend griffen meine Finger erst in seinen Rücken, umschlossen dann seinen harten Bizeps, ehe sie sich schließlich an seinem Hintern befanden und sich genüsslich daran taten. Ich raunte und verlor mich zusehends in der Lust des Augenblicks, als ich durch den Stoff seiner dünnen Sommerhose den Spalt zwischen seinen Backen ertastete. Erst zaghaft, dann immer fordernder erkundete ich seinen Hintern und atmete lustvoll auf, als ich feststellte, dass die Rosette leicht geöffnet war, da Jordan über mir gebeugt auf dem Bett kniete.

»Du bist so geil!«, entfuhr es mir, während meine Hände unter den Saum seiner Hose glitten und ich ihm das störende Stück Stoff halb über die Backen streifte, um endlich seinen nackten Arsch berühren zu können.

Wie männlich er sich anfühlte. Und wie sexy er war.

Kurz war ich versucht, unseren wilden Kuss zu unterbrechen, um ihm seinen leicht behaarten Arsch zu lecken. Doch Jordans wohliges Stöhnen signalisierte mir, dass er mehr von meinen Fingern spüren wollte, und so glitt ich den offenen Spalt entlang und fand mühelos seine Rosette, die sich mir warm und schweißnass entgegenschob. Mutig drückte ich fester gegen sie und fühlte, wie Jordan erst verkrampfte, doch dann ließ er locker, und ohne jeden Widerstand glitt mein Finger in seine feuchte Öffnung. Unter einem leisen Stöhnen schob Jordan sein Becken weiter nach hinten auf meinen Finger, sodass ich noch tiefer in ihn hineinfuhr.

Im Gleichklang unserer Herzen glitten wir dahin, doch noch trennten uns unsere Hosen voneinander. »Runter mit den Shorts«, raunte ich Jordan ins Ohr. Er hielt kurz inne, richtete sich auf und wollte gerade aufstehen. Doch er schien sich nicht von mir losreißen zu können, sondern rutschte wieder zu mir vor und biss mir sanft auf die Unterlippe, um dann zart an ihr zu saugen. Wieder verschmolzen wir miteinander, bis ich ihn sanft, aber bestimmt vom Bett schob.

»Lass ihn endlich raus, sonst scheuern wir noch deine Hose durch«, sagte ich grinsend.

»Die Hose hat mir Mel geschenkt, damit ich sie zu ihrem Yoga-Kurs begleiten kann. Die können wir also ruhig durchscheuern«, sagte er.

Hastig löste er die Schleife an seinem Tunnelzug und streifte die Hose von den Lenden, während ich meine Boxershorts auszog und mich erwartungsvoll auf die Bettkante setzte und ihn ansah. Nackt und schweißüberzogen von der tropischen Hitze stand er endlich vor mir und fügte sich nahtlos in die paradiesische Umgebung ein. Hinter ihm gab das Fenster den Blick auf die Brandung des Meeres frei, die sich in weißer Gischt am Strand brach, während die Palmen vor dem blauen Himmel in der Luft tanzten. Alles war perfekt. Doch mit einem Mal legte sich ein dunkler Schatten über meine Seele, und ich verlor mich in Gedanken.

»Was ist los?«, fragte mich Jordan, und ein besorgter Ausdruck trat in sein Gesicht.

»Ach, nichts«, entgegnete ich und versuchte, die düsteren Wolken zu vertreiben. Doch vergeblich. Zu deutlich waren die Bilder, die sich vor meinem Auge aufbauten.

»Komm schon, sag, was hast du?«, hakte Jordan nach, und ich gestand ihm, dass ich daran denken musste, was geschehen war. Daran, dass sie mich verschleppt und weggesperrt hatten.

Einen Augenblick blieb Jordan bewegungslos stehen, dann stellte er sich vor mich und hob mit einer Hand mein Kinn an, damit ich ihm in die Augen sehen konnte.

»Hey«, sagte er, »das, was dir passiert ist, ist schlimm. Keine Frage. Doch Ben, ich sage es dir noch einmal: Ich weiß, dass ich eine große Klappe habe, aber meinen Mund nicht aufbekomme, wenn es um Gefühle geht. Über das zu sprechen, was ich fühle, liegt mir einfach nicht. Das aber lass dir von mir gesagt sein: Zusammen stehen wir es durch. Ich verspreche dir, dass ich dir helfen werde, die Geschichte zu vergessen.«

Ohne den Blick abzuwenden, suchte er mit seiner Hand nach meiner, und als er sie fand, verschränkten sich unsere Finger ineinander, und er zog mich vorsichtig vom Bett.

Haut an Haut standen wir uns gegenüber, so dicht, dass ich seinen Herzschlag fühlen konnte.

»Du«, sagte er und tippte dabei mit einem Finger auf meine Brust, »und ich« – nun berührte er sein Herz-Tattoo –, »gemeinsam können wir alles schaffen!«

Ich wollte ihm antworten, wollte ihm sagen, dass er sich nicht um mich sorgen musste, aber ich brachte kein Wort heraus. Stattdessen küsste ich ihn in der Hoffnung, dass dieses Kuss mehr als jedes Wort sagen würde. Und das tat er auch. Er sagte, dass es jetzt ein Wir gab. Dass wir jetzt zusammen gehörten. Dass wir eine gemeinsame Zukunft für uns sahen.

Und so küssten wie uns nun, wie wir uns bislang nie geküsst hatten.

Fest drängte sich Jordan an mich, und auch ich presste mich an ihn, die eine Hand in seinen Haaren vergraben, die andere an seinem Hintern. Streichelnd und küssend begannen wir, nach allem zu greifen, was wir vom anderen zu fassen bekamen.

Ich ertastete seinen Hals, berührte seine Ohren, erkundete seine starken Arme und griff an seine breiten Schultern. Ich leckte über seinen Bauchnabel und über seine Brust und fuhr mit meiner Zunge schließlich unter eine seiner leicht verschwitzten Achseln. Jordan streifte derweil suchend über meine Mitte und endete an meiner Brustwarze, die er erst mit seinen Fingern zwirbelte, ehe er vorsichtig hinein kniff. Ich stöhnte auf und schob mich näher an ihn heran. Fester, dachte ich, und er schien mich zu hören, denn er erhöhte seinen Druck und begann, vorsichtig an meiner Brustwarze zu ziehen und zu drehen.

»Ja«, stöhnte ich lustvoll und merkte, dass nicht nur mein Nippel, sondern mein ganzer Körper auf die Behandlung reagierte. Allem voran mein Schwanz, den ich nun, einem Impuls folgend, gegen Jordans starkes Fußballerbein drückte. Er wiederum hob es an und presste seinen Oberschenkel fester gegen meinen Penis, um ihn dann schaukelnd zu massieren.

Langsam ließ ich mich weiter an seinem Körper heruntergleiten, nicht ohne dabei jedes Stückchen Haut zu küssen, das mir unter die Lippen kam.

Endlich befand sich mein Gesicht auf gleicher Höhe mit seinen Lenden, und ich kniete mich auf den weichen Bettvorleger. Mit beiden Händen griff ich nach seinem Hintern und zog Jordan näher an mich heran, bis sich seine Eichel nur wenige Millimeter vor meinem Gesicht befand. Der herbe Geruch wilder Männlichkeit mischte sich mit dem von frischem Schweiß, und beides zusammen fachte meine Lust weiter an. Noch während ich Jordan ganz zu mir hinzog, nahm ich seine Eichel zwischen meine Lippen und ließ seinen Schwanz tief in meinem Mund verschwinden. Jordan keuchte auf und stieß seine Lenden vor, sodass er seine Latte bis zum Anschlag in mich rammte, bevor er seine Hüften rhythmisch vor und zurück gleiten ließ. Während ich an ihm saugte, wurde er immer schneller, sein Atem ging stoßweise, und ich hörte, dass er gleich kommen würde. Schon schmeckte ich den herben, salzigen Geschmack des Vorsafts, aber das reichte mir nicht. Ich wollte seinen Samen, wollte dass er in mir kam, doch plötzlich zog sich Jordan unvermittelt aus mir zurück. Sein Schwanz zuckte prall gefüllt vor meinem Gesicht, und ein erster, kleiner Schwall seines Saftes tropfte aus der Spitze und lief langsam an der Eichel herab. Einen Moment wartete ich ab, damit Jordans Druck wieder fallen konnte, bevor ich ihm den Saft von seiner Eichel leckte. Der Geschmack, der sich in meinem Mund ausbreitete, machte mich schier rasend, und ich begann, ihm vorsichtig die Eier zu lecken und ihn zu wichsen.

»Warte!«, stöhnte Jordan, vor Erregung zitternd. Widerwillig ließ ich von ihm ab und sah zu ihm auf. »Ich will nicht so schnell kommen, sondern will noch viel mehr von dir«, sagte er, während sich sein breiter Brustkorb wild atmend hob und senkte. Er zog mich hoch, schob mich durch das Zimmer und setzte mich vorsichtig in einen Sessel, der neben dem Bett stand, bevor er meinen Ständer musterte.

Mit der Anmut eines Geigenspielers streifte er mit einem Finger über meine Eichel, glitt an den Adern entlang und endete an meiner Peniswurzel, die er nun fest mit seiner Hand umschloss. Der Druck pumpte noch mehr Blut in meinen Schwanz und ließ ihn aussehen, als würde er jeden Moment bersten. Seine andere Hand legte Jordan um meine Eichel, bevor er sich vorbeugte und meine Latte vollständig in den Mund nahm.

Es war der absolute Wahnsinn. Spätestens jetzt hatte Jordan mich so weit, dass ich alles um mich herum vergaß und sich meine Aufmerksamkeit ganz auf den

Punkt zwischen meinen Beinen konzentrierte. Halb wichsend, halb saugend trieb er meine Latte so weit, dass sie kurz davor war, zu explodieren. Mein Stöhnen wurde lauter und kehliger, je schneller er mich mit seiner Hand und dem Mund bearbeitete, ohne aber den Druck an der Wurzel zu lockern. Vor Lust kniff ich meine Augen zusammen und verzog den Mund zu einem stummen Schrei, denn ich fühlte, wie sich der Orgasmus langsam seinen Weg bahnte. Noch eine allerletzte Bewegung seiner geschickten Finger, und ich würde unweigerlich kommen, doch das war mir egal. Ich wollte kommen, genau jetzt. Mein Körper versteifte sich, und ich spürte meinen Schwanz ein erstes Mal heftig pulsieren, als Jordan abrupt Mund und Hand von meinem Ständer nahm, den festen Griff um meine Peniswurzel aber aufrecht hielt. Mein Penis zuckte und pulsierte und wollte kommen, doch der feste Griff verhinderte es, sodass nicht ein Tropfen Sperma seinen Weg hinaus fand. Erst als sich mein Körper wieder ein wenig entspannt hatte, lockerte Jordan seinen Griff.

»Lass uns wieder ins Bett gehen«, raunte er mir zu und zog mich vom Sessel herunter. Ich hechelte. Ich zitterte. Ich bebte vor Lust. Und noch ehe ich etwas antworten konnte, hatte er sich bereits mit dem Bauch aufs Bett gelegt und seinen Kopf auf seine Arme gebettet. Mein Blick wanderte von seinen breiten Schultern über seinen Rücken und verweilte auf seinem Knackarsch, der sich hell von seiner ansonsten leicht gebräunten Haut abhob. Heute gehöre ich dir, schien er mir zuzurufen, und das ließ ich mir nicht zwei Mal sagen. Entschlossen kniete ich mich auf den Boden und begann, mit meinen Händen seinen strammen Hintern zu massieren. Erst sanft, dann fester, schließlich fordernd.

Jordans Körper reagiert sofort darauf. Ihm entfuhren wohlige Laute, die zu einem Seufzen wurden, als ich seine Backen mit beiden Händen kräftig auseinanderzog.

Wie geil seine Rosette zuckte! Und wie er sie mir einladend entgegenstreckte!

Ich hatte verstanden und vergrub meinen Kopf zwischen seinen Beinen. Gierig leckte ich den engen Muskel und machte sein Loch mit Speichel schön geschmeidig. Mein Schwanz pulsierte bereits ungeduldig, doch er würde sich noch gedulden müssen, denn zunächst schob ich zwei Finger in die bereits geweitete, feuchte Öffnung und massierte Jordan mit ihnen.

»Oh ja, komm, mach es mir fester«, stöhnte Jordan, während er sein Becken ganz im Rhythmus meiner Massage auf und ab bewegte.

Sein Atem ging tief und schnell, während sein Hintern sich immer fester an mich heran drückte. Mein Körper reagierte auf seine beginnende Ekstase, und ich spürte, dass ich mich nicht mehr länger zurückhalten, sondern ihn jetzt endlich ficken wollte.

»Mach es mir«, keuchte Jordan und hob sein Becken, sodass sich sein Hintern genau in der richtigen Position befand, um von mir genommen zu werden. Geschwind kniete ich mich hinter ihn, ließ einen feuchten Faden Spucke auf meine Eichel tropfen und setzte diese dann an seine Öffnung. Sein Muskel zuckte immer noch, während ich mich Millimeter für Millimeter weiter vor wagte.

Eng schloss sich sein Loch schließlich um meine Eichel, und kurz verkrampfte sich Jordan, doch dann fühlte ich, wie er wieder nachgab, und ich schob ihm meinen Schwanz so weit hinein, dass ich meine Eier an seinen Backen klatschen hörte. Wir stießen beide einen tiefen, kehligen Seufzer aus, was unser Liebesspiel erneut anfeuerte.

Mit festen, pumpenden Bewegungen stob ich fest in ihn ein, bevor ich ihn wieder herauszog, nur um ihn dann noch tiefer in der engen Öffnung zu versenken. Zufrieden stellte ich fest, dass sein Penis stahlhart zwischen seinen Beinen stand, als meine Hand nach ihm griff. Eng umschlang ich ihn, und Jordan und ich begannen, unsere Becken im selben Rhythmus zu bewegen. Während mich die ersten beiden Male, als wir miteinander geschlafen hatten, die pure Lust nach vorne gepeitscht hatte, trieb mich nun etwas anderes immer weiter Richtung Höhepunkt: Ich wollte eins mit Jordan sein. Und so fickten wir uns nicht, nein, wir liebten uns. Immer schneller bewegten sich unsere Körper, und immer heftiger ging unser Atem. Der Schweiß lief an uns herunter, und ich konnte vor Ekstase fast nicht mehr schnell genug Luft holen, als ich fühlte, wie sich mein Orgasmus langsam, aber unaufhaltsam seinen Weg bahnte. Gerade wollte ich meine wichsenden Bewegungen zwischen Jordans Beinen erhöhen, als ich spürte, wie sich sein Körper unter den Kontraktionen seines Höhepunktes aufbäumte. Dann war es so weit, und ich sah, wie sein Samen unter ihm weit aufs Laken schoss.

Ein animalischer Laut entkam meiner Kehle, und ich schloss die Augen, als sich mein erster Schwall in Jordan ergoss. Noch einmal schob ich mich tiefer in ihn hinein und ließ auch den zweiten Strahl in ihn hinein spritzen, bevor ich mich aus ihm zurückzog, um die letzte Ladung teils auf seinen Hintern, teils in seine Kimme zu schießen.

Erschöpft sank Jordan auf die Matratze, und ich ließ mich mit einem Plumpsen neben ihn fallen. Sein Gesicht war von der Hitze und Erregung gerötet, aber es strahlte mich glücklich an. »Jordan, ich liebe dich!«, entfuhr es mir, noch bevor ich wusste, was ich sagte. Doch es war die Wahrheit. »Ja, ich liebe dich.«

Sein Strahlen wurde heller, und er küsste mich, bevor er meinte: »Immer diese Gefühlsduselei. Ich bin immer noch Fußballer, und Fußballer haben nur Gefühle, wenn ein Tor fällt.«

»Na, dann solltest du jetzt vor Emotionen nur so strotzen, schließlich habe ich gerade so einige Schüsse erzielt.«

Er jubelte spielerisch und umarmte mich, als seien wir Kicker auf dem Fußballplatz. Dann wurde er wieder ernst. »Nie hätte ich gedacht, dass ich je die berühmten drei Worte sagen würde. Doch was soll's? Benjamin Taylor, mein Stürmer Nummer 1, ich liebe dich!«

Kapitel 22

»Jetzt könnte ich ein Bier vertragen«, sagte Jordan, als ich mir meine Boxershorts wieder anzog. Wir hatten nach dem Sex noch eine Weile nebeneinander gelegen und vor uns hin gedöst, doch jetzt schmerzte mein Rücken wieder, und ich wollte mir ein wenig die Beine vertreten.

»Gibt es Bier im Kühlschrank?«, wollte ich wissen.

»Ja, in der Küche steht ein Eisschrank nur für Getränke.«

»Ich gehe uns zwei Flaschen holen.« Doch dann fiel mir ein, dass ich nicht unbedingt Melody über den Weg laufen wollte, wo ich doch gerade mit ihrem Verlobten geschlafen hatte. »Weißt du, ob Melody im Strandhaus ist?«

Jordan drehte sich auf den Rücken und blickte hoch zum großen, hölzernen Deckenventilator, der in trägen Drehungen die Luft im Raum in Bewegung setzte.

»Ich glaube, Sie wollte zum Fitness in den Club am Ende der Insel. Sie wird wohl kaum schon wieder zurück sein, sonst wäre sie sicher bereits hier aufgetaucht.«

»Das hätte peinlich werden können«, sagte ich und suchte nach einem T-Shirt, fand aber nur das von Jordan. Kurzerhand nahm ich es und zog es mir über.

»Verdammt, ja. Stell dir vor, sie hätte plötzlich in der Tür gestanden. Das hätte ins Auge gehen können.« Er lachte. »Im wahrsten Sinne des Wortes, denn du hast mich so weit gebracht, dass ich fast bis an die Tür gespritzt habe.«

»Übertreib mal nicht, ich habe genau gesehen, wie weit es geflogen ist. Außerdem hast du überhaupt nicht in Richtung Tür geschossen.« Kurz stieg ein Lachen in mir auf, als ich mir die Szene bildlich vorstellte, doch ich unterdrückte es und fragte stattdessen neugierig: »Was habt ihr denn jetzt eigentlich für einen Deal? Ich meine, du und Melody.«

Schweigend drehte sich Jordan auf die Seite und schaute mich an. Für einen Moment sah es danach aus, dass er nicht darüber sprechen wollte, aber er hatte wohl nur nach den richtigen Worten gesucht. »Ich weiß, dass du Mel nicht magst, und natürlich weiß ich auch, dass du damit nicht allein stehst. Beth wird nicht müde, sie in meiner Gegenwart schlechtzureden. Aber das ist nicht fair. Als ich Mel kennenlernte, ging es mir ziemlich schlecht. Meine Profikarriere lief zwar gut an, aber zu der Zeit konnte ich langsam nicht mehr verdrängen, dass ich nicht auf Frauen, sondern auf Männer stand. Obwohl ich schon damals einige Affären mit Kerlen hatte, war es mir bis dahin gut gelungen, mir einzureden, dass das wieder vergehen würde.« Jordan setzte sich nun im Bett auf und lehnte sich an das Kopfende. »Doch dem war nicht so.«

»Zum Glück«, sagte ich und lächelte ihm aufmunternd zu.

»Das habe ich damals anders gesehen. Für mich war es das größte Unglück. Außerdem begannen die ersten Gerüchte die Runde zu machen. Nicht laut und schon gar nicht in der Presse, aber es wurde getuschelt. Wahrscheinlich hätte ich nichts davon mitbekommen, aber Nathan hat mich eines Abends beiseite genommen und mir gesagt, was in der Kabine hinter meinem Rücken geredet wurde. Ich bin froh, dass ich Nathan als Kumpel habe.«

Augenblicklich ging mir das heimliche Gespräch zwischen Nathan und Roy durch den Kopf, aber jetzt war nicht der richtige Zeitpunkt, um mit Jordan darüber zu sprechen. Das musste warten, beschloss ich.

»An dem besagten Abend«, fuhr Jordan fort, »schien es, als würde meine ganze mühsam aufgebaute Welt in sich zusammenbrechen. Du weißt doch, dass ich als schwuler Fußballprofi hätte einpacken können, noch bevor es richtig los gegangen wäre. Nun ja, es war jedenfalls ein Riesenschock, und ich ging in eine Hotelbar, um mich volllaufen lassen. Und da stand dann plötzlich Melody neben mir. Erst haben wir nur geredet, aber dann habe ich sie angemacht. Ich wollte unbedingt etwas mit einer Frau anfangen, wollte erzwingen, dass ich hetero bin. Also sind wir in einem Hotelzimmer gelandet, doch, wie du dir denken kannst, ging das voll in die Hose. Aber das war dann der Anfang unseres Deals.« Jordan ließ seinen Blick kurz durch das Zimmer schweifen, bevor er mich wieder ansah. »Mel ist nicht dumm, sie hat schnell kapiert, dass die Gerüchte über mich stimmten, und hat ihre Chance gesehen. Sie hatte ohnehin gerade von Männern die Schnauze voll, denn sie war schon mit zu vielen ins Bett gegangen, um an Fotojobs zu kommen. Wie auch immer. Melody wusste, dass eine Beziehung zu mir – und sei sie auch nur zum Schein – ihre Eintrittskarte in die High Society sein würde. Ich hingegen wollte mich mit dem Deal wieder voll und ganz auf das konzentrieren können, was ich konnte und wollte. Aufs Fußballspielen. So hatten wir beide etwas davon. Es war eine klasse Win-to-win-Situation.«

Das Letzte klang erschreckend geschäftsmäßig, wie ich fand, doch das war es wohl auch. »Aber war dieses Doppelleben auf Dauer nicht furchtbar anstrengend?«, fragte ich.

»Nein, eigentlich nicht. Zumindest habe ich mir das lange eingeredet. Ich konnte mich weiter ab und zu mit

Kerlen vergnügen – das hat Mel nichts ausgemacht –, hatte den Rücken frei und musste mich nur gelegentlich mit Mel in der Öffentlichkeit zeigen. Nicht mehr und nicht weniger. Eigentlich verlief mein Leben völlig normal.«

»Und du wolltest nie mehr von einem Typen als nur Sex?«, fragte ich ungläubig.

Jordan wirkte etwas verlegen. »Ab und zu begannen sich Gefühle einzumischen, falls du das meinst. Aber wenn das der Fall war, habe ich den Typen schnell den Laufpass gegeben und ihn vergessen. Doch dann bist du mir über den Weg gelaufen. Echt Mann, du warst so betrunken an dem Abend, aber auch so wütend und so heiß. Ich wusste sofort, dass ich dich wollte. Besonders als ich merkte, dass du mich nicht kanntest. Du hast in mir einfach einen normalen Typen gesehen, nicht den Fußballer. Das hat mich gereizt.«

Verlegen ging ich zur Kommode, die an der Frontseite des Zimmers stand, und lehnte mich gegen sie, weil ich mich nicht hinsetzen wollte. »Hast du mir deshalb den Job bei Puppy vermittelt?«, fragte ich.

»Du warst neu in London und hast verzweifelt ausgesehen. Ich wollte dir in dem Moment wirklich nur helfen. Aber wahrscheinlich wollte ich auch, dass ich dich wiedersehe und du in meiner Nähe bist.«

»Du hättest mir auch einfach deine Telefonnummer geben können. Dann hätten wir ganz normale Dates ausgemacht und uns näher kennengelernt und so weiter«, sagte ich. »Das machen viele Leute so und ist nicht einmal kompliziert«, sagte ich augenzwinkernd.

»Meine Nummer habe ich nie jemandem gegeben. Das war stets meine Regel Nummer eins. Ich hatte einfach keine Lust, dass mich plötzlich jemand von der Presse anruft und fragt, warum in der Londoner Gay-Szene meine Nummer die Runde macht. Nicht ein einziger Typ hat je meine Nummer bekommen. Und das war auch gar nicht nötig, denn normalerweise haben die Typen mir ihre Telefonnummer zugesteckt. Nur du hast keine Anstalten gemacht, mir deine zu geben. Das mit dem Job war also auch ein Versuch, dich wiederzusehen.« Er zuckte mit den Schultern. »Ich war mir zwar alles andere als sicher, ob es funktionieren würde, aber ich wollte es zumindest versuchen.« Noch einmal hob er seine Schultern und senkte sie wieder. Nachdenklich wirkte er jetzt. »Echt verrückt – wenn du den Job nicht angenommen hättest, dann wär's das mit uns schon gewesen. Adieu, schöner Ben!«

Ja, Jordan hatte Recht. Dass eine einzige Entscheidung das Leben so gravierend verändern konnte, war erstaunlich. Und beunruhigend zugleich. Doch nach dem großartigen Sex wollte ich mir von solchen Gedanken nicht die Stimmung verderben lassen, also sagte ich: »Ich gehe uns jetzt mal das Bier holen.«

»Beeil dich«, entgegnete er. »Und dann kommst du wieder ins Bett.«

Der Weg zur Küche führte durch das weitläufige Wohnzimmer der Villa. Der oval angelegte Raum bot an seiner verglasten Seite einen atemberaubenden Blick auf das Blau des Indischen Ozeans. Die edlen Tropenhölzer im Inneren bildeten dazu den perfekten Kontrast. Nur das pinkfarbene Laptop, das auf dem Couchtisch stand, störte das harmonische Ambiente. Dieses hässliche Ding, das zu allem Überfluss noch mit unzähligen Kristallen versehen war, kannte ich bereits aus London. Es war Melodys Notebook. Sie liebte es heiß und innig, schließlich handelte es sich um eine sündhaft teure Spezialanfertigung, die meiner Meinung nach einfach nur scheußlich war.

Gerade, als ich mich wieder der Aussicht zuwenden wollte, blieb mein Blick auf dem Bildschirm des geöffneten Notebooks hängen, und ich schaute auf die Website, die dort zu sehen war. Das unverkennbare Logo der

Sun prangerte in der oberen linken Ecke, doch das sah ich kaum, denn mein Blick verharrte auf dem leicht verwackelten Bild, das den Artikel bebilderte. Zwar waren die Gesichter der Menschen, die auf dem Foto zu sehen waren, mit groben Pixeln unkenntlich gemacht worden, aber ich erkannte sie trotzdem schon von weitem. Wie versteinert starrte ich auf die Aufnahme, und mein Herz fing wild zu hämmern an, als ich langsam näher auf den Computer zuging.

Das Foto des *Sun*-Artikels zeigte einen nackten Mann, der von zwei Polizisten festgehalten wurde und einen weiteren Mann, der halb am Boden kauerte, während gerade ein Gummiknüppel in der Luft über seinem Kopf schwebte. Dieser Mann war ich.

Jordan Evans Villa von Polizei gestürmt. Bodyguard wegen unsittlichen Verhaltens auf den Malediven verhaftet, verkündete die Überschrift.

Alle Kraft wich aus meinen Beinen, und ich setzte mich auf das Sofa, das neben dem Couchtisch stand. Nervös drehte sich das Notebook in meine Richtung und las die Bildunterschrift des Artikels, der mit *Exklusiv* gekennzeichnet war.

Dies ist der dramatische Moment, als die Polizisten die Villa des Fußballstars Jordan Evans (25) auf den Malediven stürmen und seinen Bodyguard Benjamin T. (Mitte) brutal zusammenschlagen. Dem 27-jährigen Engländer wird vorgeworfen, mit einem Callboy (links) unsittlichen Kontakt gehabt zu haben. In dem islamischen Inselstaat ist Homosexualität strengstens verboten. Evans, der Stürmerstar von London United, der gerade mit seiner Verlobten Melody Cox Urlaub auf einer Privatinsel im Indischen Ozean macht, stand uns bisher noch zu keiner Stellungnahme zur Verfügung. Schon lange kritisieren Schwulenverbände die unhaltbaren Zustände für Mitglieder der LGBT-Gemeinschaft (LGBT = Lesbian, Gay, Bisexual und Transgender) auf den Malediven.

Insgesamt musste ich den Artikel drei Mal lesen, bis ich wirklich glauben konnte, dass er existierte und er meine Verhaftung ausschlachtete. Nach der ersten Entrüstung stieg Wut in mir auf, und ich wollte meinen Zorn herausschreien. *Es war nicht die Villa, sondern nur eine gottverdammte Hütte, die von den Bullen gestürmt wurde!*, wollte ich brüllen. *Unsittlichen Kontakt hatte es keinen gegeben! Und der Typ, der in meiner Hütte gewesen ist, war auch kein Callboy, ihr Wichser, es war ein Barkeeper!* Doch ich schrie nicht, sondern blieb stumm und fassungslos. Wie immer hatte die Presse gnadenlos übertrieben. Und zu allem Überfluss hatte sich der Bulle mit der Fotokamera garantiert eine goldene Nase verdient, indem er dieses Foto an die *Sun* verkauft hatte. So eine korrupte Doppelmoral!

Vor Ärger streckte ich dem Notebook und damit diesen ganzen Arschlöchern den ausgesteckten Mittelfinger entgegen. »Fuck you«, fluchte ich und wiederholte meine zornige Geste. Doch dann fiel mein Blick auf einige Papiere, die neben dem Laptop lagen. In meiner Aufregung hatte ich sie ein bisschen durcheinander gebracht, und gerade, als ich sie gedankenverloren wieder zusammenschieben wollte, entdeckte ich auf einem der Papiere das Gesicht von Saj.

Mit spitzen Fingern zog ich das Blatt behutsam aus dem Stapel. Wie es aussah, handelte es sich um den Ausdruck einer Homepage, und auf dieser warb Saj für seine Dienste. Konnte es sein, dass …? War das wirklich möglich?

Noch einmal begutachtete ich den Ausdruck, und dann musste ich zugegeben, dass die Lügenpresse in einem Punkt doch Recht hatte: Der Barkeeper, der mich angemacht hatte, war in Wirklichkeit ein Callboy. Jedenfalls legte dieser Ausdruck die Vermutung nahe, denn auf dem Foto zeigte sich Saj halbnackt und in lasziven Posen. Zwar bot er seine Dienste – halbherzig getarnt –

als *Massage und Begleitservice für Männer* an, doch wohl nur, um sich der staatlichen Kontrolle zu entziehen. Wenn man nicht ganz naiv war, wusste man beim Anblick der Bilder sofort, was Sache war. Massage hin, Massage her.

Mein Gehirn ratterte, doch obwohl es nun offensichtlich war, dass mich der Typ getäuscht hatte, konnte ich die ganze Tragweite der Situation noch nicht erfassen. Was hatte er davon gehabt? Wozu das alles? Und wieso ich? Ich überlegte hin und her, doch das Ganze wollte keinen Sinn ergeben. Bis ich schließlich noch etwas anderes auf dem Papier entdeckte.

Mit einem Kugelschreiber hatte Melody in ihrer kindlichen Mädchenschrift etwas an den Rand des Ausdrucks geschrieben: *Fest gebucht für den ersten Urlaubstag. Mittags, plus den ganzen Abend. 500 US-Dollar, Barzahlung bei Ankunft. Alles inklusive.*

Kapitel 23

Melody hatte also für 500 US-Dollar einen Callboy engagiert und sich damit seine Dienste für einen Tag und einen Abend gesichert. Für sich selbst konnte sie seinen Service nicht gebucht haben, denn auf seiner Website wies er eindeutig darauf hin, dass sich seine Tätigkeiten auf Männer beschränkten. Hatte Melody ihn vielleicht für Jordan gebucht? Etwas in mir schloss das aus, und so blieb nur diese eine Erklärung: Sie hatte ihn für mich engagiert. Nur, was hatte sie mit dieser Aktion bezweckt?

»Nein, Jordan weiß noch nichts davon. Ich habe ihn heute noch nicht gesprochen.« Bevor ich Melody um die Ecke kommen sah, hörte ich ihre Stimme. Sie telefonierte gerade und klang dabei sehr aufgeregt. »Keine Stellungnahme, Roy. Wir werden das Thema gleich miteinander besprechen, und ich rufe dich dann so schnell ich kann zurück.« Schweigen und dann: »Natürlich werden wir uns von Ben trennen, er ist nach dem Vorfall untragbar geworden.«

Sie trat durch die Terrassentür ins Wohnzimmer und schob sich gerade ihre Sonnenbrille von der Nase auf den Kopf, als sie mich vor ihrem Laptop sitzen sah.

»Was machst du da?«, fragte sie gereizt.

Mein erster Impuls war, aufzuspringen und das Laptop zuzuklappen, so als könnte ich damit den Artikel in der *Sun* aus der Welt schaffen. Doch selbst wenn ich das hässliche rosa Ding in den Pool werfen würde – die Meldung würde ich damit nicht verschwinden lassen können. Also blieb ich sitzen und funkelte Melody zornig an.

»Vielen Dank für dein Geschenk«, sagte ich und sah, wie sich Verwirrung in Melodys Gesichtszüge schlich.

»Bist du verloren gegangen? Wo bleibt denn das Bier?«, rief Jordan, während er aus dem Gästezimmer ins Wohnzimmer kam. »Oh, hallo Mel. Bist du schon wieder zurück?« Er sah erst verwirrt zu Melody und dann zu mir.

Deutlich konnte ich sehen, wie es in seinem Kopf arbeitete, als er zu verstehen versuchte, warum ich auf dem Sofa vor dem Notebook saß, während seine Verlobte mit zornigem Gesicht in der offenen Terrassentür stand.

»Ich konnte nicht zum Fitness gehen, weil pausenlos das Telefon klingelt und mich die Presse um eine Stellungnahme bittet«, spie sie hervor. »Falls du dich fragst, zu welchem Thema? Sieh es dir selbst an!« Mit energischen Schritten trat sie auf ihren Computer zu, und kurz war ich versucht, ihn mir zu schnappen. Doch noch ehe ich eine Entscheidung treffen konnte, hatte Melody ihn in die Finger bekommen.

Wütend drehte sie ihn um, sodass Jordan nun die Website der *Sun* sehen konnte.

»Diese Art von Presse können wir vor dem Wechsel zu *Deportivo Madrid* nicht gebrauchen. Genau genommen, können wir sie nie gebrauchen«, fauchte sie und sah mich dabei mit hasserfülltem Blick an.

Jordan ging zum Computer und sagte dann eine ganze Weile nichts. Mein Versuch, in seinem Gesicht zu lesen, schlug fehl, denn es blieb so ausdruckslos wie das eines Sargträgers.

»Nun sag schon etwas dazu«, schrie Melody ihn an, als die Stille anhielt. »Wir müssen ihn schnellstmöglich loswerden. Er kann keine Minute länger für uns arbeiten. Sie werden dich in der Luft zerreißen, wenn wir wieder in London sind und sie uns mit ihm zusammen sehen.«

Jordan und Melody sahen mich beide an, und mir schwand mein letztes Quäntchen Kraft unter ihren Blicken. *Bodyguard mit unsittlichem Verhalten,* las ich in diesen Blicken. Ich ließ mich ins Sofa fallen und fühlte mich mit einem Mal einsam, als ich Jordan und Melody nebeneinander stehen sah. Melody hatte Recht. Wenn mir etwas an Jordan lag, dann musste ich mich von ihm fernhalten, denn ein Skandal in seinem Umfeld würde ihm womöglich seinen Wechsel nach Madrid versauen.

Der kristallbesetzte Deckel des Notebooks machte ein knallendes Geräusch, als Jordan ihn zuschlug.

»Diese Aasgeier! Da schmieren sie einem Honig um den Mund und tun alles, um eine Homestory zu kommen, aber wehe, es gibt irgendwo ein Skandälchen. Dann kennen sie kein Pardon. Und damit es noch ein bisschen dramatischer wird, mutiert ein Cocktailmixer gleich zum Callboy. Ich werde sie verklagen!«

Melody sah unbehaglich drein und legte geschäftig ihre Sonnenbrille auf den Papierstapel, aus dem ich gerade den Ausdruck gefischt hatte.

»Das kannst du dir sparen«, sagte ich. »Er ist ein Callboy.«

»Wie meinst du das?«, fragte Jordan.

»So wie ich es sage. Saj arbeitet als Stricher. Ich habe einen Ausdruck seiner Homepage gefunden. Dort preist er seine Dienste als Massage an«, sagte ich und machte mit meinen Fingern Anführungszeichen in die Luft. »Und wie es aussieht, wusste Melody ganz genau, um welche Art der Massage es sich dabei handelt. Der Typ sollte mich ficken. Dafür hatte Melody ihn gebucht und bezahlt. Oder, wie würdest du das hier erklären?«, fragte ich Melody, reichte aber Jordan den Ausdruck mit ihrer Notiz darauf.

»Was soll das sein?«, schnaubte sie, aber ihre Stimme überschlug sich. »Gib das her!« Sie versuchte, Jordan den Ausdruck aus der Hand zu reißen, aber er war schneller und hielt ihn außerhalb ihrer Reichweite.

Zorn funkelte in Jordans Augen, nachdem er den Zettel ausgiebig betrachtet hatte. »Stimmt das, Mel? Hast du den Typen engagiert?«

»Nein. Dass du so etwas von mir denkst! Nur weil dein Lover es behauptet.« Sie spie das Wort *Lover* abfällig aus. »Lächerlich, absolut lächerlich ist das. Warum hätte ich das denn tun sollen?«

»Willst du mich für dumm verkaufen? Hier hast du selbst geschrieben, dass du ihn für 500 all inclusive gebucht hast. Unfassbar! Jetzt wird mir auch klar, warum du plötzlich keine Lust mehr auf Cocktails gehabt hast, obwohl du extra einen Barkeeper geholt hattest. Du hattest ihn auf Ben angesetzt und dann von der Polizei abholen lassen.« Jordans Gesicht war wutverzerrt, als ihm allmählich die Zusammenhänge klar wurden. Und dann, ganz plötzlich, wurde er todernst. »Du hättest Ben mit der Aktion zugrunde richten können.«

»Nein, nein, nein!«, schrie Melody hysterisch. Ihre trotzige Art, die sie gerade noch zur Schau gestellt hatte, löste sich in Luft aus, als sie sagte: »Ich konnte doch nicht ahnen, dass die Polizei hinter dem Kerl her war. Damit konnte niemand rechnen. Das musst du mir glauben, das habe ich nicht gewusst.«

»Warum hast du ihn dann überhaupt gebucht?«, schrie Jordan.

»Weil … ja, weil …«, Jetzt brach sie in Tränen aus. »Weil ich dir zeigen wollte, dass er«, sie deutete auf mich, »dir nie treu sein wird. Das war alles.«

Einen Moment lang sagte keiner etwas, und Jordan sah Melody verwirrt an. Dann fing sie zu schluchzen an und ließ sich in einen Sessel fallen. »Denkst du, ich hätte nicht gemerkt, wie du Ben ansiehst?«, fragte sie Jordan. »Wie du ihn in mein Haus geschafft hast, um ihn …«

»In dein Haus?«, unterbrach Jordan sie. »Es ist *mein* Haus, und ich dachte, wir haben eine Vereinbarung. Du lebst dein Leben, und ich lebe meins. Verdammt Mel, was ist nur los mit dir?«

»Ich wusste, dass Ben dein Leben … unser Leben, durcheinanderbringen wird. Das wusste ich bereits, noch bevor du es selbst auch nur geahnt hast. Und jetzt seht euch doch mal an.« Ihr Blick wanderte von mir zu Jordan. »Er trägt bereits deine T-Shirts, und du stehst halbnackt hier herum und himmelst ihn an. Es wird nicht mehr lange dauern, und ich bin nur noch ein lästiges Anhängsel, das zwischen euch steht. Ich wollte dir nur die Augen öffnen, und das habe ich getan. Sieh den Tatsachen ins Auge: Es reicht ein dahergelaufener Typ, egal, ob Barkeeper oder Callboy, und er geht mit ihm mit. Du bist ihm egal!« Jetzt wurde ihre Stimme flehend, aber Jordan wich von ihr zurück. »Lass uns alles so machen, wie wir es geplant haben«, sagte Melody. »Wir heiraten, ziehen nach Madrid, und du kassierst Millionen. Konzentrier dich auf deine Karriere, und opfere dein Talent nicht irgendeinem Typen, der dich ohnehin nur benutzt und dich eines Tages sitzen lassen wird.«

Jordan sah Melody lange an, und ich konnte sehen, wie sich Traurigkeit in sein Gesicht legte.

»So etwas hätte ich dir nie zugetraut. Selbst wenn du nicht gewusst hast, dass die Polizei kommen würde, so ist Ben trotzdem wegen dir verschleppt worden.« Er machte einen Schritt auf Melody zu. »Ich sage dir eins: Halte dich aus meiner Beziehung raus, oder …« Den letzten Teil des Satzes, ließ er unvollendet.

Kapitel 24

»Sie haben mein Statement fast wörtlich gedruckt. Damit wird die Presse das Thema endlich ad acta legen, da bin ich mir sicher. Schau es dir an. Wie findest du es?«, fragte Jordan, als er ohne jede Begrüßung zu mir in den Personalraum stürzte und mir eine Ausgabe der *Sun* auf den Tisch knallte. Wie es aussah, war die Zeitung heute Morgen von dem heftigen Sommerregen überrascht worden, der sich über London ausgeschüttet hatte, denn sie war wellig und an einigen Stellen eingerissen. Mir war es ganz ähnlich ergangen. Als ich mich von der WG aufgemacht hatte, um meine Schicht bei Jordan anzutreten, hatte noch kein Wölkchen den blauen Himmel getrübt. Doch kurz bevor ich hier angekommen war, hatte sich der Himmel verdunkelt und mich mit einem kräftigen Regenguss klitschnass gemacht.

Ich strich die Zeitung glatt und schaute sie mir an. Die Stellungsnahme, von der Jordan gesprochen hatte, entdeckte ich auf Seite sieben in einem Artikel, der klein, fast schon winzig war. Das zeigte mir, dass Jordan wohl richtig lag. Das Thema *Jordan Evans und sein schwuler Bodyguard* hatte nie richtig gezündet und würde hiermit wohl gänzlich seinen Reiz für die Medien verloren haben.

Jordan Evans unterstützt LGBT-Verband
im Kampf gegen Ungleichbehandlung auf den Malediven

London-United-Stürmer Jordan Evans (25), dessen Bodyguard wegen homosexueller Handlungen auf den Malediven vorübergehend festgenommen worden war (wir berichteten), stellte sich in einer Stellungnahme klar hinter seinen Personenschützer und kündigte an, sich im Kampf gegen Diskriminierung und Verfolgung von Minderheiten auf den Malediven zu engagieren. »Welche sexuelle Orientierung die Menschen haben, ist mir völlig egal. Das schließt meine Bodyguards uneingeschränkt mit ein. Nicht egal ist mir hingegen, wenn Menschen deswegen verfolgt, verhaftet und verschleppt werden. Ich biete dem LGBT-Verband meine volle Unterstützung im Kampf gegen diese Ungerechtigkeiten an. Im Übrigen würde ich persönlich nie wieder auf die Malediven fliegen.«
Leo Meyer, Vorsitzender des LGBT-Verbands London, hat sich über die zugesagte Unterstützung positiv geäußert und freut sich auf eine Zusammenarbeit mit dem populären Fußballspieler.

»Das nenne ich eine Flucht nach vorn«, sagte ich und war stolz auf Jordan. Anstatt mich zu entlassen, wie Melody und Roy es vorgeschlagen hatten, hatte er den Spieß umgedreht und sich demonstrativ hinter mich gestellt. »Und zudem tust du damit etwas Gutes für dein Image«, sagte ich und zwinkerte ihm zu. Ich nahm einen großen Schluck von meinen zweiten Kaffee, den ich mir an diesem Morgen gönnte, und schlug die *Sun* zu. Was dieses Thema anging, wollte ich nur noch eins: Es so schnell wie möglich vergessen.

Jordan rutschte zu mir auf die Bank und gab mir einen Kuss. »Warum schläfst du eigentlich nicht bei mir, sondern fährst immer noch abends in die WG und kommst dann am nächsten Tag wieder her? Was spricht dagegen, hierzubleiben?« Er nahm meinen Kaffee und trank einen Schluck davon. »Außerdem vermisse ich dich. Seit unserer Rückkehr von den Malediven waren wir keine Nacht mehr zusammen.«

»Es reicht mir, dass ich Melody sehe, wenn ich hier tagsüber arbeite. Ich habe keine Lust, ihr auch noch abends zu begegnen und dann mit ihr und ihrem Verlobten unter einem Dach zu schlafen. Sorry, Jordan, das ist zu viel verlangt. Aber komm doch mit zu mir. Mein Bett ist zwar klein, aber es würde reichen.«

Er legte mir den Arm um den Hals und zog meinen Kopf zu sich.

»Du hältst mich auf Abstand, seit wir wieder in London sind. Warum?« Sein Körper wärmte meine Seite, und ich konnte seinen Atem auf meinem Hals spüren.

»Als wir die letzten Nächte auf den Malediven miteinander verbracht haben, waren wir in meiner Hütte am Strand. Da hatte ich das Gefühl, in meinem Reich zu sein und nicht in dem von Melody. Hier ist es anders. Hier fühle ich mich wie ein ungebetener Gast«, sagte ich.

»Ach, komm schon, Ben, die Villa ist doch mein Reich. Mel ist die meiste Zeit unterwegs und taucht immer spät erst wieder auf. Gib dir einen Ruck und bleib heute Nacht hier. Lass mich nicht betteln. Ich kann wirklich nicht zu dir und Beth in die Chaoten-WG kommen. Wenn das die Presse mitbekommt, ist der Teufel los. Dann haben die Medien eine Schwulen-Story für die Seite eins. Umgekehrt aber geht es. Du kannst hier bleiben. Du bist mein Angestellter, das fällt niemandem auf.« Er sah mir in die Augen. »Und von dem mal ganz abgesehen – ich liebe dich, ich will dich bei mir haben.«

Fast wäre ich schwach geworden, denn nichts wollte ich sehnlicher, als mit Jordan die Nächte zu verbringen. Mit ihm einschlafen und zusammen aufwachen. Und noch ein paar andere Dinge mehr. Aber es fühlte sich nicht richtig an, solange Melody nur ein paar Zimmer

weiter schlief. Außerdem herrschte seit unserer Rückkehr von den Malediven eine eisige Stimmung in der
Villa, die mir schon tagsüber aufs Gemüt schlug.
Abends wollte ich mir das nicht auch noch zumuten,
denn der Kleinkrieg, den sich Melody und Jordan lieferten, war ziemlich deprimierend.

An ein offizielles Liebes-Aus war dennoch nicht zu
denken. Nicht, bevor Jordan bei *Deportivo Madrid* unterschrieben haben würde – und wahrscheinlich nicht einmal dann.

Mich nervte das gewaltig. Zwar versuchte ich, mir
immer wieder einzureden, dass mir diese Scheinbezie-
hung nichts ausmachte, schließlich liebte Jordan mich
und nicht Melody. Doch die beiden tagtäglich miteinander zu sehen, ging mir trotzdem gegen den Strich.

»Lass uns heute Abend noch einmal darüber
sprechen«, sagte ich und vertagte das Thema damit auf
später. »Wie sieht der Tag heute aus? Was liegt an?«

Jordan zog ein Gesicht und rückte von mir ab. »Okay,
verstanden. Wir gehen zum geschäftlichen Teil über.«
Er räusperte sich. »Training. Dann ab elf Uhr ein Strategie-
gespräch für das Freundschaftsspiel gegen Madrid. Das
dauert wahrscheinlich den ganzen Tag. Falls ich dich
nicht anrufe, kannst du mich gegen achtzehn Uhr wieder
abholen. Bis dahin hast du frei. Mach, was du willst.« Nun
rückte er wieder an mich heran. »Und dann übernachtest
du hier. Das ist eine Dienstanweisung!«

Wir hörten Schritte, die vom Flur her durch die geschlossene Tür drangen, und Jordan zog sich schnell
von mir zurück. Keine Sekunde später kam jemand in
den Personalraum.

»Hallo! Na, ihr seht aber schuldbewusst aus. Habe
ich euch zwei Turteltauben gestört?« Es war Beth, und
ich sah, dass auch sie mit dem Regen gekämpft hatte,
denn ihre neuerdings zum Irokesen auftoupierten Haare
hingen nass und kraftlos an ihr herunter. Sie warf einen

kleinen, tropfenden Regenschirm in die Spüle, nahm sich eine Tasse und goss sich den Rest des Kaffees ein.

»Musst du uns so erschrecken?«, rief Jordan und grinste sie an. »Hallo Beth! Was hast du mit deinen Haaren gemacht? Du siehst aus wie ein gebadeter Kakadu.«

»Sehr witzig«, schnaubte sie. »Dieser scheiß Regenschauer. Ich muss mich unbedingt gleich wieder herrichten, denn ich habe ein ...«, sie breitete die Arme aus, »Interview mit dem *Rolling Stone Magazin*!«

»Krass. Glückwunsch! Seit wann weißt du das?«, fragte ich, stand auf und nahm sie in die Arme.

»Seit einer Stunde. Sie haben ganz überraschend angerufen, und ich habe mich danach sofort auf den Weg hierher gemacht. Ich dachte, Ben könnte mich zu der Redakteurin fahren. Das käme sicher gut«, lachte sie. »Du leihst ihn mir doch aus, Jordan, oder? Jetzt, wo er nicht mehr für Mel arbeitet, steht er als Bodyguard doch zur freien Verfügung.«

»Für Mel arbeitet er nicht mehr. Das stimmt. Doch von wegen zur freien Verfügung! Ben ist jetzt voll und ganz für mich im Einsatz«, stellte Jordan klar.

»Quatsch. Er ist mit dir zusammen, das ist etwas anderes«, sagte Beth.

»Trotzdem arbeitet er für mich. Aber wann genau brauchst du ihn denn?«, fragte Jordan.

»Wir treffen uns um dreizehn Uhr zum Lunch im *Billy's*.«

Jordan sah mich an. »Fährst du sie? Dann wird aber nichts aus deinem freien Mittag werden.«

»Du hast heute frei? Na, das hättest du auch gleich sagen können. Da beknie ich meinen Bruder – und du hast frei. Klar fährt Ben mich«, sie lächelte mich bittend an.

»Klar fahre ich dich«, wiederholte ich. »Ich muss vorher nur Jordan beim Training abladen, dann kannst du über mich verfügen, wie es Melody früher durfte.« Ich lachte und zwinkerte mit dem Auge.

»Das ist doch mal ein Angebot. Hole mir Milch für meinen Kaffee«, flötete sie schrill und imitierte Melodys Stimme, was ihr ausgesprochen gut gelang. Wir lachten, während sich Beth ihre Milch holte. »Ich habe übrigens den Artikel in der *Sun* gelesen. Gut gemacht, Jordan.« In ihrer Stimme lag Stolz, und ich sah, dass Jordan plötzlich interessiert seine Fingernägel betrachtete und verlegen grinste. »Aber dass du nach dieser Aktion auf den Malediven immer noch mit dieser Frau unter einem Dach leben kannst. Also ich finde das …«

»Ach komm, Beth«, unterbrach Jordan sie, »fang nicht schon wieder damit an. Lass es gut sein«, sagte er resigniert. »Ich kann unsere Beziehung nicht einfach so beenden, das hatten wir doch alles schon. *Deportivo Madrid* würde keinen schwulen Fußballer einkaufen. Kein Erstliga-Verein der Welt würde das tun. Aber trotzdem ist es Ben, der jetzt Teil unserer Familie ist.«

»Das gefällt mir«, sagte Beth, beugte sich über den Tisch und gab mir einen Kuss auf die Wange. »Es ist, als würde ich einen zweiten großen Bruder bekommen.«

Jordan gab mir einen Kuss auf die andere Wange. Eingeklemmt zwischen zwei Evans. So viel Zuneigung rührte mich, und ich wusste gar nicht, zu wem ich schauen oder was ich sagen sollte. Zum Glück klatschte Beth in die Hände und unterbrach die anrührende Stimmung. »Auf geht's, Jungs! Ich düse jetzt nach oben und werde meine Haare wieder in Ordnung bringen. Holst du mich ab, nachdem du Jordan abgeliefert hast?«, fragte sie mich.

»Ja, mache ich«, antwortete ich und schaute auf meine Uhr. »Das haut problemlos hin. Ich bin so gegen zwölf Uhr wieder hier, und dann bist du locker um eins im *Billy's*.«

* * *

Ich schaffte es sogar, vor zwölf Uhr wieder zurück zu sein und Beth abzuholen. Der Verkehr war für Londoner Verhältnisse erstaunlich ruhig, und so mussten wir sogar noch ein paar Extrarunden um einen Häuserblock drehen, weil wir sonst zu früh im *Billy's* gewesen wären, und das wollte Beth auf jeden Fall vermeiden. Schließlich sollte die Presse auf sie warten, nicht umgekehrt. Na, dachte ich, etwas hatte Beth scheinbar doch von Melody gelernt. Aber das hätte ich ihr gegenüber natürlich nie erwähnt, zumindest nicht, so lange mir mein Leben lieb und teuer war.

Pünktlich auf die Minute erschienen wir also im *Billy's,* und während Beth mit einer Reporterin des *Rolling Stone* über ihre Musik sprach, setzte ich mich an die Theke und trank abwechselnd Kaffee und Wasser. Das hatte ich mir zur Gewohnheit gemacht, als ich ständig auf Melody hatte warten müssen, und solange ich keinen Kaffee mehr nach siebzehn Uhr trank, hatte ich auch nachts keine Schlafprobleme von dem vielen Koffein.

Das *Billy's* war Restaurant und Bar in einem und im Stil eines alten Western-Saloons gehalten. Die Betreiber hatten viel Mühe in die Einrichtung gesteckt, doch für meine Begriffe wirkte das *Billy's* aufgesetzt und künstlich. Ich fühlte mich wie in einem Freizeitpark, nicht wie in einem Diner. Aber sicher bot der Wilde Westen, an den hier alles erinnern sollte, einen guten Hintergrund für die Aufnahmen, die ein Fotograf von Beth schoss, während sie sich mit der Reporterin unterhielt.

Gelangweilt blickte ich auf den Flachbildfernseher, der in einer Ecke über der Bar tonlos das Programm des Sportkanals übertrug und nun gerade einen Bericht über *London United* brachte. Wie ich an den Trikots erkennen konnte, ging es in der Reportage um das anstehende Freundschaftsspiel gegen Madrid. Ansonsten gab es in der Sommerpause ohnehin kaum etwas zu berichten. Der Sender zeigte Ausschnitte aus vergangenen Derbys, Interviews mit den Spielern, und dann sah ich plötzlich in das sommersprossige Gesicht von Nathan O'Connor. Die Bauchbinde, die der Sender nun unter dem Bild einblendete, klärte die Zuschauer darüber auf, dass Nathan nur als Ersatzspieler bei dem Spiel gegen Madrid dabei sein würde. Hatte er es also doch nicht auf einen festen Platz geschafft, dachte ich, und dabei fiel mir sein heimliches Gespräch mit Roy wieder ein. Wie es wohl um seine Verhandlungen mit Madrid bestellt war? Jordan hatte mir gegenüber jedenfalls bisher nicht erwähnt, dass Nathan eventuell mit ihm nach Madrid kommen würde. Doch auch ich hatte Jordan noch nichts von dem Gespräch erzählt, das ich belauscht hatte. Zum einen, weil bisher nie der richtige Zeitpunkt dafür gewesen war. Zum anderen ließ Jordan nichts auf Nathan kommen. Er hätte meinen Verdacht gegen ihn also sowieso nicht geteilt. Und das wahrscheinlich sogar zu Recht, schließlich war Nathan Jordans bester Freund, und als solcher konnte er eigentlich gar kein übler Kerl sein.

Ich überlegte, und mit einem Mal kam mir mein erster und bisher einziger Streit mit Beth in den Sinn. Zwar konnte ich mich nicht mehr an alle Details erinnern, aber ich wusste, dass ich in meiner Wut auf Jordan auch Nathan erwähnt hatte, woraufhin Beth total ausgerastet war. Doch wieso eigentlich? Nie wieder hatten wir darüber gesprochen. Ich nahm mir vor, das später zu ändern und sie außerdem zu fragen, ob ich Jordan von dem Gespräch zwischen Nathan und Roy berichten sollte.

Eine halbe Stunde später saßen Beth und ich wieder in Jordans silbernem Porsche, den er mir für den heutigen Tag als Dienstauto zur Verfügung gestellt hatte. So sehr ich mich früher über Porsche-Fahrer mokiert hatte, so sehr liebte ich es nun, mit dem PS-Monster durch

London zu flitzen. Die Straßenlage und der Motorensound waren wirklich der Hammer.

»Hör auf, so durch zu rasen, sonst kotze ich gleich auf den Ledersitz«, sagte Beth, als ich um eine Ecke sauste. »Das Essen im *Billy's* bietet sich dazu geradezu an, es war echt übel.«

»Lief denn wenigstens das Interview besser?«, fragte ich und nahm mir vor, den Wagen nicht mehr so stark zu beschleunigen.

»Ich glaube schon. Die Fragen, die die Reporterin gestellt hat, waren allesamt sehr wohlmeinend. Aber was letztendlich dabei rauskommt, müssen wir abwarten. Schon zu viele Bands sind trotz eines vermeintlich guten Interviews mit zwei oder gar nur mit einem von fünf Sternen für ihr Album bedacht worden.«

»Ihr werdet sicher die Höchstpunktzahl bekommen«, sagte ich optimistisch.

»Im Grunde genommen ist es egal, wie viele Sterne sie uns geben. Hauptsache, wir stehen überhaupt im *Rolling Stone*. Das ist wie ein Ritterschlag.«

Eine Zeitlang fuhren wir schweigend durch London, und jeder hing seinen Gedanken nach. Meine kreisten hauptsächlich darum, wie ich Beth am besten auf Nathan ansprechen sollte. Denn ich wurde, je mehr ich jetzt darüber nachdachte, das Gefühl nicht los, dass Beth mich damals nicht wegen meines Wutanfalls aus ihrer Garderobe geworfen hatte, sondern weil ich Nathan erwähnt hatte.« Unruhig rutschte ich im Autositz nach hinten. »Hatte Jordan mir nicht gesagt, dass sie einmal in Nathan verknallt gewesen war? Vielleicht hing ihr diese unglückliche Liebe immer noch nach.

»Beth, darf ich dich etwas fragen?«, überwand ich mich und fing vorsichtig an, Beth auf das kommende Gespräch vorzubereiten.

Aus den Augenwinkeln sah ich, dass sie mich erstaunt von der Seite anschaute. »Klar. Aber so wie du anfängst, klingt es, als käme jetzt etwas Unangenehmes. Geht es um Melody?«

»Äh, nein«, antwortete ich vorsichtig. »Um Nathan O'Connor.«

Ihre Sitzhaltung änderte sich, kaum dass ich den Namen ausgesprochen hatte. Aus der entspannten Beth, die gerade noch ganz cool ihr erstes Interview gegeben hatte, wurde eine am ganzen Körper angespannte Frau, die ihre linke Hand so fest in das Lederpolster des Wagen grub, dass sich ihre Fingernägel mit sichtbaren Abdrücken darin verewigten, wie ich später feststellen sollte.

»Ist es wichtig?«, fragte sie, und ich nahm ein Zittern in ihrer Stimme wahr.

»Keine Ahnung«, sagte ich verunsichert. »Ich glaube schon. Aber sag mal, geht es dir gut? Soll ich anhalten?« So blass, wie sie plötzlich aussah, hatte ich Angst, dass vielleicht wirklich etwas mit dem Essen nicht gestimmt hatte und sie sich jeden Moment würde übergeben müssen.

»Nein, fahr weiter. Es ist alles in Ordnung«, sagte sie und schluckte schwer. »Frag mich, was du über Nathan wissen willst. Aber mache es kurz.«

»Okay. Ich dachte nur, dass du ihn vielleicht besser kennst als ich. Jordan hat nämlich mal erwähnt, dass du in ihn ... ich meine, dass du ihn gut fandest«, druckste ich herum, aber Beth unterbrach mich. »Ja, ich war in Nathan verknallt, aber das liegt Lichtjahre zurück, und bitte erinnere mich nicht mehr daran. Was willst du wissen, verdammt?«

Ihr Ausbruch ließ mich verstummen, und fast war ich versucht, zu sagen: *Schon gut, nicht so wichtig.* Letztendlich wagte ich aber einen Versuch.

»Jordan vertraut Nathan. Aber weißt du, ob er das auch wirklich tun kann?«

Sie entspannte sich ein wenig, als sie mir antwortete. »Ich glaube, dass niemand ihm vertrauen kann, aber das ist meine Meinung, und ich bin da nicht objektiv. Das musst du berücksichtigen, wenn du weiter fragst. Hast du Grund zur Annahme, dass er Jordan hintergeht?«

»Ich bin mir nicht sicher, aber ich glaube schon.« Mit knappen Worten berichtete ich ihr von dem Gespräch, das Nathan mit Roy geführt hatte. Ich erzählte ihr, dass er Roy damit beauftragt hatte, ihn ebenfalls bei *Deportivo Madrid* unterzubringen. Und dass dies alles höchstwahrscheinlich hinter Jordans Rücken geschah, ich aber nicht wusste, ob ich ihn darauf ansprechen sollte. »Ich habe keine Ahnung, wie ich mich verhalten soll«, beendete ich meine Ausführungen. »Vielleicht wäre es für Jordan sogar in Ordnung, wenn Nathan mit ihm nach Spanien gehen würde. Schließlich spielen die beiden jetzt auch schon in derselben Mannschaft, und beste Freunde sind sie außerdem. Ich weiß auch nicht – womöglich habe ich etwas missverstanden oder einfach nur eine blühende Fantasie.«

»Nathan ist eine Schlange«, sagte Beth. Aber Jordan hört in diesem Punkt genauso wenig auf mich, wie er mir zuhört, wenn ich über Melody spreche.«

Wir fuhren gerade über die Tower Bridge, und Beth blickte aus dem Fenster auf die Themse, doch ich war mir sicher, dass sie das Panorama, das sich ihr bot, nicht wirklich sah.

Da ich nicht wusste, was ich darauf antworten sollte, wartete ich, dass sie weitersprach. »Ich glaube, ich muss etwas weiter ausholen, damit du Jordans Beziehung zu Nathan verstehst.« Sie atmete tief ein und langsam wieder aus. »Sicher hat Jordan dir von unserem miesen Elternhaus berichtet?«

Ich nickte, und Beth sprach weiter: »Schon in der Schule waren Jordan und Nathan unzertrennlich. Beide liebten sie Fußball, beide waren sie Kämpfer, und beide stammten aus zerrütteten Familien. Daher ist Nathan so etwas wie ein Bruder für Jordan, und gegenüber

241

Brüdern ist man nie ganz objektiv. Ich aber sehe ihre Freundschaft mit anderen Augen. Von Anfang an war Jordan der bessere Spieler, und er hat auch als erster das große Geld verdient. Aber egal, auf welcher Stufe der Karriereleiter Jordan auch stand – immer hat er Nathan nachgeholt.«

Das passte zu Jordan. Auf der einen Seite war er der einsame Rebell, der Kämpfer. Auf der anderen Seite kümmerte er sich selbstlos um die, die ihm wichtig waren. »Das ist doch etwas Gutes, oder?«, hakte ich nach.

»Ja. Aber nicht, wenn man das für eine Ratte wie Nathan tut. Du hast es doch selbst gesehen. Nathan ist eiskalt. Er tut alles, um seinen Vorteil daraus ziehen zu können. Er verletzt sogar die Menschen, die ihm Gutes tun.«

»Na ja. Ich bin, was Nathan betrifft, zwar selbst etwas kritisch, sonst hätte ich dich nicht um Rat gefragt. Aber meinst du nicht, dass du jetzt ein wenig übertreibst? Immerhin hast du dich einst in ihn verliebt, und wir neigen doch alle dazu, kein gutes Haar an einer verschmähten Liebe zu lassen«, warf ich ein.

»Verschmähte Liebe? Bullshit!«, rief sie und brach in Tränen aus. »Er hat mich vergewaltigt!«

Kapitel 25

Mit einem abrupten Schlenker lenkte ich den Porsche auf den Standstreifen links am Straßenrand und blickte Beth entsetzt an. Ein Auto hinter uns hupte empört, und ich sah flüchtig den Mittelfinger des Fahrers, als er rechts an uns vorbeifuhr.

Was hatte sie gesagt? Nathan hatte sie vergewaltigt?

Mit einem leisen Summen ließ Beth das Fenster auf ihrer Seite heruntergleiten, zog undamenhaft die Nase hoch und spuckte auf die Straße.

»So, jetzt ist es raus«, sagte sie und meinte damit nicht ihren Auswurf. »Jetzt weißt du es. Aber halt bloß deine Klappe. Ich habe noch nie mit jemandem darüber gesprochen. Zumindest nicht außerhalb der Klinik. Versprich mir, dass du dicht hältst. Kein Wort zu Jordan!«

Sie funkelte mich mit verweinten Augen an, aber ihre Stimme war wieder ruhig und beherrscht.

»Kein Wort, versprochen«, sagte ich. »Aber wie … warum?«

»Es stimmt, dass ich in Nathan verliebt gewesen bin. Ich war fünfzehn und schwärmte für den besten Freund meines Bruders. Ich schätze, das passiert vielen kleinen Schwestern. Eines Abends gingen wir zu zweit an den Strand, und er flirtete mit mir. Er hatte schon einiges getrunken, doch ich war nüchtern – aber total hingerissen von ihm und geschmeichelt, dass er mit mir ausging. Mit *mir.* Er war so viel älter als ich und so stark und dazu noch ein Fußballer.« Die schwärmerischen Worte einer Fünfzehnjährigen, dachte ich. »Heute würde er mich bestimmt küssen, hatte ich damals gehofft. Das weiß ich noch. Und das hatte er auch getan. Und noch mehr. Schon nach dem ersten Kuss wollte ich nicht mehr. Er stank nach Bier und war furchtbar grob, gar nicht so, wie ich es mir in meinen naiven Mädchenträumen ausgemalt hatte.« Jetzt sah Beth mich nicht mehr an, sondern blickte durch die Frontscheibe des Wagens, als erzählte sie ihre Geschichte dem Halteverbotsschild, hinter dem ich geparkt hatte. »Ich hatte versucht, ihn von mir wegzudrücken, aber er war so viel stärker als ich. Heute erinnere ich mich eigentlich am deutlichsten an das Dünengras, zwischen dem wir lagen. Ich hatte meinen Blick ganz fest auf einen der Büschel gerichtet, der sanft in der Abendluft hin und her schwankte. Hin und her, genau wie Nathan auf mir. Auf mir und in mir, während er mit einer Hand meinen Mund zuhielt und mit der anderen Hand meine Hände über dem Kopf fixierte und mir dabei meine Unschuld nahm. Hin und her, hin und her.«

Mir schossen tausend Gedanken gleichzeitig durch den Kopf, aber keiner brachte die richtigen Worte mit, die ich nach diesem Geständnis zu ihr hätte sagen können. Das Entsetzen stand überdeutlich in ihrem Gesicht, obwohl das Ereignis schon Jahre zurück lag. Doch so etwas vergaß man wohl nie. Egal, wie viel Zeit verstreichen mochte.

»Warum hast du es nicht Jordan gesagt?«, fragte ich vorsichtig.

»Nathan hat mir gedroht. Zu der Zeit wusste jeder, dass ich auf ihn stand. Er sagte, er würde behaupten, dass alles einvernehmlich abgelaufen sei. Außerdem würde er Jordans Karriere ruinieren, wenn ich zu irgendjemandem auch nur ein Sterbenswörtchen sagen würde.« Sie schluckte schwer. »Er würde Jordan fertig machen. Die Ratte hatte mitbekommen, dass Jordan auf Männer stand. Wenn ich ihn damals richtig verstanden habe, hatte er Jordan wohl einmal heimlich in der Schule dabei beobachtet, wie er sich mit einem anderen Jungen vergnügt hatte. Also habe ich meinen Mund gehalten und mir eingeredet, ich sei an allem schuld gewesen. Schließlich hatte ich Nathan küssen wollen.«

»Hast du deshalb versucht, dich …«, fragte ich, und sie führte den Satz fort: »Umzubringen? Ja, ich denke schon. Heute bin ich froh, dass Jordan mich damals gefunden hat. Die Zeit in der Klink hat mir über vieles hinweg geholfen. Aber verstehst du jetzt, warum ich Nathan nicht über den Weg traue? Was er tut, das tut er für sich und sonst für niemanden. Wir müssen Jordan davon berichten, was du gehört hast. Auf dich wird er hören, Ben! Nathan soll endlich aus Jordans und aus meinem Leben verschwinden.«

»Okay, ich rede heute Abend mit ihm«, versprach ich ihr. Doch ich ahnte nicht, dass ich dieses Versprechen nicht würde halten können.

Kapitel 26

Mir schwirrte der Kopf, und ein Gedanke jagte den nächsten, während ich mit dem Porsche über die breite Ausfallstraße jagte, die zum Trainingscenter von *London United* führte. Beth hatte sichtlich mitgenommen ausgesehen, als ich sie in der WG abgesetzt hatte, doch sie hatte mir hundert Mal beteuert, dass es ihr gut gehe und sie nur noch ins Bett wolle.

»Das war ein echt harter Vormittag. Aber ich bin froh, dass ich endlich mal wieder mit jemandem darüber sprechen konnte«, hatte sie mir versichert und mich auf die Wange geküsst. »Und jetzt hau endlich ab und fahr zu Jordan. Vergiss nicht, mit ihm über Nathan und Roy zu sprechen. Aber kein Wort über das, was Nathan mir angetan hat. Ich weiß nicht, was Jordan tun würde, wenn er davon erfahren würde.« Ich hatte es ihr noch einmal versprochen und mich auf den Weg gemacht.

Als ich schließlich am Trainingscenter ankam, war zwar das Training schon beendet, doch die Teambesprechung lief noch. Die Spieler hatten sich, samt des Trainers und des Führungsstabs, in einen der Konferenzräume zurückgezogen und sprachen über die Strategie, mit der sie übermorgen das Fußballspiel gegen Madrid gewinnen wollten.

Zusammen mit einigen anderen Fahrern und Bodyguards wartete ich in der Besucherhalle auf das Ende der Besprechung, aber ich sprach mit niemandem, denn ich überlegte fieberhaft, wie ich am besten Jordan über Nathans doppeltes Spiel aufklären konnte, ohne dabei Beth erwähnen zu müssen.

Die halbe Stunde, die ich warten musste, verging wie im Flug, und ich war noch zu keinem Entschluss gekommen, wie ich Jordan die bittere Pille verabreichen sollte, als die Tür aufging und die Mannschaft herausströmte. Manche Spieler hatten noch ihre Trainingsanzüge an, während andere in Straßenkleidung aus der Besprechung kamen. Einige wenige liefen allein und verschwanden schnell aus dem Center, der Großteil der Männer aber ging in Gruppen und unterhielt sich angeregt. So auch Jordan. Er kam mit drei seiner Teamkollegen aus dem Konferenzraum und bildete den Mittelpunkt ihrer kleinen Truppe. Neben ihm liefen Tyron, ein Kerl aus der Abwehr, und Ross, der meist im Mittelfeld spielte. Allen voran ging Nathan und quatschte übermütig auf die anderen ein, während er sich immer wieder zu ihnen umdrehte.

Als sie näher kamen, hörte ich Nathans Stimme. »Kommt schon, Jungs, lasst uns ein bisschen feiern! Wir haben morgen frei, und bis übermorgen sind alle wieder fit. Ihr müsst ja nicht viel trinken«, sagte er. »Na los! Ross und ich könnten sogar einen draufmachen, da wir ohnehin die Ersatzbank drücken werden.«

»Ich weiß nicht«, warf Tyron ein.

»Aber Jordan, du bist doch dabei, oder? Komm, ich zähle fest auf dich. Sei kein Spielverderber, lass uns ein bisschen Spaß haben. Außerdem ist das völlig in Ordnung, schließlich sind wir offiziell alle noch im Urlaub. Vergesst das nicht, Freunde! Also abgemacht?«, fragte Nathan und hielt Tyron eine Hand hin. Tyron schaute einen Moment unschlüssig, dann aber klatschte er die Hand ab.

»Ach, sieh mal, Jordan, da ist dein Bodyguard«, rief Nathan plötzlich, als er mich erblickte. »Na Ben, alter

Schwerenöter, wie haben dir die Malediven gefallen? Spaß gehabt?« Er grinste mich gehässig an und legte einen Arm um mich.

»Lass ihn in Ruhe!«, sagte Jordan, doch Nathan blieb, wo er war.

»Keine Angst, ich rühre ihn bestimmt nicht an«, lachte Nathan süffisant. »Aber ich weiß etwas, das er für uns tun kann: Er kann uns heute Abend fahren.« Fieses Lachen. »Und das Beste daran ist, dass er uns keine von den Chicks streitig machen wird. Stimmt's, Ben?« Seine Hand klatschte auf meine Brust, während er erneut lachte.

Dieses miese Arschloch! Fast hätte ich seinen Arm genommen und ihn mit einem gezielten Karategriff ausgekugelt. Doch Jordan schob Nathan grob zur Seite und zischte: »Lass! Ihn! In! Ruhe! Okay?«

»Hey Mann, beruhige dich.« Er hob die Hände, wie jemand, der sich in einem schlechten Krimi dem bewaffneten Detektiv ergibt. *Bitte nicht schießen!* »War nur ein Witz. Sorry, Ben! Nur ein schlechter Scherz.« Seine Entschuldigung klang mehr als halbherzig, und ich funkelte ihn wütend an. »Du fährst uns doch in den Club, oder? Komm schon, Ben! Wir Jungs wollen heute Abend ein bisschen Spaß haben«, sagte er zu mir, sah aber Jordan dabei an.

»Ich bin mit dem Porsche gekommen, da ist kein Platz für euch alle«, antwortete ich und hoffte, dass das Thema damit erledigt sei.

»Kein Ding. Du kannst meinen Hummer nehmen, da passen wir alle rein«, warf Ross ein, woraufhin Nathan jetzt auch ihm die Hand zum Abklatschen hinhielt. Ross tat es und rief: »Dann los, Männer. Auf in den Abend, lasst uns Spaß haben.«

Jordan sah mich betrübt an und zuckte mit den Schultern. *Da müssen wir jetzt durch*, teilte er mir wortlos mit.

* * *

Der Hummer von Ross entpuppte sich als wahres Ungetüm von einem Geländewagen. Er war schwarz, breit wie ein Panzer und hätte hinten locker vier Personen Platz geboten. Umständlich kletterte ich hinter das Steuer, thronte dann aber wie in einem Schlachtschiff. Jordan stieg auf den Beifahrersitz, während die drei anderen sich nach hinten auf die Rückbank verzogen.

»London, wir kommen. Lasst uns ins *Paradise Moon* fahren. Kennst du den Laden?«, fragte mich Nathan.

»Nein, nie von gehört«, antwortete ich entnervt.

»Das habe ich mir gedacht. Macht nichts. Fahre einfach in die City, und dann sage ich dir, wo es langgeht«, wies Nathan mich an, woraufhin ich mich meinem Schicksal ergab und den Hummer vom Trainingsgelände herunter manövrierte, um ihn dann über die Autobahn zu jagen.

Auf der Fahrt in die Innenstadt fragte ich mich, welcher Club um die frühe Uhrzeit bereits geöffnet hatte, schließlich war es erst zwanzig Uhr. Vor Mitternacht herrschte in den Clubs der Stadt doch tote Hose.

Nicht so im *Paradise Moon*, musste ich feststellen. Als wir vor dem Gebäude hielten, das etwas außerhalb des Stadtzentrums zwischen Fabriken und Bürogebäuden lag, standen bereits viele Autos auf dem Parkplatz vor dem Club. Ich fuhr den Hummer in eine der wenigen freien Parkbuchten und sah, dass sich die Luxuskarosse hervorragend an die übrigen Wagen anpasste. Die Autos, die vor dem *Paradise Moon* parkten, waren allesamt neueste Modelle von Nobelmarken. Ob BMW, Porsche oder Ferrari, hier standen sie alle. Der Schuppen musste eine echte Top-Adresse sein, ging es mir durch den Kopf.

Während der Fahrt hatten weder Jordan, noch seine Mannschaftskollegen auf der Rückbank viel gesprochen. Wie es aussah, hatte ihnen das Training noch in den Knochen gesteckt. Aber als ich den Wagen auf dem

Parkplatz abstellte, wurden alle schnell wieder munter. Alle, bis auf Jordan.

»Los geht die Party. Lasst uns reingehen«, sagte Nathan und schwang sich aus dem Hummer.

Ross und Tyron sprangen hinter ihm her und warfen die Autotüren zu.

Für einen Moment waren Jordan und ich allein im Wagen.

»Scheiße, Ben, ich muss da jetzt leider mit«, stöhnte Jordan. »Am besten, wartest du im Wagen. Ich beeile mich, und dann hauen wir ab. Soll Ross doch sehen, wer ihn und seinen Hummer wieder nach Hause bringt.«

»Jordan, ich muss mit dir reden. Es ist wichtig, glaube ich.«

»Nicht jetzt, später«, meinte er und stieg aus.

Tyron, Ross und Jordan machten sich bereits auf den Weg zum Eingang, als Nathan die Fahrertür aufriss und zu mir sagte: »Komm, Ben! Den Laden musst du dir ansehen. In diesen Luxustempel kommst du so schnell nicht mehr rein, das kannst du mir glauben.«

»Nein, lass mal. Ich warte hier, ist schon okay.« Mit diesem Dreckskerl wollte ich in keine Disco, ganz davon abgesehen, dass der Eintritt wahrscheinlich ein Vermögen kosten würde.

Als hätte Nathan meine Gedanken erraten, meinte er: »Es kostet dich auch nichts. Los, raus mit dir. Ob du hier wartest oder drinnen, spielt doch keine Rolle. Es tut mir auch leid, dass ich dich hochgenommen habe. Sieh es als Wiedergutmachung!«

Zwar kaufte ich ihm die Entschuldigung nicht ab, trotzdem stieg ich aus dem Wagen. Denn genau genommen, hatte er Recht. Ob ich im Auto wartete oder im Club, war egal. Außerdem würde ich drinnen mit Jordan zusammen sein, und diese Aussicht ließ mich auf den Vorschlag eingehen.

»Okay, ich komme mit«, sagte ich, während ich aus dem Hummer kletterte.

»Cool«, grinste Nathan, bevor er rief: »Wartet Jungs. Wir kommen.«

Die anderen Drei drehten sich um, und ich sah Jordans erstauntes Gesicht, als er mich mit Nathan auf sich zukommen sah.

»Ben wollte unbedingt mitkommen«, feixte Nathan. »Da habe ich ihn mitgebracht. Du hast doch nichts dagegen?«

Jordan atmete hörbar aus. »Kein Thema. Natürlich kann er mitkommen.«

Die zwei massigen Türsteher, die die Eingangstür des *Paradise Moon* bewachten, sahen finster drein, doch als unsere kleine Gruppe näher kam, hellten sich die Gesichter von beiden auf, und der eine rief schon von weitem: »Kommt rein, Männer.«

Wir liefen einen kleinen Gang entlang, der nur durch zwei Samtkordeln angedeutet war und direkt zum Eingang führte.

»Klasse Saison, Jungs. Gratulation«, sagte der andere Hüne und hielt bereits die Tür auf, die ins Innere des Clubs führte. Dann brüllte er in das Innere des Ladens: »Mike, unsere Meister kommen. Lass sie umsonst rein, und gib ihnen einen Drink aus. Sie sollen bei uns noch einmal so richtig ihren Erfolg feiern!«

»Danke, ist echt nett von euch«, sagte Nathan und klopfte dem Türsteher auf die Schulter.

Ross und Tyron bedankten sich ebenfalls, nur Jordan stapfte wortlos an ihnen vorbei. Als Schlusslicht der kleinen Truppe hatte ich einen Augenblick lang die Befürchtung, dass mich plötzlich einer der beiden mit einem *Hey, stopp!* vor der Tür abfangen würde. Doch diese Angst blieb unbegründet, denn auch mir nickte einer der beiden anerkennend zu, und sie ließen mich unbehelligt eintreten.

Sowie sich die Tür hinter uns geschlossen hatte und wir den halbdunklen Korridor zum eigentlichen Club

durchquerten, hatte ich das Gefühl, eine Zeitreise anzutreten. Denn just als wir durch den Vorhang in den Laden traten, sah es aus, als befänden wir uns in einem
Märchen aus Tausendundeiner Nacht. Das Innere des
riesigen Clubs war über und über mit orientalischen Ar-
tefakten und Intarsien geschmückt. Kunstvoll geschnitz-
te Holzparavents trennten Nischen ab, in denen gemütli-
che Sofas mit bunt bestickten Kissen standen. Wunder-
schöne, mit buntem Glas besetzte Lampen hingen von
der Decke und tauchten den Club in ein dämmriges,
schmeichelhaftes Licht. In der Mitte des Ladens befand
sich eine kleine Tanzfläche, die von weiteren Sofas ein-
gekreist wurde und auf der gerade drei junge Frauen
tanzten. Die drei schlanken Mädchen waren, bis auf
einen winzigen Slip, komplett nackt und ließen ihre Hüften zur Musik kreisen.

An der Bar, die im hinteren Teil des Raums unterge-
bracht war und eine riesige Auswahl an Spirituosen zur
Schau stellte, saßen weitere barbusige Mädchen und
schauten verführerisch zu den anwesenden Männern.

Jetzt wurde mir schlagartig klar, warum der Laden
um diese frühe Uhrzeit bereits so gut besucht war. Das
Paradise Moon war kein Club, sondern ein Bordell und
zwar eines der Extraklasse.

Ich blickte mich weiter um. Ein dicker Mann mit
Halbglatze und teurem Anzug lag mehr auf einem Sofa,
als dass er auf ihm saß. Er bleckte gerade belustigt die
Zähne und nippte an seinem Drink, den er in der Hand
hielt, während sich neben ihm eine Blondine räkelte, die
ich auf höchstens zwanzig Jahre schätzte. Neckisch fuhr
sie mit ihrer Zunge in sein Ohr. Der Mann fing zu
glucksen an und schlug der Kleinen auf den Hintern,
woraufhin sie kindlich kicherte. Noch einmal trank der
Typ an seinem Drink, ehe sich die Blondine rittlings auf
seinen Schoß setzte und begann, ihm mit ihren schlanken Fingern das perfekt gestärkte Hemd aufzuknöpfen.

Dicke Haarbüschel quollen zwischen dem Stoff hervor, und ich konnte bereits die ersten Fettschichten erkennen, die nun allmählich freilegt wurden. Mit ihrem kleinen, perfekt geformten Hintern rutschte die Frau dabei über seine Oberschenkel.

Angewidert wandte ich den Blick ab, aber das erregte, kehlige Lachen des Alten drang trotz der lauten Musik bis an mein Ohr.

Wo immer ich auch hinsah, bot sich mir das gleiche Bild. Männer, mal im Anzug, mal nur im Bademantel oder in Freizeitklamotten, wurden von Frauen begleitet, die mal europäisch, mal asiatisch oder afrikanisch waren. Aber eines hatten diese Frauen alle gemein: Sie waren blutjung und fast nackt. Schnelle, harte Elektro-Musik dröhnte aus versteckten Boxen und heizte das testosterongeladene Treiben zusätzlich an.

Nathan durchquerte den Club und steuerte zielstrebig auf einen mit weiteren Samtkordeln abgesperrten Bereich des Ladens zu. Ein kleines, aber deutlich sichtbares Schild wies den dahinter liegenden Teil als VIP-Lounge aus. Ein Sicherheitsmann – ebenfalls breit wie ein Schrank und nicht weniger hoch – stand neben dem Zugang und betrachtete das wilde Treiben mit ausdrucksloser Miene. Als er Nathan kommen sah, öffnete er den Karabinerhaken, der die Kordel hielt, und bedeutete uns einzutreten.

Widerwillig ging ich mit in den VIP-Bereich, aber eigentlich wollte ich nur schnellstmöglich weg von hier.

»Cole kommt gleich mit den Mädchen, Mister O'Connor«, sagte der Schrank zu Nathan, bevor er die Absperrung hinter uns wieder schloss.

Ross, Tyron und Nathan lümmelten sich bereits auf dem orientalischen Sofa, als Jordan und ich noch neben der Bar standen, die exklusiv für die VIP-Lounge bereitstand.

»Mensch, was machen wir hier? Wusstest du, dass das *Paradise Moon* ein Puff ist?«, flüsterte ich Jordan zu.

»Klar. Den Laden kennt doch jeder, zumindest vom Namen her. Die Jungs gehen öfter hin, aber ich konnte bisher meist eine Ausrede vorschieben, um nicht mitkommen zu müssen«, antwortete Jordan.

»Meistens?«, fragte ich ungläubig.

»Sei nicht naiv. Zwei Mal bin ich mitgegangen, ansonsten wäre das Gerede sicher wieder aufgeflammt. Die Mädchen hier sind nett. Mit denen kannst du dich auch gut unterhalten, also mach dich locker und schau mich nicht so entgeistert an.«

»Was darf es sein?«, fragte der Barkeeper Jordan in diesem Moment.

»Champagner. Am besten gleich zwei Flaschen«, antwortete Jordan beiläufig und ließ sich neben den anderen auf dem Sofa nieder.

»Komm, Ben, setz dich«, forderte mich Nathan auf. »Wenn du willst, kannst du eines der Mädels haben. Schau dich um und sag mir, welches Chick dir gefällt. Die Bodyguards kannst du nicht nehmen. Die brechen dir das Genick, wenn du sie anrührst.« Er lachte schallend, und ich hätte ihn am liebsten erwürgt.

»Ach, leck mich!«, rief ich ihm zu und schwang mich über die Samtkordel. Sollten sie allein weiter nach der richtigen Hure suchen. Ich für meinen Teil hatte die Schnauze gestrichen voll.

»Jetzt sei nicht gleich beleidigt, man wird doch wohl mal einen Scherz machen dürfen«, schrie Nathan mir nach. Deshalb hatte er mich unbedingt mit hierher schleppen wollen: um mich bloßzustellen. Doch von den Scherzen, die er auf meine Kosten machte, hatte ich mehr als genug, und so lief ich in Richtung Ausgang.

In der Hoffnung, dass Jordan mir gefolgt war, drehte ich mich noch einmal um. Doch alle saßen weiter auf dem Sofa, und ein Kellner brachte ihnen gerade einen mit Eis gefüllten Kübel, in dem zwei Flaschen Champagner steckten.

Na dann, viel Spaß, dachte ich grimmig und bahnte mir meinen Weg durch das exotische Bordell.

»Hi Süßer, hast du Lust, mit mir etwas zu trinken?«, hörte ich eine Stimme neben mir, als ich gerade die Hälfte des Laden durchquert hatte.

»Nein, danke«, sagte ich und schaute zur Seite. Die Kleine, die mich angesprochen hatte, reckte mir ihre Apfelbrüste entgegen und hielt den Mund leicht geöffnet, während ihre Augen versuchten, einen wollüstigen Blick anzunehmen. Doch anstatt Wollust, meinte ich Einsamkeit in ihnen zu erkennen.

»Es ist alles bezahlt. Du musst dich also nicht zurückhalten, Darling.« Sie hakte sich bei mir ein und begleitete mich auf meinem Weg. Was sollte ich jetzt machen? Ich konnte sie doch nicht einfach wie ein lästiges Insekt abschütteln.

»Ich mag nicht. Wirklich nicht«, sagte ich, und meine Stimme klang zu meinem Bedauern ein bisschen flehend.

Geschickt stellte sie sich vor mich und stoppte damit meinen Lauf, ohne dass ihre Hand mich losließ. Wir standen dicht aneinandergedrängt, und ich spürte ihre Brüste durch mein T-Shirt.

»Cole, der Besitzer, wird mich mehr als großzügig entlohnen. Für seine Fußballfreunde lässt er richtig etwas springen. Also entspann dich.« Sie fuhr mit der Hand über meine Brust. »Lass dich fallen, und genieße es einfach!«

Vorsichtig nahm ich ihre Hand und schob sie von mir weg. »Sorry, ich bin kein Fußballspieler.«

»Aber du bist mit Nathan und seinen Kumpels hier. Also hast auch du einen Wunsch frei.« Sie nahm ihre andere Hand und berührte damit meine Wange.

»Hör mal zu«, ergriff ich die Flucht nach vorne, »ich bin nur der Fahrer. Und außerdem stehe ich nicht auf Frauen.«

Enttäuscht ließ sie die Hand sinken, und nun war ich mir sicher, dass es Einsamkeit war, die aus ihrem Augen sprach. »Kannst du nicht trotzdem etwas mit mir trinken? Wenn du mich abblitzen lässt, dann muss ich eine reguläre Schicht antreten und mich mit einem der anderen Typen abgeben.« Angewidert deutete sie in die Richtung, in der ein großväterlich aussehender Mann mit einer Asiatin herummachte.

»Okay, einen Drink«, sagte ich resigniert. Die Kleine tat mir leid, und ich wollte ihr nicht das Geschäft versauen, also ließ ich mich breitschlagen.

»Klasse«, strahlte sie, nahm meine Hand und zog mich an die Bar. »Also Kleiner, was willst du trinken?«, fragte sie mich.

»Cola«, antwortete ich und fügte dann als Erklärung »Ich muss noch fahren« hinzu.

»Leo, bringst du mir ein Glas Schampus und für meinen Freund von *London United* eine Coke?«, rief sie über die Theke dem jungen Barkeeper zu.

»Kommt sofort, Gigi«, sagte der Typ hinter dem Tresen und begann bereits, Cola in ein Glas zu füllen.

»Wie heißt du?«, fragte sie mich.

»Ben. Und du bist Gigi, richtig?«

»Stimmt genau. Hallo Ben. Du bist wirklich niedlich. Schade, dass du schwul bist. Kann man da nichts machen?«, fragte sie, und erneut wanderte ein Finger über meine Brust hinunter bis zu meinem Bauchnabel.

Mit einem Lachen hielt ich ihre Hand auf, kurz bevor sie meinen Hosenbund erreicht hatte. »Nein, daran lässt sich nichts ändern. Nicht einmal ein so hübsches Mädchen wie du wird mich umstimmen können.«

»Schade.« Sie zog einen Schmollmund, doch gleich darauf lachte sie wieder. »Die hübschesten Kerle sind eben doch schwul oder verheiratet. Das hat schon meine Mutter gesagt und zwar völlig zu Recht, wie ich immer wieder feststellen muss. Obwohl. Wenn ich es mir genau überlege, stimmt der Spruch doch nicht so ganz, da fast alle unsere Stammgäste verheiratet, aber die wenigsten hübsch sind. Und schwul auch nicht.« Sie zwinkerte mir zu. »Was treibt dich denn hierher, wenn es nicht die Mädchen sind?«

Es gefiel mir, wie sie ungezwungen das Gespräch in Gang hielt, ohne dass ich mich unwohl fühlte. Dass sie dabei fast nichts anhatte und ein wenig zu grell geschminkt war, fiel mir schon gar nicht mehr auf.

»Hier bitte, eure Getränke«, sagte der Barmann und stellte die Cola vor mir und das Glas Champagner vor Gigi ab.

»Wie gesagt, ich habe die anderen nur hergefahren. Aber Nathan, der Rothaarige, meinte, ich sollte mitkommen. Da wusste ich noch nicht, dass dies hier …«, ich wollte *ein Puff* sagen, aber war mir nicht sicher, ob das vielleicht eine Beleidigung für die Frauen war, die hier arbeiteten. »Äh, ein …«, stotterte ich unbeholfen.

»Ein Puff ist«, half mir Gigi aus der Klemme. Sie warf den Kopf zurück, sodass ihre langen blonden Haare nach hinten fielen, und lachte schallend. »Du bist wirklich süß.«

Mir wurde warm, und ich nahm schnell einen Schluck von meiner Coke.

»Ja, das wollte ich sagen. Ein Puff. Nathan hat mich mitgenommen, weil er wusste, dass ich nicht auf Frauen stehe. Ich glaube, er findet das witzig.«

Gigis Gesicht wurde wieder ernst. »Ja, das kann ich mir gut vorstellen. Nathan macht gerne Witze auf Kosten anderer.«

»Kennst du ihn?«, fragte ich erstaunt.

»Klar. Er kommt öfters her. Immer hat er ein paar Kerle dabei, und gemeinsam amüsieren sie sich dann mit den Mädchen. Glaube mir, lumpen lässt er sich nie. Der Schampus fließt in Strömen, und die Séparées sind stets ausgebucht. Deshalb dürfen sich Nathan und seine

Kumpels heute auch auf Coles Kosten vergnügen. Die Kohle holt sich unser Chef dann später durch die Hintertür wieder rein.« Sie beugte sich verschwörerisch zu mir vor und flüsterte mir ins Ohr: »Doch Geld hin oder her. Ich mag Nathan nicht. Er ist ein grober Typ mit ganz besonderen Vorlieben. Ich bin froh, dass ich heute Nacht dir gehöre und nicht zu ihm muss. Aber sag es bitte nicht weiter, okay?«

»Das werde ich nicht. Versprochen«, sagte ich. »Ich finde Nathan auch zum Kotzen. Aber er ist Jordans bester Freund.«

»Jordan Evans?«, fragte sie. »Bist du vielleicht wegen ihm hier? Hast du etwas mit ihm?«

Vor Erstaunen klappte mir der Kiefer herunter, und ich wollte etwas sagen, brachte aber kein Wort über die Lippen.

Wieder lachte Gigi schallend. »Honey, du bist wirklich naiv. Denkst du, ich weiß nicht, dass Jordan ebenfalls nichts mit Frauen anfangen kann? Er ist auch schon ein paar Mal mit Nathan hier gewesen, und er hatte, genau wie du, nie etwas mit einer von uns. Immer hat er nur geredet, so wie ich jetzt mit dir rede. Sonst nichts. Und dann kommst du mit ihm zusammen hierher, und auch du kannst nichts mit Frauen anfangen. Da muss ich wirklich nicht Miss Marple sein, um diesen Fall zu lösen.« Sie nahm einen Schluck von ihrem Sekt. »Aber keine Angst. Wer ins *Paradise Moon* kommt, der weiß, dass nichts von dem, was hier drin geschieht, nach außen dringt. Geheimnisse sind hier so sicher wie in einem Schließfach in der Schweiz. Schweigepflicht ist das oberste Gebot. Das gilt ebenfalls, wenn jemand ausnahmsweise nichts mit uns anfängt.« Sie lachte und trank den Rest ihres Champagners in einem Zug.

»Also, dann los. Lass uns in eines der Séparées gehen und … reden.«

»Können wir nicht hier bleiben?«, fragte ich. Inzwischen waren einige Mädchen zu Nathan, Jordan und den anderen in den VIP-Bereich gekommen. Das sah ich, als ich verstohlen zu ihnen herübersah. Eine Brünette saß auf Nathans Schoß und hatte ihm bereits das T-Shirt hochgeschoben. Seine blasse Haut wirkte unnatürlich grell in dem dämmerigen Zwielicht des Bordells.

»Nein, wenn wir nur an der Bar sitzen, dann bekomme ich nichts – außer dem Schampus, den du mir bestellst. Und vielleicht einen Kater am nächsten Tag. Bezahlt werde ich nur für die Dienste auf den Zimmern. Also komm schon mit, ich beiße nicht«, sagte sie mit einem kecken Augenaufschlag und stand dann von ihrem Barhocker auf.

Niemals hätte ich es für möglich gehalten, dass ich einmal einer Hure aufs Zimmer folgen würde, doch genau das tat ich in diesem Moment. Zusammen gingen wir in den hinteren Teil des Clubs, ließen die Wellness-Oase mit Sauna, Duschen, Liegen und Whirlpool hinter uns und liefen einen schmalen Gang entlang, von dem aus viele Zimmer abgingen.

»Lass mich raten: Du hast keine bestimmten Wünsche an die Suite, in die wir jetzt verschwinden, oder?«, fragte sie mich.

»Was denn für Wünsche?«, entgegnete ich.

»Also die Sultan-Suite können wir schon mal nicht nehmen, da brauchst du mindestens drei Mädchen, damit du dort hinein darfst. Aber wir könnten zum Beispiel in den Oheim-Keller gehen, wenn du auf die härtere Tour stehst.« Sie kicherte, als ich endlich begriff, was sie mit *bestimmten Wünschen* meinte.

»Dann würde ich das Beichtzimmer bevorzugen«, sagte ich und fiel in ihr Lachen ein.

Gemeinsam nahmen wir eine Treppe, die uns ein Stockwerk höher führte. Von hier oben konnte man, wenn man durch eine der kunstvollen Schnitzereien blickte, auf das bunte Treiben unten im Club hinuntersehen.

»Der Laden ist wirklich sehr extravagant eingerichtet«, sagte ich geistesabwesend zu Gigi und blickte
ins Erdgeschoss. Wir befanden uns fast direkt über dem
VIP-Bereich, und ich sah Jordan, Ross und Tyron unter
mir sitzen. Alle drei hatten ein Mädchen an ihrer Seite,
aber selbst von hier oben konnte ich sehen, wie unwohl
sich Jordan fühlte. Das geschieht ihm ganz recht, dachte
ich. Doch dann musste ich schmunzeln, schließlich war
auch ich gerade im Begriff, mit einer dieser Damen aufs
Zimmer zu verschwinden.

»Hier ist die Wüstenoase, die nehmen wir«, rief mir
Gigi zu und wartete bereits vor einem Zimmer am Ende
des Gangs.

Gerade, als ich zu ihr gehen wollte, sah ich Nathan,
der sich zwar immer noch unten im Club befand, aber
nun abseits der anderen stand. Von hier oben erkannte
ich, dass er in eine andere Nische verschwunden war.
Jordan und seine Kumpels würden ihn von ihrem Platz
aus nicht sehen können, ich aber hatte einen guten Blick
auf ihn. Und was ich sah, machte mich stutzig. Denn
anstatt sich mit seinem Mädchen zu vergnügen, stand er
mit einem Mann zusammen. Die beiden sahen seltsam
konspirativ aus, denn Nathan schaute sich ständig um
und fuchtelte beim Sprechen wild mit seinen Armen.
Streit schienen die beiden jedoch keinen zu haben, vielmehr sah es so aus, als erklärte Nathan seinem Begleiter
etwas.

Der andere Kerl trug ein dunkles T-Shirt, das seine
gewaltigen Oberarmmuskeln sehen ließ, und darüber
hatte er eine schwarze Lederweste angezogen, die mit
unzähligen Aufnähern versehen war. Als der Kerl eine
Hand hob und Nathan damit bedeutete, sich zu beruhigen, sah ich eine dicke, silberne Panzerkette an seinem
Handgelenk blitzen.

Nathan blickte nochmals nervös nach links und
rechts, bevor er einen Packen Geld aus seiner Tasche

zog und ihn dem Muskelmann gab. Der schaute kurz auf das Bündel, blätterte flüchtig durch die Scheine und ließ die Kohle in seine Jeans wandern. Ohne ein weiteres Wort verschwand er aus der Nische und ging in Richtung Ausgang.

»Bist du festgewachsen?«, rief Gigi mir mit ungeduldiger Stimme zu.

Ich hörte sie kaum, sondern sah dem Muskelmann nach. Als er durch den Schein eines hellen Spots lief, konnte ich den großen Totenkopf-Aufnäher erkennen, der auf die Rückseite seiner Weste genäht worden war. Eindeutig das Erkennungszeichen irgendeiner Rockerbande, da war ich mir sicher.

Zielstrebig verließ der Rocker den Laden, ohne sich noch einmal umzudrehen, und ließ mich mit einem unguten Gefühl im Bordell zurück.

Kapitel 27

»Was ist nun, Süßer, kommst du endlich?« Gigi wurde ungeduldig und begann, mit einem der High Heels, die sie an
den ansonsten nackten Beinen trug, nervös zu wippen.

Obgleich der Rocker nicht mehr zu sehen war,
schaute ich ihm noch immer nach und spürte, dass sich
das diffus ungute Gefühl weiter in mir ausbreitete.

Irgendetwas führte Nathan im Schilde, das konnte
ich förmlich riechen, aber was genau war es? Dass er
Roy, dem Manager, Geld gegeben hatte, damit dieser ihn
ebenfalls bei *Deportivo Madrid* unterbringt, leuchtete mir
mittlerweile ein. Doch wozu er einem Rocker so viel
Kohle zugesteckt hatte, erschloss sich mir hingegen
nicht. Vielleicht hatte Nathan Schulden bei dem Typen,
oder das Geld war für Drogen, mutmaßte ich. Richtig
plausibel erschienen mir meine Überlegungen aber
nicht, denn wäre das Geld für Drogen gewesen, hätte er
eine Gegenleistung bekommen. Ein Tütchen mit Stoff
oder ein paar Pillen. Und falls er nur alte Schulden beglichen hatte, was hatte er dem Kerl dann lang und
breit erklären müssen? Nein. Die beiden Möglichkeiten
schieden für mich aus.

Ich zuckte leicht zusammen, als Gigi mir einen Arm
auf die Schulter legte.

»Was gibt es denn so Interessantes da unten?«, fragte
sie und blickte ebenfalls durch eine der Schnitzereien

auf das Treiben im Club. »Ah, du observierst deinen Lover, stimmt's? Diesen Jordan, habe ich Recht?« Sie schaute zu Tyron, Ross und Jordan hinunter.

In diesem Moment gesellte sich Nathan wieder zu seinen Kumpels und setzte sich neben Jordan auf das orientalische Sofa. Er sprach ein paar Worte mit ihm und zeigte dann in Richtung Ausgang. Dorthin, wo gerade der Rocker verschwunden war.

»Ich kann Nina fragen, ob sie und dein Jordan mit uns zusammen in die Wüstenoase verschwinden wollen. Dann machen wir einen romantischen Vierer, was hältst du davon?« Sie lachte und glitt dabei mit ihrem Finger über meine Wange. Das leichte Kratzen, das ihr langer, blutrot lackierter Fingernagel auf meiner Haut verursachte, jagte mir einen unangenehmen Schauer durch den Körper.

»Gute Idee«, sagte ich zerstreut.

»Okay, ich gehe sie fragen. Du wartest hier. Ich bin gleich wieder da.« Sie lief den Weg zurück, den wir gekommen waren, und ließ mich im oberen Stock allein zurück.

Nach einer Weile sah ich, wie Gigi unten neben dem Whirlpool auftauchte. Eines musste man ihr lassen – sie war verdammt schnell unterwegs auf ihren dünnen Pfennigabsätzen.

Am anderen Ende des Clubs stand Jordan jetzt vom Sofa auf und bewegte sich in Richtung des Ausgangs.

Scheiße, dachte ich, und meine inneren Alarmglocken begannen, sich zu einem regelrechten Hupkonzert zusammenzutun. Ich hatte keine Ahnung, warum ich plötzlich so besorgt war, aber ich zögerte keinen Augenblick. Mit schnellen Schritten rannte ich den Gang entlang. Die Zimmertüren flogen an mir vorbei, aber das bemerkte ich nur am Rande. Ich rannte um die Ecke und fühlte, wie sich mein ungutes Gefühl mit jedem Schritt zu einer bösen Vorahnung verfestigte.

Beeil dich, du musst Jordan abfangen, beeil dich!, sagte mir meine innere Stimme und trieb mich an. Immer wieder drehte ich den Kopf und versuchte, durch die orientalischen Schnitzereien einen Blick nach unten zu erhaschen, ohne dabei meinen Schritt zu verlangsamen.

Dann schaute ich wieder nach vorne und sah einen weißen Bademantel auf mich zukommen. Er war schon so nah, dass ich die einzelnen Fäden des groben Frottierstoffs erkennen konnte. Die vor Schreck weit aufgerissenen Augen eines kleinen Mannes mit Halbglatze, der in dem Bademantel steckte, erblickte ich erst, als es schon fast zu spät war. Schnell drehte ich mich zur Seite und versuchte, dem kleinen Kerl auszuweichen, aber ich erwischte ihn doch noch an seiner Schulter. Der Mann taumelte gegen seine viel größere, fast nackte Begleitung, und die beiden fielen krachend zu Boden, während ich versuchte, mich auf den Beinen zu halten. Ein, zwei, drei unkoordinierte Schritte lang glaubte ich, dass ich fallen würde, dann aber wurde mein Tritt wieder sicherer, und ich lief weiter.

Mein Herz schlug so heftig, dass es den stampfenden Beat der Musik zu übertönen schien, und mein Atem ging keuchend vor Anstrengung. Die wüsten Beschimpfungen und lauten Rufe nach dem Sicherheitsdienst hinter mir ignorierte ich. Schneller, schneller!, dachte ich nur, und schon hatte ich die Treppe erreicht, die nach unten führte.

Mehr springend als laufend nahm ich zwei Stufen gleichzeitig, und schon lag die Treppe hinter mir, und ich befand mich neben dem Whirlpool, in dem sich gerade zwei Pärchen miteinander vergnügten. Hektisch schaute ich mich nach dem Ausgang um, und als ich ihn endlich fand, konnte ich gerade noch Jordans Rücken erkennen, bevor er um eine Ecke bog und verschwand. Tumult und Schreie gellten durch den Raum, als ich mir meinen Weg durch den vollen Laden bahnte. Abwechselnd umrundete ich halbnackte Mädchen und schob Freier zur Seite. Ich schlängelte mich um die Tänzerinnen auf der kleinen Tanzfläche herum und konnte gerade noch rechtzeitig meinen Kopf einziehen, als eine Stripperin, die artistisch an einer Stange hing, ihr Bein reckte. Keinen Moment zu früh hatte ich mich in Sicherheit gebracht, denn um Haaresbreite hätte mich ihr spitzer Schuhabsatz mitten ins Gesicht getroffen.

Aus den Augenwinkeln sah ich, wie sich der Sicherheitsmann aus dem VIP-Bereich in Bewegung gesetzt hatte und nun ebenfalls begann, sich seinen Weg durch den Club zu bahnen. Für seine Größe und sein Gewicht war er erstaunlich schnell. Ich bezweifelte nicht, dass er mich aus dem Puff schmeißen würde, wenn er mich zu fassen bekäme, aber vorher würde er mich wahrscheinlich windelweich prügeln. Also musste ich schneller sein als er.

Allmählich begann sich meine Besorgnis in eine regelrechte Panik auszuweiten. Ich wurde das Gefühl nicht los, dass Jordan in Gefahr schwebte und dass der Rocker damit etwas zu tun hatte.

Die Hälfte des Clubs hatte ich bereits durchquert und war mir sicher, dass mich der Gorilla aus dem VIP-Bereich nicht mehr würde einholen können, als die Türsteher vom Eingang plötzlich im Laden auftauchten und sich suchend nach mir umschauten.

Verdammt, dachte ich und stoppte abrupt. Der eine Türsteher entdeckte mich, deutete mit seinem Finger in meine Richtung und rief seinem Kollegen etwas zu, bevor sie beide auf mich zugestürmt kamen. Noch während sie liefen, trennten sie sich, sodass die Gorillas nun von drei Seiten auf mich zugestürmt kamen.

Fieberhaft raste mein Blick durch den Laden und suchte nach einem Ausweg. Aber meine Augen fanden keinen. Der Ausgang, aus dem Jordan und der Rocker verschwunden waren, war blockiert. Zurück in den ersten Stock konnte ich auch nicht, denn diesen Weg versperrte der Gorilla aus dem VIP-Bereich. Ich saß in der Falle und wusste nicht mehr weiter.

Als die drei Kerle meine Ratlosigkeit bemerkten, verlangsamten sie siegessicher ihre Schritte und kamen lauernd auf mich zu.

Angriff oder Flucht. Ich dachte an die Worte meines Karate-Lehrers, aber wohin sollte ich fliehen? Und zu kämpfen, schien mir auch keine gute Idee, denn gegen drei Berufsschläger rechnete ich mir keine großen Chancen aus. Trotzdem spannten sich alle meine Muskeln an, und mein Blick huschte wild zwischen meinen drei Gegnern hin und her. Raubkatzengleich schlichen sie auf mich zu, und mittlerweile mussten sie keine Gäste oder Mädchen mehr von sich wegschieben, denn die Anwesenden schienen den Ärger zu riechen und verkrochen sich in sichere Gefilde.

Am Rand meines Gesichtsfeldes nahm ich plötzlich eine Bewegung wahr, und ich riss den Kopf herum. Gigi stand in einer Nische, winkte in meine Richtung und forderte mich auf, zu ihr zu kommen.

Zwischen ihr und mir standen keine Angreifer. Dieser Weg war also frei. Kurz überlegte ich, ob es vielleicht eine Falle sein könnte, aber dann entschied ich mich dafür, es zu versuchen. Ich spurtete los und lief zu ihr.

Schon als ich losrannte, sah ich, wie meine Verfolger sich erst irritiert ansahen und dann ihr Tempo wieder aufnahmen.

»Ich muss hier raus«, rief ich Gigi zu, als ich in Hörweite an sie herangekommen war. Sie blieb ungerührt in der Nische stehen – mit nichts als einem Sofa und der orientalisch verzierten Wand hinter sich.

Es ist also doch eine Falle, warnte mich eine innere Stimme. Sie lockt dich in die Falle. Von dort, wo sie steht, kommst du nicht mehr weg. Verdammtes Luder!

Verzweifelt überlegte ich, ob ich mich umdrehen und mich meinen Verfolgern stellen sollte. Vielleicht würde ich einen von ihnen ausschalten und mich dann zum Ausgang durchschlagen können. Doch gerade als ich es tun wollte, sah ich, wie Gigi hinter sich griff und einen Mechanismus in der orientalischen Verkleidung betätigte. Ein Teil des Holzes schwang auf, und ich erkannte, dass es in der Nische eine versteckte Tür gab.

Gigi stand also doch auf meiner Seite. Stumm entschuldigte ich mich bei ihr und rannte auf sie zu.

»Hier geht es hinaus. Das ist ein versteckter Ausgang ins Freie, falls mal ein paar Gäste ungesehen hinaus müssen. Schnell, beeil dich!«, sagte sie leise.

»Danke«, entgegnete ich atemlos und verschwand wie ein Geist in der Nacht.

Im Dämmerlicht der untergehenden Sonne blickte ich mich hektisch um und erkannte, dass ich mich auf der Rückseite des Gebäudes befand.

Kurz war ich unsicher, wohin ich mich wenden sollte, und entschied mich dann spontan dafür, nach links zu laufen. So schnell ich konnte, rannte ich los.

Als ich um die Häuserecke bog, sah ich im Zwielicht der Straßenlaternen den vertrauten Parkplatz mit den Nobelkarossen vor mir. Das Herz hämmerte wild in meiner Brust, und am liebsten hätte ich mich einen Moment lang hingesetzt, aber dafür war keine Zeit. Ich versuchte, ruhiger zu atmen und meine Gedanken zu sammeln.

Der Motor eines Motorrads heulte dröhnend auf, und wieder spürte ich eine Bedrohung, die ich noch nicht richtig fassen konnte. Nach einigem Suchen entdeckte ich schließlich das Motorrad, das den Lärm verursachte. Es war eine schwarze Harley am anderen Ende des Parkplatzes. Sie fuhr auf die Ausfahrt zu, doch anstatt auf die Straße zu fahren und in der Stadt zu verschwinden, sah ich das Bremslicht aufleuchten. Der

Fahrer begann, das schwere Motorrad in einem großen Bogen zu wenden. In einer Hand hielt er etwas Längliches, doch um was genau es sich handelte, konnte ich nicht erkennen, denn dazu war ich zu weit weg. Und obwohl der Fahrer unter dem hellen Licht einer Laterne sein Wendemanöver vollzog, konnte ich auch sein Gesicht nicht ausmachen, denn er trug einen dunklen Helm. Eines aber erkannte ich: die Lederweste und die gewaltigen Oberarme. Kein Zweifel – auf dieser Maschine saß der Kerl, dem Nathan vorhin das Geld zugesteckt hatte.

Mir stockte der Atem, und dann sah ich ihn: Jordan. Er lag reglos auf dem Asphalt, nur wenige Schritte neben einem der parkenden Autos. Vor Angst wie gelähmt konnte ich mich nicht rühren, aber mein Blick schoss zwischen dem leblos daliegenden Jordan und dem Biker hin und her.

Inzwischen hatte der Typ mit der Lederweste seine Maschine komplett gewendet, und nun strahlten seine Scheinwerfer Jordan an, was sein Gesicht maskenhaft weiß erscheinen ließ.

Das Gesicht eines Toten, dachte ich, und meine Brust zog sich schmerzhaft zusammen.

Der Kerl auf der Harley spielte mit dem Gas und ließ den Motor lautstark aufheulen, doch er bewegte die Maschine nicht, sondern blieb am Ende des Parkplatzes stehen. So wie er lauernd und mit röhrendem Motor abwartete, erinnerte mich der Rocker an einen Stier, der mit den Hufen scharrte, bevor er zum Angriff auf den Torero ansetzte.

Noch bevor ich diesen Gedanken zu Ende gedacht hatte, ließ der Motorradfahrer die Harley ein letztes Mal aufheulen, um dann einen Gang einzulegen und mit seinem Ungetüm über den Parkplatz direkt auf den am Boden liegenden Jordan zuzurasen. Augenblicklich löste sich meine Starre, und ich rannte los, ohne weiter darüber nachzudenken. Mir war klar, dass ich ein reguläres Wettrennen gegen eine Harley nie und nimmer würde gewinnen können, aber bei diesem Zweikampf rechnete ich mir eine kleine Chance aus. Denn mein Weg zu Jordan war bedeutend kürzer als der des Motorradfahrers, schließlich lag Jordan im hinteren Teil des Parkplatzes. Zwei Drittel gegen ein Drittel – das schaffst du, machte ich mir Mut.

Mit aller Kraft spurtete ich über den Asphalt, rannte mit voller Geschwindigkeit und achtete nicht auf meine schreienden Lungen oder das jaulende Stechen in meiner Seite.

Der Motorradfahrer beschleunigte ebenfalls und holte immer weiter auf. Sein Abstand zu Jordan schmolz wie Teer in der Sonne. Ich dagegen hatte das Gefühl, als wäre der Asphalt ein zäher Brei, der jeden meiner Schritte festhielt und nur mühsam wieder freigab.

Ich hetzte an den parkenden Wagen vorbei, doch resigniert musste ich feststellen, dass die Harley und ich nun gleichauf waren. Beide befanden wir uns vier oder vielleicht auch nur drei Meter von Jordan entfernt.

Das laute Dröhnen der Maschine hallte zusammen mit meinen rasselnden, brennenden Atemzügen in meinem Kopf.

Noch zwei Meter. Jetzt sah ich Jordan deutlich vor mir liegen, und wie er dort lag, erschien es mir beinahe, als würde er schlafen. Doch niemand würde bei dem Lärm einer Harley schlafen, erst recht nicht, wenn sie nur einen Meter von ihm entfernt auf ihn zuraste.

Der Motorradfahrer verlangsamte seine Fahrt und hob die Stange, die er in der Hand hielt. Metallisch sah ich sie aufblitzen und erkannte, dass es eine Eisenstange war.

Der Rocker brachte die Maschine neben Jordan, und als er auf der Höhe seiner Beine angekommen war, verringerte er die Geschwindigkeit.

Jetzt oder nie! Unter Aufbringung meiner letzten Kräfte sprang ich mit einem Satz in die Höhe und warf mich gegen das Motorrad, gerade als der Fahrer die Eisenstange auf Jordans Knie niedersausen lassen wollte. Bevor er Jordan treffen konnte, prallte ich gegen seine Lederweste und hörte daraufhin die Eisenstange klirrend auf den Boden fallen.

Schlingernd fuhren wir einige Meter weiter, bevor das Motorrad wankend aus dem Gleichgewicht geriet. Ein letztes Mal heulte der Motor auf, bevor der Rocker das Gas losließ und die Maschine krachend auf die Seite fiel.

Funken stoben an den Stellen auf, an denen das Blech polternd über den Asphalt schleifte.

Der Ledergeruch seiner Weste stach mir in die Nase und vermischte sich mit dem von glühendem Metall und versenktem Gummi.

Hart schlugen wir auf dem Betonboden auf und schlitterten einige Meter weit über den noch sonnenwarmen Asphalt des Parkplatzes.

Zum Glück hatte sein Körper meinen Aufprall gedämpft, doch trotzdem fühlte es sich an, als wäre ich in eine riesige Schraubzwinge geraten, die mir alle Luft aus den Lungen quetschte. Wir rutschen aufeinanderliegend wie zwei Ringer über den Asphalt.

Das Letzte, was ich sah, war, wie die Reifen eines geparkten Geländewagens immer größer zu werden schienen. Ich konnte noch die kleinen Steinchen zwischen den Rillen des Profils erkennen, doch dann schwanden mir die Sinne.

Kapitel 28

»Die erste Halbzeit war echt lahm. Aus den Jungs ist die Luft raus. Denen muss man nach der Sommerpause gehörig in den Hintern treten. In der jetzigen Form gewinnen sie in der nächsten Saison auf keinen Fall die Meisterschaft.« Puppy schnaubte verächtlich, nachdem der Schiedsrichter durch einen Pfiff das Ende der ersten Halbzeit angekündigt hatte. »Ich gehe etwas essen. Kommt jemand mit?«, fragte er in die Runde.

»Klar, Mann, ich bin dabei«, sagte Sowbug und klopfte Puppy kumpelhaft auf die Schulter, was ich mich nie getraut hätte, denn ein Kerl wie Puppy klopfte anderen auf die Schulter. Nicht umgekehrt. Einen winzigen Moment lang hatte ich den Eindruck, dass Puppy ihn nehmen und von der Stadiontribüne aufs Spielfeld schmeißen würde, dann aber grinste er und sagte: »Klar, komm nur mit, mein Sohn.«

Die beiden verschwanden in dem Glaskasten hinter unserem Logenplatz und machten sich über das dort aufgebaute Buffet für die Ehrengäste des Spiels *London United* gegen *Deportivo Madrid* her.

»Soll ich dir etwas vom Buffet holen?«, fragte mich Beth, die schon während des Spiels neben mir gesessen hatte. »Mit nur einer Hand kannst du nicht gleichzeitig den Teller halten und ihn dir voll machen.« Sie sah auf die Schlinge, in der ich meinen Arm tragen musste, seit ich den Rocker vom Motorrad geholt hatte.

»Nein, danke. Ich habe überhaupt keinen Hunger«, sagte ich und ließ meinen Blick über das ausverkaufte Stadion gleiten. Obwohl in der ersten Halbzeit keine Tore gefallen waren, herrschte in der Arena eine ausgelassene Stimmung, und diese hatte auch mich angesteckt. Zwei Mal schon war ich jubelnd aufgesprungen, da Jordan fast ein Tor geschossen hatte. Danach hatte mich der Schmerz in meiner Schulter aber schnell wieder zurück in den Sitz gezwungen.

»Ohne dich würde Jordan jetzt nicht da unten spielen«, sagte Beth leise und zeigte auf den Rasen, obwohl dort im Moment gar niemand spielte, da beide Mannschaften zur Pause in die Kabinen gegangen waren.

Ich nestelte verlegen an meiner Bandage herum und wusste nicht, was ich darauf antworten sollte. »Ich bin schließlich sein Bodyguard«, sagte ich schließlich und zwinkerte ihr verlegen zu.

»Nein, im Ernst. Wenn du den Rocker nicht aufgehalten hättest, dann hätte er Jordan die Knie zertrümmert. Das zumindest war der Auftrag, für den Nathan ihn bezahlt hatte.«

»Gut, dass der Kerl so schnell gestanden hat und die Polizei Nathan dann ebenfalls einkassiert hat. Stell dir mal vor, Nathan würde heute an Jordans Stelle dort unten spielen«, sagte ich.

Beth lachte bitter. »Fast wäre sein Plan aufgegangen. Wenn der Rocker gleich mit dem ersten Schlag Jordan richtig getroffen hätte, dann hätte er abhauen können und wäre jetzt längst über alle Berge. Und Nathan hätte wahrscheinlich sogar Jordans Spielerplatz bei *Deportivo Madrid* bekommen. Ausgefallen wäre Jordan jedenfalls sicher.«

»Hätte. Wäre. Könnte«, sagte ich. »Es ist aber zum Glück nicht so gelaufen. Stattdessen sind wir alle noch einmal mit dem Schrecken davongekommen. Meine Schulter kommt wieder in Ordnung, und Jordans Beule ist auch nicht der Rede wert. Er hat einen Dickschädel, da kann ihm so ein Schlag nichts anhaben.« Ich grinste Beth an, doch sie schaute weiter ernst, als habe sie noch etwas anderes auf dem Herzen.

»Ben, ich überlege, ob ich Nathan wegen der Vergewaltigung anzeige. Ich habe schon mit unserem Anwalt gesprochen. Zwar kann er nicht genau sagen, ob die Beweise für eine Verurteilung ausreichen werden, aber er rät mir dazu, es trotzdem zu versuchen. Allein um meiner Selbstachtung Willen.«

Zunächst wusste ich nichts darauf zu erwidern, und vor allem wusste ich nicht, ob ich ihr dazu raten sollte. Es würde bestimmt nicht einfach werden, alles noch einmal durchleben zu müssen. Und ob man Nathan nach der langen Zeit eine Vergewaltigung würde nachweisen können, war fraglich. Auch ohne ein Jurist zu sein, stellte ich mir das äußerst schwierig vor.

»Ich denke, dass es nicht einfach wird«, sagte ich. »Aber wahrscheinlich ist es richtig, es zu versuchen. Falls du dich stark genug dazu fühlst. Also wenn du meine Hilfe brauchst, weißt du, wo du mich finden kannst.«

Nun lachte sie doch und umarmte mich unbeholfen – sichtlich darauf bedacht, meine schmerzende Schulter nicht zu berühren. »Klar, ich komme zu euch nach Madrid, wenn mir hier die Decke auf den Kopf fällt«, sagte sie.

Noch immer konnte ich es nicht glauben, dass es nicht Melody war, die im nächsten Monat zusammen mit Jordan nach Madrid ziehen würde, sondern ich. Doch die Verträge mit *Deportivo Madrid* waren unter Dach und Fach. Beide Seiten hatten unterschrieben. Andrew Lloyd, Jordans neuer Manager, hatte sogar schon ein abgelegenes Haus in den Bergen nahe der spanischen Hauptstadt für Jordan und mich angemietet. Und den Fotos nach zu urteilen, war das Haus sehr schön. Nicht so protzig wie die Villa in London – die hatte ja auch Melody ausgesucht –, aber immer noch luxuriös genug für einen Fußballstar und seinen Freund.

Gut, dass Melody endlich aus Jordans und meinem Leben verschwunden war. Fast hatte sie mir ein bisschen leid getan, als Jordan sie vor die Tür gesetzt hatte. Sie hatte gezetert und geheult, doch letztendlich hatte Jordan ihr genug gezahlt, damit sie den Mund hielt und sich einen neuen Trottel aus der High Society angeln konnte. Zeitgleich hatte Jordan seinen alten Manager Roy in die Wüste geschickt, nachdem er von seinen Machenschaften mit Nathan erfahren hatte.

»Ben! Huhu, hier oben!« Ich hörte eine aufgeregte, helle Stimme hinter mir und wollte instinktiv den Kopf drehen, doch ein stechender Schmerz durchzuckte meine Schulter. Stimmt, ich hatte völlig vergessen, dass es nicht ratsam war, den Hals weiter als nur ein kleines Stück zu bewegen, und so stand ich auf und drehte mich komplett um, damit ich sehen konnte, wer nach mir rief.

Am Kopf der Treppe, welche die Sitzplätze der Tribüne miteinander verband, stand Shiya und winkte. Im ersten Augenblick hatte ich meine ehemalige Mitgefangene gar nicht wiedererkannt, denn dort oben stand eine junge Frau mit breitkrempigem Hut und strahlenden Augen. Dann aber sah ich die Überbleibsel der Misshandlungen in ihrem Gesicht, die sie nur geschickt mit viel Make-up verdeckt hatte. Neben ihr stand Gigi, das Mädchen aus dem Bordell, und winkte mir ebenfalls zu.

»Komm mit, Beth«, sagte ich. »Ich muss dir unbedingt zwei Freundinnen von mir vorstellen.«

Während ich überrascht auf die beiden zulief, dachte ich, dass Jordan wirklich nicht geizig im Verteiler der Ehrenkarten gewesen war. Oben angekommen, umarmte ich Shiya und Gigi abwechselnd mit einem Arm und stellte die beiden Beth vor, bevor ich aufgeregt fragte: »Shiya, wie kommst du denn hier her? Und warum bist du zusammen mit Gigi im Stadion?«

Shiya lachte kokett. »Jordan, der englische Botschafter und eine Londoner Organisation, die sich für Minderheitenrechte engagiert, haben es tatsächlich geschafft, mich aus dem Gefängnis zu befreien und mich nach England zu holen. Jetzt hoffe ich, dass ich politisches Asyl bekomme. Aber erst einmal bin ich überhaupt froh, dass ich am Leben bin.« Sie schaute besorgt auf meinen bandagierten Arm. »Aber verrate mir erst einmal, was dir zugestoßen ist.«

»Halb so schlimm. Ich hatte einen Motorradunfall, könnte man sagen.« Ich zwinkerte Gigi zu.

»Tiefstapler«, sagte sie lachend, und ich kam nicht umhin, zu bemerken, dass ihr die Jeans und das weite T-Shirt besser standen als der knappe Slip, den sie im *Paradise Moon* getragen hatte. In den Straßenklamotten und ohne ihr grelles Make-up sah sie richtig schön aus. So natürlich.

»Ich werde dir gleich von den Einzelheiten berichten und dir verraten, wie Ben zu seiner Armschlinge gekommen ist«, sagte Gigi zu Shiya. »Doch erst, nachdem wir uns am Buffet die Bäuche vollgeschlagen haben. Ich sterbe vor Hunger.« Jetzt sah sie mich an. »Jordan hat mich eingeladen und mir gesagt, dass Shiya jemanden bräuchte, der sie mit ins Stadion nimmt. Und voilà, hier sind wir.«

»Hast du eigentlich Ärger mit deinen Leuten bekommen, weil du mich durch die Hintertür aus dem Club gelassen hast?«, fragte ich sie und hatte ein schlechtes Gewissen, dass ich mich noch nicht für ihr umsichtiges Handeln bedankt hatte. Doch wie es aussah, hatte Jordan dies übernommen und als erstes Dankeschön Freikarten verteilt.

»Ich? Ärger bekommen?«, fragte Gigi lächelnd. »Ach, wo denkst du hin? Cole, mein Chef, hätte mir einen Orden an die Brust geheftet, wenn er einen gehabt hätte.«

Sie grinste schief. »Obwohl es etwas mehr Stoff an meiner Arbeitskleidung bräuchte, um einen Orden irgendwo festmachen zu können. Auf jeden Fall waren alle froh, dass ich dich rausgelassen habe und du so den Anschlag auf Jordan verhindern konntest. Denn es wäre äußerst schlecht fürs Geschäft gewesen, wenn ein so prominenter Gast vor dem *Paradise Moon* krankenhausreif geschlagen worden wäre.« Sie machte eine Pause. »Ach ja, und sei Cole und seinen Jungs bitte nicht böse, dass sie versucht haben, dich aufzuhalten. Sie reagieren von Berufs wegen allergisch auf jeden, der polternd durch den Laden stürmt und die Gäste von den Beinen holt.«

So ganz konnte ich den Gorillas ihren Versuch, mich am Verlassen des Bordells zu hindern, nicht verzeihen. Zu oft malte ich mir noch im Geiste aus, was mit Jordan passiert wäre, wenn ich nicht rechtzeitig gekommen wäre. Doch ich sagte nichts.

Im Stadion jubelte und grölte die Menge plötzlich wieder, und wir blickten gemeinsam hinunter aufs Fußballfeld, das sich mit den Spielern füllte, die aus ihren Kabinen kamen.

Kurz dachte ich an Dave, meinen alten Kumpel und Mitbewohner aus meiner Zeit in Schottland, den ich zum Spiel eingeladen hatte. Doch leider hatte er abgesagt. Dave hatte sich neu verliebt – als würde das bei ihm nicht mindestens zwei Mal im Monat passieren – und musste unbedingt mit seinem neuen Lover in ein Musical gehen. Schade. Wenn ich genau darüber nachdachte, verblasste mein altes Leben in Schottland inzwischen zusehends. So viel war in der kurzen Zeit, seit ich nach London gezogen war, passiert. Mit einem leichten Kopfschütteln vertrieb ich die melancholischen Gedanken und konzentrierte mich stattdessen wieder auf das Spiel, denn die zweite Halbzeit hatte soeben begonnen.

»Kommt, lasst uns wieder hinsetzen. Es geht weiter«, sagte ich.

»Fußball interessiert uns Mädels nicht, oder Shiya?«, meinte Gigi. »Wir gehen essen. Kommst du auch mit?«, fragte sie an Beth gewandt.

»Warum eigentlich nicht? Ben, bist du sicher, dass ich dir nichts mitbringen soll?«, fragte sie mich erneut.

»Ja, danke, ich will wirklich nichts. Geht ihr aber ruhig essen. Ich gucke lieber, wie Jordan sich auf dem Platz schlägt.«

Während sich die drei Mädels kichernd in den Glaskasten verzogen, setzte ich mich wieder in einen der weichen Sessel auf der Ehrentribüne.

Das Spiel nahm in der zweite Halbzeit deutlich an Fahrt auf. Wie es aussah, hatten die Trainer beider Mannschaften ihren Jungs gehörig die Hölle heiß gemacht, denn schon kurz nach dem Anpfiff wechselten sich die Angriffe beider Mannschaften ab. London konterte den Vorstoß von Madrid und umgekehrt.

Ein Viertelstunde später, nachdem Madrid erfolglos auf das Tor der Londoner geschossen hatte, spielte Londons Torwart den Ball weit in das gegnerische Spielfeld hinein. Tyron kämpfte sich gegen einen Spieler aus Madrid an den Ball heran und erreichte ihn gerade noch mit dem Fuß. Gekonnt spielte er ihn zur Mitte, wo Jordan ihn annahm. Ich stand auf, ignorierte den Schmerz in meiner Schulter und kreuzte die Finger.

»Mach schon, los, Jordan!«, fiel ich in die brodelnde Stimmung im Stadion ein. Neben mir fing Puppy an zu schreien. »Schneller! Hau ihn rein!«

Jordan sprintete mit dem Ball in Richtung des gegnerischen Tors. Ich traute mich kaum hinzusehen, denn zwei Abwehrspieler attackierten ihn im Strafraum. Schon sah ich, dass einer der beiden zu einem Foul ansetzte, aber Jordan sprang geschickt über das ausgestreckte Bein und ließ den fallenden Abwehrspieler hinter sich zurück.

»Ja, du schaffst es«, rief ich und sah, dass es nur noch wenige Meter bis zum Tor waren. Der zweite Abwehrspieler versuchte, mit Jordan Schritt zu halten, doch er war nicht schnell genug. Mit einem letzten, festen Schuss trat Jordan gegen den Ball. Dieser flog in einer perfekt beschriebenen Kurve nach links, schoss über den Torwart und landete unhaltbar hinter ihm im Netz.

»Tor! 1:0 für *London United*«, schrie der Stadionsprecher über die johlende Menge hinweg. Die Mannschaft stürmte auf Jordan zu und umarmte ihn ausgelassen.

Ein Lächeln legte sich auf mein Gesicht, doch gleichzeitig legte sich ein dunkler Schatten des Zweifels auf mein Herz. Ob die Fans Jordan auch dann so frenetisch feiern würden, wenn sie wüssten, dass er schwul ist? Ich kannte die Antwort. Und sie gefiel mir nicht. Doch so war es im Leben nun mal – manchmal musste man der Wahrheit einfach Zeit geben.

Ich beobachtete Jordan, wie er jubelnd über das Spielfeld rannte. Ja, noch würden wir die Wahrheit im Verborgenen lassen. Zu jung war unser Glück, als dass wir es aufs Spiel setzen wollten.

Epilog

Die spanische Sonne brannte, und ich war völlig durchgeschwitzt, als ich endlich in unserem neuen Zuhause in den Bergen nahe Madrid ankam. Heute hatte ich meinen ersten Tag an der *International School of Business* gehabt, und dementsprechend gerädert fühlte ich mich. Zwar behauptete die Business School, sie habe eine Klimaanlage, doch die Dozenten und Studenten waren sich einig, dass das ein Gerücht sein müsse, denn von Kühle spürte man in den Hörsälen nichts. Also hatte ich den ersten Vorlesungen gelauscht, vor mich hin geschwitzt und mich auf den Unterrichtsschluss gefreut. Denn dann würde ich mich endlich in unserem Pool abkühlen können.

Nachdem ich nun zu Hause war, beeilte ich mich, eine Badehose anzuziehen, und stürmte in den Garten. Zu meinem Erstaunen stellte ich fest, dass Jordan bereits zu Hause war und in einem Liegestuhl in der Sonne döste.

»Was machst du denn schon hier?«, fragte ich überrascht und strahlte.

»Ah, der fleißige Student ist aus der Uni zurück«, begrüßte mich Jordan. »Lass dich mal betrachten. Sicher umgibt dich schon eine intellektuelle Aura.« Er setzte sich auf, zog seine Sonnenbrille ab und sah mich an.

»Sehr witzig«, sagte ich. »Ich dachte, du müsstest heute selbst die Schulbank drücken und nach dem Training Spanisch lernen?«

»Das habe ich ausfallen lassen. Es ist heute viel zu heiß zum Büffeln, und außerdem wollte ich hier sein, wenn du nach deinem ersten Tag aus der Uni heimkommst. Wie war's denn?«

Ich freute mich, dass Jordan extra wegen mir seinen Spanischunterricht geschwänzt hatte. Obwohl ich mir nicht sicher war, ob nicht doch die Hitze der Hauptgrund für seine Faulheit gewesen war.

»Der erste Tag war okay«, sagte ich. »Ich denke, dass ich es hinbekomme, hier meinen Abschluss zu machen.«

Ich hatte mich entschlossen, mein Wirtschaftsstudium doch noch zu beenden und mich aus diesem Grund an der englischsprachigen Schule eingetragen. Lange würde es nicht dauern, den Bachelor zu machen. Außerdem brauchte ich in Madrid eine Aufgabe, denn ich wollte nicht wie Melody enden und den lieben langen Tag damit verbringen, auf Jordan zu warten.

»Die Uni ist gut organisiert und bestens ausgestattet«, sagte ich, »aber in den Hörsälen ist es heiß wie in der Hölle. Ich bin völlig durchgeschwitzt und muss unbedingt ins Wasser.«

Mit einem beherzten Sprung landete ich mit dem Hintern voran im Pool, und eine Wasserfontäne ergoss sich über Jordan.

»Na warte«, lachte Jordan gespielt empört und sprang ebenfalls ins Wasser. Wir rauften eine Weile, schwammen ein paar Züge und genossen die Abkühlung.

Selbst beim Schwimmen schmerzte meine Schulter kaum noch, und ich war froh, dass ich die Schlaufe schon seit ein paar Wochen nicht mehr tragen musste. Und so wie die Schmerzen verblassten auch die Erinnerungen an den hinterhältigen Anschlag auf Jordan

und an meinen Gefängnisaufenthalt auf den Malediven.

Ein letztes Mal spritzte Jordan mir Wasser ins Gesicht und verzog sich dann auf einen der Liegestühle.
Ich schaute ihm nach und konnte es noch immer nicht
glauben, dass ich mit ihm zusammen in einem Haus
wohnte. Es war ein tolles Gefühl, mit Jordan zusammen
zu sein. Nicht nur im Pool, sondern jeden Tag und vor
allem jede Nacht.

Nachdem auch ich genug gebadet hatte, ließ ich mich
tropfnass auf den Liegestuhl neben Jordan fallen. Ich
schloss die Augen und ließ mein Gesicht und meinen
Körper von der Sonne wärmen. Schon nach wenigen
Augenblicken fühlte ich, wie mein Köper langsam leicht
wurde. Gerade als ich begann einzuschlafen, schob sich
eine Wolke vor die Sonne und ließ das Licht vor meinen
geschlossenen Lidern dunkler werden.

Blinzelnd sah ich auf und bemerkte, dass es keine
Wolke war, die mir die Sonne nahm, sondern Jordan. Er
hatte sich über mich gebeugt und blickte mich strahlend
an. Kleine Wassertropfen liefen an seinen Haaren herab
und fielen mir kitzelnd aufs Gesicht.

»Ich bin froh, dass ich dich kenne, Benjamin Taylor.
Ohne dich wäre ich jetzt wahrscheinlich völlig im Eimer
und zudem noch mit Melody verheiratet.« Er schluckte
schwer, sah mir in die Augen und sagte schlicht:
»Danke.« Dann überlegte er noch einmal und meinte
ein wenig beschämt: »Natürlich nicht nur dafür. Ich meine ... ich liebe dich.«

Ich spürte, wie mich die Rührung ergriff, und obwohl ich etwas darauf sagen wollte, blieb ich still.

Jordan bemerkte meine Gefühlsregung, senkte seinen Kopf und legte seine Lippen auf meine. Zuerst
schmeckte ich nur den Rest des Chlorwassers, dann aber
erfüllte Jordans Geschmack meinen Mund. Wir hatten
uns in unserer gemeinsamen Zeit in Spanien schon so

oft geküsst, doch noch immer bekamen wir nicht genug voneinander.

Der Kuss war lang und intensiv, und als er endete, musste ich erst ein wenig Atem holen, bevor ich etwas sagen konnte. »Jordan, ich liebe dich auch. Zwar weiß niemand, was die Zukunft bringt, aber eines weiß ich sicher: Wir beide gehören zusammen.«

Noch einmal küsste Jordan mich und setzte sich dann zu mir auf die Liege. So blieben wir noch eine ganze Weile sitzen, ohne dass jemand ein Wort sagte. Schweigend schauten wir zu, wie die Sonne langsam hinter den Bergen versank.

Erst als der Garten in völliger Dunkelheit dalag und die ersten Sterne am Himmel aufblitzten, nahm Jordan meine Hand, und gemeinsam gingen wir ins Haus.